少女媽祖婆

邱祖胤

本書謹獻給我的父親，母親，
愛妻，以及三個寶貝。

名家推薦——

《少女媽祖婆》生動有趣，好看極了，讀了第一頁就一路沉醉讀完。小說中的少女接生婆「鄭淑芬」塑造成功，歷經生命旅途的困頓與挫折，卻益發呈現悅人的生命素質，有著「少女神」的光芒。這多虧了作者筆鋒流露高妙的幽默、濃烈的情感，令讀者該笑就笑，該哭就哭。故事不落俗套，將懷舊年代的生命故事，精準如刀地描摹出具有時代感的少女成長史。

——**甘耀明**（小說家）

邱祖胤開創了新的文體，將紀實報導和虛構小說做了形式與內容上的完美調合。純淨、流暢、驚奇，故事底蘊勃勃湧流著生命的原始力量。

——**何致和**（小說家）

邱祖胤展現了迷人的說故事能力。他寫出了台灣東北雙溪這個小鎮潮濕的氣味與頑強生命力，礦鄉的滄桑與悠遠，張羅生活的女人們遠比男人愛恨分明。他創造了少女媽祖婆淑芬這個性格鮮明的人物，潑辣剽悍中又有分天真的溫柔。還有淑芬身邊宛如巫女的阿嬤、母親阿珠、玉蘭等這些姊妹，宛如早期台灣女性爽颯的一幅群英圖。

——**李維菁**（小說家・專欄作家）

閱讀祖胤筆下的《少女媽祖婆》，讓我想起兩個女人，一個是廣大興號的洪慈綪，另一個是洪仲丘案的洪慈庸，她們都是典型的台灣女人，外在看似溫馴，實則內心強悍。尤其是當「家」面臨劇烈衝擊時，毫不遲疑地挺身而出，卻又能冷靜且持續地戰鬥，像河畔的菅芒花一樣，展現勇敢堅韌的生命力。這本充滿戲劇張力的小說，書寫的不只是世代相傳的小鎮記憶，也有作者精心布局的情義故事，巧雲和惠卿宛如精靈般穿梭陰陽的角色安插，更是全書令人激賞的絕妙伏筆。我期待祖胤繼續書寫台灣的菅芒花，因為那是他的初衷，一份今年冬天最溫暖的故鄉禮讚。

——**張瑞昌**（中國時報執行副總編輯）

新鄉土小說蔚為風氣時，上世紀的鄉土文學似乎已經遭到遺忘。邱祖胤的《少女媽祖婆》，又再次把我們的記憶帶回古老的農村時代。少女鄭淑芬，脾性剛烈，敢愛敢恨。她勇於割捨許多男人之愛，卻對新生嬰兒的生命百般珍惜。這位民間產婆的故事，在北部深山裡埋藏許久，如今再度生動地復活過來。故事中的人物栩栩如生，使用的地方語言，既精準又道地，宛然靈魂再現。驚心動魄的轉折，緊緊抓住讀者的眼睛。多年來，我們終於等到一部充滿強悍生命力的小說。

——**陳芳明**（政治大學台文所講座教授）

《少女媽祖婆》讓人看見並記起那個溫柔、窮苦而強悍的台灣。

——**黃哲斌**（新聞工作者）

就像是一場充滿豐沛情緒的心靈漩渦，我幾乎從閱讀第一頁開始就深陷其中，毫無停歇的在淚水及笑聲中，讀完這本動人作品。

——楊力州（紀錄片導演）

祖胤是我大學隔壁班同學，中文系公認的才子。很早就拿到校內外文學獎，日後卻與小說漸行漸遠。這麼多年來，他雖然都在文字圈裡，寫著各式各樣的東西，卻在過了而立之年（再加個幾歲）後，才出了這本書。恭喜老同學成為名副其實的作家，更佩服他寫作夢始終未歇。這些生動的篇章證明了：昨日也許無法重現，舊夢卻可以再圓。

——聞天祥（影評人・金馬獎執委會執行長）

我是在鄉下被產婆接生出來的人。後來，在小鎮看到助產士的招牌，都會停駐許久。回想當年母親告訴我，自己的小命當年如何被產婆搶救下來，因而在讀這一部半自傳的豐厚故事時，感動的內容便特別多，也更加了解這一職業當年的重要意義。

——**劉克襄**（散文家・資深媒體人）

《少女媽祖婆》不但充分詮釋了台灣傳統女性強悍且溫柔、堅毅且淳良的性格，更把女性的生殖、生產、生命共治一爐，那是所有每個人的生命之源。閱讀此書像溯源之旅，沿途抓握典雅又俚俗的台語趣味，舊時景致層層開展。

——**劉梓潔**（作家）

（推薦序）

泥土與愛情的滋味

愛亞

這本書：《少女媽祖婆》。

先說作者。

作者邱祖胤是報紙文化記者。

是個愛家的人，是三個小小孩的爸，以致，書名《少女媽祖婆》讓人猜測是台灣民間故事？是說給孩子聽的故事嗎？

膚白、文質、待人有禮、望之若少年的邱祖胤，寫出《少女媽祖婆》這樣的小說文字與情節，我當真是讓他給嚇著了。

在古早的台灣，醫院、診所、助產士俱不普遍，婦女生產時協助產婦及接生嬰兒之事，都由產婆或稱接生婆的婦人行之。

這是述寫接生婆的小說。

作者在後記中寫道：「我與父親相差三十歲，卻是同一位產婆所接生。」這奇妙的紀錄，便是作者述寫小說《少女媽祖婆》的初心了。

全書以作者老家台北雙溪的礦區為背景，礦工之女鄭淑芬，十二歲時在不得已情況下即為自己的阿嬤接生（嬰兒是自己的叔叔）未幾年又為自己的阿母接生（嬰兒是自己的弟弟）似是命中註定，淑芬總有機緣為人接生，一路下去，直到八十七歲，接了超過三千個孩子到這世界。真是個救人救嬰的媽祖婆啊。

生與性是百分百的關係，民國二十幾年的台北鄉村礦區，那時的生活，那時的性，讓人憶起王禎和，讓人想到黃春明，只是，文化記者的筆書寫小說，竟偶有柔情，時常狂野，愛與性在書中如奔如飛，似舞飀的金蜂，似流淌的蜜水，看得城裡人驚嘆連連。他寫鄉村少男少女對愛的懵懂，對性的大膽，令人瞠目。透過描繪，鄉村人物身與心的質純、簡單、素樸，讓人不得不喜歡。

幾乎八十年前的閉鎖年代，卻有許多值得現今之人思考及學習應對的事。

譬如：阿公死於礦坑，阿嬤失蹤多年後竟大膽由外地帶回一個男人，以及她與男人所生的畸形孩子，僅只這一件事，在現代也能引起紛爭。而當時的鄉人及家族是如何面對的？

譬如：產婆之稱為產婆，即因是稍有年歲的已婚婦女，未婚且才十多歲的少女做接生工作，也真是奇聞，女主角鄭淑芬為何如此？更需要思索的是：現代人吃醋動刀，變心殺對方全家，真是不若古早，我愛，則性。與理與禮與法，確實不合，但，雙方愛了或雙方只是性，雙方都不後悔。

全書虛虛實實，真假夾纏，魔幻寫實也巧妙地穿插。不過，書只寫到女主角十八歲，後面十九歲到八十七歲的精采，或許要慢慢再述？

「鄉土文學」曾經引起論戰，如今讀邱祖胤的《少女媽祖婆》心中了然：鄉與土是台灣人最初早的來處，對自身的來處做詳細的探討、記錄、敘寫，其實是一種心底處切切的愛與思憶。也許貧窮，也許愚昧，也許無知，可沒有經歷那一種鄉氣那一種土，哪裡能體悟先人的生活、苦心與華路藍縷。也因此一步一步才能走出大路，讓後世子孫的我們走成現今模樣。

讀過邱祖胤的文化報導，他的小說移植了記者的明快，大約也是記者的敏銳觸角讓他將《少女媽祖婆》的故事發掘，醞釀多年，成酒，且是好酒。

驚豔邱祖胤的筆，假以時日，必成大材。

恍惚之人

後記

【主要人物介紹】

鄭明枝

阿枝，淑芬父。耿直木訥，17歲扛起家計，兄代父職，與妻子阿珠將7個弟弟妹妹撫養長大成人。對女兒淑芬百般溺愛。

簡阿珠

阿珠，淑芬母。刀子口，豆腐心，與丈夫阿枝一肩挑起重任，照顧整個大家族。女兒一再闖禍，讓她非常頭痛。

連郁芬

淑芬的死對頭，與淑芬從小爭到大，伶牙俐齒，城府極深。一心想嫁給阿慶，阿慶卻心繫淑芬，於是居中破壞。

廖家慶

阿慶，村中學歷最高的孩子，赴日學醫，回基隆執業，愛慕淑芬，並在她最危難時伸出援手，娶她為妻。可惜淑芬並不領情。

呂金燦

阿燦，採花賊，到處迷姦女子。與淑芬多次冤家路窄，視淑芬為剋星；淑芬卻因失身於他，從此身陷情慾迷障，難以自拔。

人物設定／陳弘耀

廖惠卿、廖巧雲

淑芬的好助手，一路幫忙接生，度過無數難關。

張　撿

阿撿嬸，東北角資深產婆，淑芬的入門師父，身手俐落，救人無數，但積極勸人將第一胎所生的女兒送走，做法頗具爭議。

簡香蘭

阿蘭，淑芬的阿嬤。礦坑落磐，她入坑救夫，就此失蹤長達13年，之後回鄉與子女團聚。身懷絕技，能起乩扶鸞，為淑芬找回一度失去的魂魄。

尪叔（明坤）

淑芬青梅竹馬的玩伴，兩人相約長大後成婚、長相廝守。

鄭淑芬

潑辣直爽，愛打抱不平，經常闖禍，12歲就為阿嬤、母親接生，之後便在鄉間到處奔走為人助產，成為東北角一帶最年輕的產婆，一生總共接生超過3000個孩子來到世上。

愛笑

每次完成任務，她總會補上這兩個字，有輕蔑、有祝福，畢竟看得太多，這些孩子，她只要多瞟一眼，就能預言他們的一生……

她步履蹣跚，正趕著路去為人接生。

一條走了大半輩子的路，此刻卻像沒有盡頭。想起少女時代一口氣就能直奔坡頂，只為追打偷掀她裙子的男孩；初戀情人在夾竹桃樹下吻她，說什麼也不肯讓她走，害她誤事；礦場崩塌，丈夫生死未明，她一路像個瘋婆子一樣恍神狂奔，雙腳鮮血淋漓；她的第一個孩子，就是在芒花遍開的時節，在轉角處那棵江某樹下誕生。

這段路，有太多記憶，壓得她喘不過氣。

一路上細雨紛飛，她聞到泥土溼濡的氣味，知道雨應該是從燦光寮山頭先下下來的，前些日子才從那邊經過，看到相思樹花開，攪和著油桐葉散發的氣味，激盪出一股淡淡的麻油香，讓她脾胃大開，這雨水就帶著這味道。但想到自己的不中用，沒走幾步路便氣喘吁吁，就覺得意亂心煩，而且想吐。該歇手了吧？幹嘛這麼命苦？人家才不稀罕你一個老太婆愛管閒事，又喜歡亂發脾氣。

她叫鄭淑芬，今年八十七歲了。經過她的雙手來到世上的孩子，少說也有三千個，第一次幫自己的阿嬤接生那年，她才十二歲，感覺好像昨天才發生的事，多少次想罷手，乾脆退休算了，卻都無法斷念，只要有人通報注文①，嘴上雖然碎碎念，喊著不去了不去了，到頭來還是忍不住插手。

她怨自己拿不定主意，怨自己心臟不好，怨自己腿力大不如前，倒是脾氣完全沒變。

等等一定要找個人出氣才行。

總算走到這戶人家，一進門，卻看到小夫妻十指緊扣，哭哭啼啼，令人心煩，年輕時候要是遇到這種狀況，她會拿菜刀劈人，潑豬油放火，但這一刻實在累得快沒力氣，她只能輕聲：「出去啦！欲作穡②啦！」

小丈夫卻沒有要離開的意思，淚眼婆娑，央求讓他留下。她換一口氣，提高聲調：「給我死出去！」小丈夫仍不放棄：「阿嬸，我拜託你啦，讓我留下來！」

她的嗓門本來就大，怒氣一來，中氣十足，罵人的話像連珠炮一樣停不下

① 注文：預約、預訂。tsù-bûn

② 欲作穡：要工作了，要幹活了。beh-tsoh-sit

來：「你莫來這套，恁一家人都是土匪，卸世眾③，袂見笑④，恁老母是恁老爸強姦娶來的，恁三個阿嫂嘛是恁三個阿兄強姦娶入門的，現在這個呢？你自己說啊？生一個囡仔⑤有啥了不起，你給我死出去！」

這一喊，時空頓時為之凝結，彷彿全世界都停下來聽她說話，是啊，這個村子還有什麼事是她不知道的呢？所有祕密都會自動送上門來，加上她的火爆個性與口沒遮攔，話一說出口就能置人於死地。眼下這兩個小孩都被她嚇住了，小丈夫全身都麻了，像被雷劈了一般，他的女人瞪大眼睛看著她，大氣不敢吭一聲，連陣痛都停了下來，不敢相信這個凶惡的女人，是前來助她一臂之力的菩薩，前一刻還慈眉善目的，現在竟然說翻臉就翻臉。

「阿嬸，我拜託你啦……」小男人還是不死心，泣不成聲，連他的女人都下床跟著丈夫陪跪，兩人哭成一團，場面完全失控，門外的大人卻沒一個敢進來相勸。

她歎了氣，後悔自己口出惡言。都一把年紀了，脾氣還是改不了，想想跟這一家人也算有緣，三代人都由她接生，眼前這隻，那天明明還看他光著屁股在田裡追著鴨子跑，怎麼才一晃眼，竟也將為人父？

但她就是打從心底不喜歡這家人，所有女人都是不明不白娶進門來，都是惹了事才叫人去說親，只要想到這些事就覺得噁心，但不喜歡又怎樣？這一家子對

③ 卸世眾：丟人現眼。sià-sì-tsìng
④ 袂見笑：不要臉。buē-kiàn-siàu
⑤ 囡仔：孩子。gín-á

她還不是百般敬重，阿嬸阿嬸的叫著，該幫的忙也沒少幫過。

轉念想，再討厭的人，總是活得好好的，再喜歡的人，卻通常短命，再說，自己還能撐多少日子？還能再接生多少孩子？算了吧，緊要關頭鬧這種脾氣，說不過去。想起師父說的：「要放下」，談何容易？

她嘆氣。

拿定主意，還是得準備幹活，她把兩個孩子都攙扶起來，叫他們就定位，手腳俐落為女人穿上生囝裙⑥，褪去她沾滿羊水的底褲，再用紗布巾拭淨女人的雙腿，一切就緒。

「過來，要就一起幫忙。」

她抓住小丈夫的手，引導他去撫摸他的女人，攪和著私處分泌的濃稠體液，來回搓揉她的私處，小丈夫一臉狐疑，太不衛生了吧？早知道叫救護車就好，卻又不敢抗拒，怕她發火。他到底從未這樣溫柔對待自己心愛女人，以至於聽到那既痛苦又略帶歡愉的呻吟，竟不自覺的亢奮起來，這個詭異的老太婆，不像在接生，倒像在施展某種神祕的法術。

她對著女人的胯部呼喊：「勻勻仔⑦來，勻勻仔來，查埔囡仔⑧愛溫柔，查某囡仔⑨才會快活！」沒多久，胎頭出來一半，她熟練的用臂彎勾壓著女人的腹部，咕嘟一聲，像變魔術一樣，孩子順利滑出產道，卻是個女孩。

⑥ 生囝裙：女人生產時，圍於腰間、遮住下半身的黑色圍裙。senn-kiánn-kûn
⑦ 勻勻仔：慢慢地。ûn-ûn-á
⑧ 查埔囡仔：男孩子。tsa-poo gín-á
⑨ 查某囡仔：女孩子。tsa-bóo gín-á

小丈夫目瞪口呆。他像在做夢一樣參與這一切。

「查某耶啦！」淑芬咧嘴笑出聲來，有點不好意思，照例補了一句：「愛笑……」

是的，每次完成任務，她總會補上這兩個字，有輕蔑，有祝福，有一種「一切才正要開始」的無奈與釋懷。她看得太多，看得有些煩，這些孩子，她只要多瞟一眼，就能預言他們的一生，知道他們總會幹些見不得人的事，有時也會做一些讓人感念在心的事，有時看了一肚子火，有時束手無策，愛莫能助。這世道從來不會順著自己的意思走。

不過，至少此刻，看這初為人父的小丈夫疼人的模樣，她相信這女娃終究會好命，至少在她招弟招妹之前，至少在她嫁人之前，她都會是這人世間最被呵護的寶貝。

就像她自己一樣。

不確定的戀人

「把她的衣褲都脫掉，我要看她的尻川到底是黑是白！」
淑芬的心頓時涼了半截，這下慘了，碰到凶神惡煞，誰快來救她……

臭尻川

還好天不冷，容許他溫吞摸索，輕輕撥弄，待他將孩子翻過身，竟發現右臀有一塊巴掌大的瘀痕，心頭一震……

時間回到八十七年前。淑芬生於昭和二年（一九二七年）春天，她是鄭家的長女，父親阿枝總是叫她「臭尻川①」。

阿枝永遠記得女兒出生那天，一個人獨自從礦坑裡連奔帶爬鑽出地面，顧不得全身的髒汙，向工頭借了一輛鐵馬②，趕忙衝回家裡。望著產婆手中美麗的女娃，竟呆立半天，不知所措，直到產婆咆哮：「抱去啦！」他一伸手，才發現自己滿手都是煤渣，趕忙到廚房舀了碗水，就著菜瓜布認真搓淨，卻又在身上東擦西抹時沾滿衣服上的塵土，有洗跟沒洗一樣。

一大家子都晾在一旁看熱鬧，臉上掛著奇怪的笑容，就是沒人要插手幫忙，只想看這個笨手笨腳的男人出糗。

他是這個家的大家長，老實不多話，十七歲那年，礦坑落磐，父親身故，母親失

① 臭尻川：臭屁股。tshàu-kha-tshng
② 鐵馬：腳踏車，跤踏車。thih-bé

蹤，他一肩挑起家計，跟著妻子阿珠一起打拚，晟養③七個手足，轉眼數年，三個弟弟都已成家生子，妻子卻接連小產，無法順利懷胎，後來靠著鄰村一位寄藥包④為生的長者介紹一帖祕方，好不容易懷上，孕吐卻長達半年，搞得不死不活，妻子對他怨言頗多，他卻對新生命充滿期待。

總是第一次抱自己的小孩，他痴痴笑著，生怕手滑、小孩掉到地上；又怕手不乾淨，弄髒了閨女，抱得頗不安穩。小娃兒也感受到大人的惶惑，輕輕扭著，嘴裡不住發出哼哼哼的聲音，才沒兩下，傳來一陣屎味，便嚎啕大哭。

「放屎⑤啊啦！」眾人大笑，紛紛走避，他掀開包布，發現孩子的兩腿跟下體都沾滿胎便，竟也不嫌臭，粗糙的大手摸著糞便，還在孩子身上抹啊抹的。這胎便的味道其實並不強烈，微酸，帶點秋日久嚼不爛的桂圓甜味，又帶點豆腐將壞不壞的腥味，讓他忍不住嚥了口水，這是父親對初生女兒過度美化想像的開始。

「大哥我來！」二弟的媳婦看不過去。

她臉上堆著怪笑，心想怎麼會有這麼笨的男人，她自己生了兩隻，自己的男人面對新生命時，可是老神在在，哪像大哥這樣六神無主，完全失去大家長平日的威風。

她將孩子接過手來，他卻沒有放手的意思，「我來洗就好！」「你先去洗清氣⑥，全身軀癩瘑爛癆⑦！」「我來啦！」就這樣推拖半天，他還是把孩子搶過來洗。這是面子問題。

③ 晟養：扶養。tshiânn-ióng
④ 寄藥包：早期因醫藥不發達，家中會有藥廠「寄放」的藥包，藥廠定期派員至家中補充成藥。送藥者亦稱寄藥包。 kià-io̍h-pau
⑤ 放屎：大便，排泄糞便。pàng-sái
⑥ 清氣：乾淨、清潔。tshing-khì

還好天不冷，容許他這樣溫吞摸索，一面輕輕撥弄這個美麗的小女娃，一面仔細欣賞自己的傑作，小娃在溫水中感到舒坦，身體也乾淨了，不再吵鬧，任憑他擺布，待翻過身來清洗，他赫然發現女兒的右臂有一塊巴掌大的瘀痕，心頭一震，一時不知該如何下手。

「床母⑧做記號啦！」弟妹輕描淡寫，提醒他，那不過是塊胎記，沒什麼好大驚小怪的，她的小孩並沒有胎記，她心中想的是自己身上那塊只有自己的男人看得到的記號。他隨手輕捏，小孩也無太大反應，反而咯咯笑了兩聲，再捏，她再笑，緊繃的心情此刻才完全放鬆，眼淚不禁流下。

「以後嫁給阿爸好嗎？」他對著女兒說著傻話，小娃娃一雙清亮水汪的眼睛也脈脈看著他，嘴裡咿咿嗚嗚的答應著，像在說：「好啊好啊！」他緊抱著女兒，死命嗅聞著她身上的氣息，彷彿一輩子都不想放手。

阿枝喜歡一個人自言自語碎碎念，有了女兒之後，這症頭更嚴重，和以前不同的是，他不再對著空氣說話，而是跟一團肉球說話，女兒會講話之後，更不得了。

「誰的尻川最臭？」他總是將女兒抱得緊緊，有時還故意將鼻尖湊在她的私處或肛門使勁嗅聞，逗得小娃兒咯咯的笑，「是阿爸啦！」「不是臭尻川嗎？」「不是啦！」有時會換個話題：「誰最會放屁？」「是阿爸啦！」「不是臭尻川嗎？」「不是啦！」聽到屎屎屎屎，女兒的反應最大：「誰最會吃屎？」「是阿爸啦！」「不是

⑦ 癩痦爛癆：汙穢骯髒。thái-ko-nuā-lô
⑧ 床母：臺灣民俗中的床神，可以保佑嬰幼兒平安長大的神祇。人身上的胎記被認為是床母做的記號。tshn̂g-bú

臭尻川嗎？」「不是啦！」

父女間的嬉鬧，通常會這樣收尾：「臭尻川以後要嫁給誰？」「是阿爸啦！」「不是要嫁給溪邊的水雞⑨嗎？」「不是啦！」

他的女人聽得心煩，總是在父女倆的嬉鬧聲之間摔門、摔碗、摔鍋盆，搞得乒乓作響，外加連珠炮式的詈罵聲：「恁父與子兩個最好攏去死死咧啦，不要在那邊卸世卸眾，是按怎？怕人不知道嗎？去講啊！去講給厝邊頭尾聽啊，去放送啊！最好是整個庄頭的人都知道啦，每天在那邊屎屎屎屎，見笑代⑩啦，去死死咧好啦！」

男人看女人發脾氣了，依然抱著女兒玩鬧，「噓，莫吵，恁老母在生氣了，卡小聲咧！」兩人憋著笑，偷偷從房間輕聲細步躲到前院去，「噓，阿爸叫你卡小聲咧你是沒聽到嗎？」「我沒講話啊？」小孩子不懂輕聲細語，這一喊，聲音可響亮了，其實是他故意在鬧，女兒根本就沒說話，「叫妳卡小聲咧沒聽到嗎？」「都是你在講啊！」

他得意。

直到有一天，女兒沒來由回了母親一句話：「我才不嫁！」他像被五雷轟頂一樣，全身都麻掉了，外面的世界跟他隔絕了，他什麼聲音都聽不到了。他知道，真正疼女兒的父親，就算再捨不得，也只求她嫁個好人家，跟她的男人兒女成群，就算做死做活，也好過留在身邊誤了幸福。把女兒一輩子都留在身邊，實在太自私了。但這

⑨ 水雞：青蛙。tsuí-ke

⑩ 見笑代 ：丟臉、沒面子的事。kiàn-siàu-ta-i

些日子以來，他也的確動過這樣的念頭。真是該死。

於是，趁女人還沒發火之前，他趨前將女兒抱走，一路走到村外，心頭酸，想哭的感覺滿到咽喉，情緒隨時都可能崩潰，女兒彷彿也知道他的心事，沒說一句話。

他不敢問女兒為什麼說那種話，童言童語不作準，卻又害怕她真的不嫁，誤了女兒寶貴青春，又想跟她解釋，父女是不能成婚的，但以女兒的個性，一定又會問「為什麼」，他這麼笨，又沒念過書，一定回答不出來，因為他自己也想問為什麼，雖然他知道，自己娶了心愛的女人，不能再娶第二個，但女兒也是自己所愛，應該說更愛吧，為什麼不能娶她？是了，他不能跟女兒做出亂倫的事，他和女人之間的快活，對著女兒做，是不可以的，但這些事他說不出口，即使說了，小孩子也不會懂。

「阿爸！」女兒喊他，他心頭一驚，他真的不知該怎麼開口說話，心理沒有準備，只能不安的應和：「按怎？」

「我欲放屎。」

頓時鬆了一口氣，他緊緊抱住女兒往竹林裡跑，口中咒罵：「妳這個臭尻川！」煩惱也就隨著女兒的這泡屎，煙消雲散，想這麼多幹什麼呢？不如什麼都別說了。

他決定等她這泡屎拉完，好好找她算帳，逗她哭笑不得。

恰查某

她說要嫁給阿爸，同伴們狂笑，她惱羞成怒，回身撿起竹叢中的石塊，就往人群裡扔，這一扔，出事了……

淑芬個性倔強，不服輸，什麼事都要爭到贏，從小就是個恰查某①，天塌下來都不怕，玩伴們都怕她。

她的四個好姊妹，玉蘭大她兩歲，溫柔嫻靜，總是處處護著她，幫她說話，淑芬打心底當她是個大姊；郁芬，跟她一樣個性好強，只有她的嘴可以跟她勢均力敵；碧霞，三八，少根筋，愛傳話，很多禍事都是由她起頭；惠卿，愛哭，腦筋不好，常被淑芬指使，也最常被淑芬欺負，卻愛當小跟班，其實她跟淑芬的年紀是一樣的。

姊妹淘各具姿色，但都有一個共通點，就是臉上有痣，淑芬的痣長在上唇右側嘴角，吵架時特別顯眼；玉蘭的長在左眼的眼窩，更顯多愁善感；郁芬的長在左眼角下方靠近鼻翼處，顏色稍淡而不明顯，常被淑芬笑是沾到鼻屎；惠卿的長在下巴偏右側；碧霞的長在右側臉頰靠近耳朵處。

① 恰查某：刺查某，凶悍的女人。tshiah-tsa-bóo

女孩們對自己的長相特別在意，各自心裡想的都差不多，總是怨嘆老天爺多此一舉，偏要在一張淨白的臉上加油添醋，有時不免疑心，是否住得離礦場太近了？父母兄長又經常帶著滿身煤渣回家，難不成是煤渣惹的禍？

「我阿嬤說，那是出生的時候蒼蠅放屎造成的啦，沒辦法。」郁芬很篤定的端出她從老人家那裡聽來的理論。

「若是蒼蠅放屎，我看你早就變黑人了啦！」淑芬反脣相稽，引來同伴們大笑。

「你才是屎人！」

淑芬當然聽得出對方是在嘲笑她臭，但所謂一白遮三醜，皮膚黑最醜，郁芬辯駁不了，就算輸，女孩在乎的是美醜，管她是香是臭。不過，以對方的痣來嘲笑彼此，本來就是女孩之間的家常便飯。

說是好姊妹，其實也沒好到哪裡去，倒是鬥嘴玩鬧的時候多，她們總是帶著一些無關緊要的小衣小褲或破布，聚在溪畔佯裝洗衣，學大人閒話家常道人長短，講的都是一些言不及義的事，或撿拾上游漂來的雜物，比誰的稀罕，誰的有趣，就這樣耗一個上午，等到有人被叫魂似的召喚回家，才依依不捨作鳥獸散。

這天，女孩們聚在一起，淑芬又和郁芬拌嘴，兩個不懂事的女孩，說話卻像大人一樣。

淑芬說：「我家那隻雞這幾天可能破病，聲音叫得好難聽，像痚呴嗽②，剛好我

② 痚呴嗽：因氣喘引起的咳嗽。he-ku-sàu

三叔也在破病，一下子雞在咳，一下子人在咳，有夠吵的。」

郁芬說：「妳笑死人，雞也會咳嗽，雞本來叫聲就是那樣，有啥稀罕，不然我也可以說，我家的豬真勢鼾③，日也鼾，暝也鼾，看誰較厲害。」

郁芬的家境寬裕，是地主的孩子，這些玩伴哪一家不是佃農？哪一家不看她家的臉色？卻只有淑芬敢對她造次，讓她心頭老是不痛快。她知道淑芬家裡沒養豬，故意堵她的嘴，淑芬當然也聽得出來，故意扯謊：「我家的豬最近也感冒，但是牠真乖，都不會吵，也不會亂打鼾，真正聽話，才不會像妳家的豬黑白鼾，主人要是撿角④，飼的豬也撿角。」

郁芬回：「你家有養豬啊？明天帶來給大家瞧瞧，不知是公的還母的？我家剛好欠一隻豬哥，你家那隻如果是痟豬哥⑤，明天牽來我家配種，我會包一個大紅包給妳！」

淑芬被搶了話頭，不肯服輸，整個人湊向前去：「真剛好，我家那隻是公的，但不是要配你家的豬母，是要配妳，配妳！妳聽懂嗎？是配妳！」郁芬被逼得節節後退，差點跌倒，惱怒回嗆：「像妳這麼恰，嫁不出去啦，以後誰娶到妳誰倒楣。」

她回得倒也快：「沒什麼稀罕，我本來就是要嫁給我老爸！」

郁芬聽到這句話，整個人跳了起來：「大家聽到嗎？笑死人，她說要嫁給自己的老爸，真正袂見笑，笑死人，妳最好快出嫁，我來去幫你扛轎，我叫我四個阿兄也都

③ 勢鼾：很會打呼。gâu-kônn
④ 撿角：扗捔，不成器、沒出息。khioh-kak
⑤ 痟豬哥：發情的公豬。siau-ti-ko

來幫你扛轎，不只扛轎，還幫你捧橘子，拿竹篙，秤豬肉，接尿桶，規氣⑥我來做你的查某嫺仔⑦奉待你啦！」

竹林裡的笑聲像炸藥炸了開來，郁芬愈說愈起勁，乾脆扯開嗓門：「大家聽到嗎？她說要嫁給她老爸喔！淑芬要嫁給她老爸喔！」孩子們聽了都跟著瞎起鬨，彷彿要全牡丹坑的人都知道。

淑芬氣得全身發抖，她從來不覺得嫁給自己的父親有什麼不對，自小父親就是這樣跟她說，她甚至還想嫁給自己的屘叔⑧，此刻她才知道，原來不是人人都要嫁給自己的爸爸，從眾人的笑聲看來，原來嫁給自己的父親是不要臉的事。

但淑芬更氣的是，平常跟她玩在一塊的同伴也嘲笑她，這些人她一向不看在眼裡，此刻卻沒一個站在她這邊，也沒人跳出來幫她說話。

她看到玉蘭在笑，雖然笑得輕；郁芬更不用說，張牙舞爪、面目猙獰，這是她的一次大勝利，她們兩個吵架有輸有贏，這次她占了絕對上風；惠卿本來就是個三八婆，能不笑嗎？只怕她不知笑點在哪。

碧霞竟然笑得最大聲，也最誇張，淚都飆出來了。

忍無可忍，她回身從竹叢邊隨手撿起一塊石塊，就往碧霞的身上奮力扔過去，應聲正中眉角，鮮血直流，終於止住她的笑聲，也止住眾人的笑聲。

臉都土了。

⑥ 規氣：乾脆。kui-kh

⑦ 查某嫺仔：婢女、丫鬟。tsa-bóo -kán-á

⑧ 屘叔：排行最小的叔叔。ban-tsik

她心中吶喊，該扔的人不是碧霞，是郁芬才對啊。

碧霞愣了好一陣子，摸了摸額頭的血，才知道痛，像作戲一般放聲大哭，讓淑芬更心煩。細心的玉蘭隨手抓了一塊布，顧不得那是藏在身上備用的月經帶，她很快幫碧霞把傷口纏住止血。

圍過來看熱鬧的人愈來愈多，碧霞的母親沒多久也趕來，似乎並不怎麼著急，「閃啦閃啦，去作穡啦，沒恁的代誌。」她拆下包得過緊的包布，嫌惡的扔在地上，心中還暗罵是誰這麼缺德，把婦人家的東西綁在小孩頭上，還好不是男孩，不然就衰了，既然血不流了，也就沒事，這年頭哪個小孩不跌跌撞撞受點小傷，破相算什麼？別斷手斷腳就好。本來碧霞急哭已化為哽咽，這時看到母親出現，再度放聲狂哭，卻反倒被性急的母親賞了一巴掌，眾人看了沒趣，也就散紛紛散去。

最後竹林裡只剩下闖禍的人，獨自沉浸在嫁老爸之辱與弄傷人之怒的百感交集中，還沒回神過來。

條直①

她發現父親臉頰及身上布滿傷口，才驚覺過去父親百般疼她、又親又聞的，那貼身的粗糙感，竟都來自那些傷口……

淑芬人還沒到家，闖禍的消息卻早已傳到母親的耳朵裡，回來就被叫去神明桌前罰跪。

她哭，卻不傷心，眼珠子吊得老高，充滿怨恨，只恨那一擊，傷的不是死對頭，而是倒楣鬼。

母親罵她：「嫁給妳老爸真稀罕，這下好了，全牡丹坑的人都知道了，全世界的人都知道了，連日本人也知道了，甘願了吧？等妳老爸回來，我來放鞭炮，看是他是要娶妳這個細姨②，還是要好好教訓你一頓！」

心頭一凜，她未曾被父親罵過，但她看過父親發脾氣的模樣，那次是大過年，五叔在門埕前發酒瘋，說了很多難聽話，「是啊，我是讓人看無目地③，沒爸沒母又沒人疼，是怎樣？我就是讓人看無目地才會去幫人做長工，沒父沒母是怎樣……」一整

① 條直：坦率卻不知變通。tiâu-tit
② 細姨：小老婆、姨太太。sè-î
③ 看無目地：瞧不起。khuànn-bô-bak-tē

個胡言亂語，一再重複同樣的話，鬧了將近半小時，幾個嫂嫂出來把他拉進門，「不要再說了，被你阿兄聽到就不好了！」

來不及了。

淑芬的父親阿枝走出房門，先是給他一巴掌，然後只說了一句：「黑白說什麼？」接著隨手抄起一根竹棒，就開始抽打。他看起來並未動怒，就是發狠了打，村子裡充滿哀號的回聲。小小孩透過門縫看著平日和藹的父親變成一個凶殘的人，全身顫抖，轉身躲進棉被裡，摀住耳朵。

天色愈來愈暗，今日父親回來的時間比往常更晚，要是以前，她會守在門前叨念：「阿爸怎麼還沒回來？」這下她可沒這心情胡鬧，巴不得父親回來得愈晚愈好。

但該來的總還是會來，父親終於拖著滿身髒汙回家。

看到妻子的臉色，再看看小可愛被罰跪的可憐樣，他乾笑了一聲。

「臭尻川，按怎？被人罵了？」

她就是知道父親會原諒她。

她知道把人弄傷不對，但心頭還是感到委屈。

「都是你害的啦！」她聲音很小，幾乎快聽不見了。

「妳講啥？誰害妳？」父親故意逗她。

「你啦。」

「誰？」

「你啦！」她大叫出來，破涕為笑，但接著又哭得傷心欲絕，像在唱歌仔戲一樣，要不是父親從小就騙她要跟她結婚，今天也不會鬧這個大笑話，不怪他怪誰？

「好啦好啦，不要嫁阿爸，阿爸最臭了，放屎嘛臭，放屁嘛臭，不然嫁誰好？啊，嫁水雞，水雞不會放屎，也不會放屁，嫁水雞最好。」

「不要啦！」

「不然要嫁誰？嫁給水牛喔？牛屎很臭吶，又大坨……」父親知道她最喜歡聽跟屎尿有關的笑話，只要她鬧脾氣，用屎尿逗她最有效。

「不要啦不要啦！我不要嫁啦！」

「不嫁，不嫁人妳要當老姑婆④喔？」

她賭氣推了父親一把，撇過頭去，繼續唱她的歌仔戲，她知道母親還在生氣，母親沒叫她起來，她不敢起來，就算阿爸叫她起來她也不敢，但她知道阿爸一點都不怪她了，索性大膽撒賴，跟他鬧脾氣。倒是父親看到她腿上的傷痕，那應該是被妻子拿藤條打出來的，心疼，便轉身回房去拿傷藥。

「來，阿爸幫妳敷腳！」

「不要啦！」

「腳不敷真難看啦，人家會說，這查某囡仔臉這麼媠⑤，腳卻這麼䆀⑥？」

④ 老姑婆：諢稱年紀老大而未出嫁的女人。lâu-koo-pô
⑤ 媠：美。suí
⑥ 䆀：醜。bái

「你管我！」雙腳伸直了坐在地上，還是賭氣，姿態卻放軟了下來，任憑父親幫她擦藥。

「妳看妳看，一塊瘀青這麼大塊，以後會怎麼妳知道嗎？」

她一愣，搖搖頭。

「以後放的屎會缺一角啦！」

她噗嗤一聲笑了出來，連鼻涕都噴了出來。

父親繼續推拿，推得她哇哇叫，大腿處的血痕愈發明顯，逼得她想逃，口中直呼喊：「好了啦！好了啦！」

「不行，要推乎好，這塊沒推好以後會怎樣妳知道嗎？」她搖頭，父親說：「以後不只腳會變彎彎的，連放屎都會變彎彎……」她又開始捶打父親。

父親這麼疼她，她非常快活，卻驚覺，父親的雙手布滿密密麻麻的傷口，有長有短，有新有舊，有的還鑲嵌著碎石煤渣，有的還在淌血，再看父親的臉，一模一樣，才發現過去父親對她又親又聞的磨蹭，那貼身的粗糙感，竟都來自這些傷口，而非那些會扎人的鬍渣。

她第一次近距離看到心所愛的人，身上竟有這麼多傷痕。

父親得忍受多少的疼痛，才能換來一家子溫飽，回來卻還得受這個孽女的鳥氣，比較起來，自己的傷，算什麼？她隱約看到父親的汗衫底下還淌著血，她不敢想，也許父親今天晚歸，正是發生什麼意外，也許差一點就回不來。他到底做的是什麼工作，得受這種折磨？覺得阿爸好可憐，卻又不知道怎麼報答。

不嫁就不嫁，讓我來照顧他一輩子吧。她流淚。

父親見她又哭，問她，卻又不回答，不禁嘆氣：「妳就是這麼條直，才會被你老母修理，阿爸沒辦法一直跟在妳身邊，妳自己目睭⑦就要捎乎金⑧，嘴甜一點，以後嫁人才不會吃虧。」她聽到嫁人，哼的一聲。你知道什麼？我才不嫁。

父親端了碗飯來陪她吃，你一口我一口餵著，就著夜色，兩人不發一語，她就直接癱在他懷中睡去，待他將女兒抱回房裡睡，自己一沾床，也整個人像爛泥一樣潰散，趴在床上，再也不想起身。

⑦ 目睭：眼睛。bák-tsiu
⑧ 捎乎金：睜大眼，看清楚。sa-hôo -kim

凍露水①

兩人爭著酒喝，身體勾纏了起來，一不小心，雙雙跌入溪中，歡笑聲伴著驚叫聲，夫妻倆就在溪中交歡……

女人家的心事，只能在夜裡對著男人說，無奈這臥房裡不只睡他們一家三口，兩個小姑也和他們一起睡，她還幫兩房小叔各帶一個孩子，加起來等於七個人擠一張床，逼得她只好用氣音說話。

「我就說，你這樣寵這女孩子早晚出事，把人打到見血，叫我怎麼跟人家交代？我一個人光是照顧你們一家老小就已經忙不過來了，你還要我怎樣？你要幫我想一想。」

獨生女淑芬刁蠻任性，一天到晚闖禍，男人卻一味寵著，這下出了大事，她狠狠教訓一頓，不料男人一回到家，又哄又騙的，壞了規矩，一切全功盡棄。這筆帳，得跟他算。

雖然是氣音，沙沙沙的如芒花拂動，教人聽得心煩，但男人早已筋疲力盡，睡到

① 凍露水：接受露水滋潤。tang-lōo-tsuí

不知人影，無動於衷，她索性翻身趴到他的胸口繼續說。

她從來都是這樣跟她的男人示愛，他個性土直，從不對她獻殷勤，不是不愛她，只是不解風情，她要，就得明示，用這樣的方式躺在男人懷裡，雖然略嫌粗魯，但唯有這樣，她的男人才懂。

這叫撒嬌。

雖然還是教訓的口氣，不過有了肌膚之親，罵人的速度和力道，瞬間減弱。

「你不要老是讓我一個人煩這麼多事情，女兒都這麼大了，我已經教不動了，我再怎麼凶她，她也無動於衷，她只聽你的，你要幫我管管她，野成這副德性，以後要怎麼做人家的媳婦，你不要跟我說她不嫁，不要跟我說這種猜話，我會捶死你。」

愈說愈激動，她重重捶了男人的胸口，怎料他竟然「唉喲」一聲，讓她大吃一驚。

「你按怎？」她知道，她的男人太會忍，鐵打的身體，耐操耐磨，除非撐不住了，否則就算再嚴重的傷，也不會出半點聲。

「沒按怎，小傷，沒代誌。」

女人追問：「是怎樣受傷？傷到哪裡？」

「就坑內稍微崩一下……」

雖然只是輕描淡寫，她卻感到一陣暈眩，雙腳也跟著發軟，呼吸困難。

雖然她的男人活生生就在她的眼前，天知道此刻她撫摸的可能是一具冰冷的屍體。

「還說沒按怎，你是要嚇死我嗎？你若是死了，我跟你袂煞②！」女人邊說邊捶打她的男人，他忍著痛不敢哀號，竟咳了起來，愈咳愈凶，咳到令人驚慌，她連忙將他扶起身坐直。

「來，咱來去浴間，我幫你擦藥，快……」

女人的刀子口就此打住，內心早已完全融化，兩行熱淚奔流，直接從下巴滴下來，浸溼男人粗壯的手臂，在傷口上留下刺痛的感覺。

讓妻子如此擔憂，阿枝感到過意不去，大男人不會表達自己的心意，攙扶之間，只能在她臉頰上輕吻，反倒讓她的情緒瞬間潰堤。

她緊擁男人身軀，不停啜泣，不停吮吻他身上的傷口。

這一切，兩個小姑都看在眼裡，青春少女早就習慣大人床笫間的把戲，就當看好戲，只怕戲演得太短，草草結束，沒意思；他們的女兒並未睡著，但歷經一日驚濤駭浪，身體不聽使喚，加上根本不懂大人之間的事，也就不想嚕嗦，連眼睛都沒睜開。

夫妻相扶走出房門，露水濃重，迎面襲人，但兩人全身暖烘烘，一點都感覺不到涼意。走到浴間只小小一段路，此刻竟顯得漫長，夫妻想的事差不多，卻也不敢多想，肌膚之親是最直接的慰藉，最好讓慾念戰勝煩惱。

② 袂煞：沒完。bē-suah

怎料推開浴間，裡頭還有別人，婆婆阿蘭在幫文祥叔擦澡，黑暗間仍可見兩個半百老人赤條條一絲不掛。

她感到不好意思，很快將門帶上。

夫妻倆有些不知所措，回房也不是，不回房也不是，只得在前門石階上坐下，望著夜空裡略顯單薄的上弦月，對坐無語。

半晌，她的男人才說：「文祥叔也受傷了。」

隔了半晌又說：「我把他抬出來的。」

阿珠想起那年礦坑落磐，公公被壓在坑裡，抬出來的時候早已血肉模糊，面目難辨，事隔多年，記憶猶新，好像昨天才發生的事一樣，之後婆婆便失蹤，由她和男人扛這一家子，沒想到十五年後，婆婆帶著另一個男人文祥叔及孩子回來投靠。往事歷歷。

女人輕嘆：「為什麼要這麼艱苦？」

男人不知該如何安慰，只能緊握她的手。是他讓她受的苦，打從她十六歲嫁進家門，就沒讓她過過好日子，只怪自己沒出息，拚了老命，似乎也改變不了現狀。

其實女人並不怪他。

她從不盤算三天以後的事，只是讓自己像個陀螺一樣拚命的轉呀轉，嘴巴不停的叨叨念念，盼因此日子能過得快些，盼一家人都能聚在一起永不分離，就算吵吵鬧鬧，也讓人感到踏實。

她最開心的事，莫過於每天睡覺的時候，依偎在男人身邊，伴著他巨大的鼾聲入眠，沒這轟轟轟的聲響，她反而睡不著，彷彿這鼾聲，才是她的幸福。

想到這裡，她就寬心，長吁一口氣，執起男人的手：「來，咱來去溪邊洗，傷口還是得清一清，不然會爛掉。」

她到廚房熄了炭火，取半桶熱水，再進房拿了浴巾、傷藥、換洗衣物，和一勺私釀的米酒，挽著男人的手步入夜色中，心情頓時輕鬆了起來。

待到溪邊，她將男人脫得一絲不掛，在淡薄的月光下，用布沾著米酒為他消毒，細細清理他的傷口。

男人聞到酒香，不禁拿來嘗了一口，女人不准他喝，自己卻搶來喝了一半，兩人爭酒喝，身體勾纏了起來，一不小心，雙雙跌入溪中，驚叫聲伴著歡笑聲，夫妻倆就在溪中交歡，彷彿一輩子未曾如此快活。

戇神①

她問阿嬤，生孩子聽說很痛，為什麼有人這麼戇，要一直生一直生啊？阿嬤摸著她的頭：「戇孫，阿嬤又要再生了呢。」

對淑芬而言，阿嬤是個陌生人。

她甚至不敢跟她說話，家人好像也都在避著她，覺得她是不祥的。

阿嬤姓簡名香蘭，大家都叫她阿蘭。她在村裡本來就是個謎，十五歲從平溪嫁來牡丹坑，之後陸續生了六個兒子、兩個女兒，卅五歲那年，礦坑出事，她的丈夫、淑芬的阿公身陷其中，她不顧攔阻闖入坑內，從此音訊全無，彼時淑芬的父親阿枝也才十七歲，這個家完全由阿枝和妻子阿珠苦撐，兄代父職，嫂代母職，將年幼的弟弟妹妹拉拔長大，這些辛苦，淑芬完全在狀況之外，因為她尚未出世。十五年後，阿嬤忽然現身，卻帶著另一個陌生男子和年幼的孩子回家，打亂了這家人原本的生活節奏。

沒人敢說什麼。大家都聽大哥的，是他撐起這個家，大哥沒說話，沒人敢吭聲。再說，她總是母親，至親長輩，誰都不能趕她走，雖然人人心中都有許多疑惑。

① 戇神：眼神呆滯。gông-sîn

阿嬷回來的這年，淑芬才十二歲，像她這個年紀的女孩，總是愛東問西問，口沒遮攔，母親阿珠總是對她耳提面命，要她別亂說話。

「不能說啥？為什麼不能說？說了會怎樣？」淑芬心直口快，嗓門又大，愈是叫她別問，她愈是愛找麻煩，惹得母親不高興。

「妳恬恬②沒人說妳是啞巴！」

其實就算母親不說，她也感覺得到家中存在一股怪異的氣氛。她本來就天不怕地不怕，打罵對她而言更是家常便飯，過去母親愈是罵她，她愈不服氣，總是要找機會唱反調。但這回不同，阿嬷回來之後，家中這股氣氛讓她感到不自在。她常忘了頂嘴。

阿嬷好像有許多祕密。

她總是似笑非笑，讓人猜不透她的情緒，有時叫她，她卻很久才應聲，把人嚇一大跳；答，卻又答非所問，模稜兩可，讓人覺得她像活在另一個世界的人，三魂七魄少了一魄。要不是因為她是長輩，淑芬會用戇神來形容她。淑芬就常這樣罵她的玩伴。

淑芬從玩伴間聽到許多傳聞。

有人說，她還未嫁到這個村子之前，就曾經剋死過一個男人，也有人說她曾和山匪勾結，當過壓寨夫人，還有人說她會說番人的話。這次她回來，傳聞變得更多，大

② 恬恬：恬恬，安靜，不要說話。tiâm-tiâm

家都想知道，她如何在礦坑內活下來？又如何脫困而出？這些年她到哪去？靠什麼過生活？也許她還吃過人肉！

「你們在黑白講啥？」這些閒話，淑芬聽了就有氣，經常對碎嘴的人破口大罵。

漸漸有些事找上門。當年另外三戶出事的人家，幾次託人來問，想知道她是否見過陷在坑裡的人？是否和那些人見過最後一面？說過什麼話？

「我都忘記了呢！」

阿嬷總是微笑回答。若再細問，她會瞇著雙眼注視對方，其實更像在望著遠方，臉上依然帶著微笑，無論對方如何盤問，她都是同樣的答案、同樣的表情，到最後往往淚流滿面，無法言語，臉色蒼白，甚至身體旋轉搖晃，幾近失神，對方只好告辭。就這樣一次、兩次、三次，久了，也就再沒人提起這些事。

阿嬷帶回來的男人叫陳文祥，頭城人，年約五十，不多話，淑芬得叫他祥叔公，沒人知道他的來歷。他每天跟著淑芬的父親阿枝下坑做粗活，是個任勞實在的人。阿嬷自己則跟著幾個媳婦忙著農事及家務事，儘管仍維持長輩應有的和藹及肅穆，卻若即若離，有時轉個身就不見人影，有時又無聲無息的出現，像遊魂一樣。

淑芬不在乎這些。

其實她也不知自己在怕什麼，她猜，可能是因為那個男孩。

阿嬷總是用竹簍背著她帶回來的那個男孩，他叫盛發，年紀跟淑芬一般大，不會說話、雙腿畸形，一雙眼瞪得老大，骨瘦如柴，偶爾伊呀伊呀吵鬧，有時突然發出鴟鴞般的怪叫，令人不寒而慄。

大人們說：「妳要叫他屘叔。」淑芬卻不願這麼叫，她就是不服氣，為什麼要叫一個跟她年紀差不多的孩子「叔叔」？其實她心裡在意的是另一個屘叔。

「妳阿嬤生得足媠③！」玩伴惠卿脫口而出。

「妳是在黑白講啥？不怕我把妳舌頭割掉？」淑芬嘴上雖然罵人，但心裡卻得意，阿嬤頗美，甚至比她的母親還美，有時會教人看得出神。雖然一連生了七、八個孩子，卻完全看不出年紀，和媳婦們站在一起，一點都不嫌老。她的顴骨略高，臉形清瘦，皮膚白皙，那隻鼻子最挺最美，把一雙眼睛襯得更深邃。她的右臂上方有一顆痣，這讓淑芬備感親切，因為她自己也有一顆這樣的痣，長在同樣的地方。

儘管一切成謎，日子還是得過，阿嬤並未帶來太多麻煩，她帶回來的男人為家裡增添人力，半殘的孩子她自己可以完全料理，不勞他人之手，再加上自己是苦過來的女人，活做得很勤快，有她的加入，家中事務處理得井井有條。

她不發號施令，但若有任何事問她，幾乎沒有不能解決的，女人們覺得輕鬆不少，但阿珠卻放鬆不下來，她是大媳婦，總不能讓老人家的活做得比她多，所以自己就得更加勤快，加上淑芬這顆不定時炸彈，每天都讓她神經緊繃，繃到快要崩潰。她覺得好累。

③ 足媠：真美。tsiok-suí

阿珠想到一個主意。

「阿母，淑芬這個囡仔，我實在沒法度，我真怕她再惹出事來，我對她已經完全沒步了，淑芬交給妳，妳替我教示，妳看敢好？」阿珠性子直，想到什麼就說什麼，那日靈機一動，她決定把淑芬交給婆婆處理，一來分散婆婆的注意力，再者，死馬當活馬醫，也許面對一位陌生的長輩，小孩比較不敢造次。

「好啊！」婆婆竟然點頭，阿珠喜出望外。

這下可苦了淑芬。

母親規定她不能亂跑，不能離開阿嬤半步，從今以後要當阿嬤的幫手。

淑芬原本抱著「我要是不從，妳又能耐我何」的心態，卻沒想到，一近阿嬤身旁，她竟完全不敢撒野，阿嬤叫她做什麼，她就做什麼，乖順服貼，完全被阿嬤剋得死死的，和過去判若兩人。

這倒讓大人們感到意外。

「孫悟空被套上緊箍咒了啦！」

「不是啦，是逃不出如來佛的手掌心！」

嬸嬸們和姑姑們私下嘲笑她，彼此還用手掌演起布袋戲，卻不敢讓淑芬知道，生怕這個恰查某會想辦法整她們，阿珠卻得意得哼起小調。

淑芬自己也搞不清楚怎麼回事。她從第一天跟著阿嬤開始，就發現阿嬤身上有一股神奇的力量，總是牢牢的牽引著她，安慰著她，疼惜著她；卻又覺得她時時刻刻都深陷悲傷，悲傷到絕望，彷彿隨時會消失在她眼前，讓她想緊緊抓住她。

她覺得阿嬤好輕，好虛幻。

有時她覺得阿嬤不只是一個人。某些片刻，阿嬤會發出各種不同的聲音，說一些聽不懂的話，然後互相對話，感覺好像兩個人在說話。她若問：「阿嬤，妳說啥？」阿嬤就對她笑，說沒什麼。

有時阿嬤會把屘叔交給她照顧，一開始她很反感，覺得噁心，這麼大的人了，還要人把屎把尿，但其實他很安靜，從不找麻煩，也很少在她面前失禁，偶爾對她傻笑，那笑容卻跟嬰兒並無不同，讓人不自覺也跟著發笑。

淑芬到底是個喜歡熱鬧的人，受不了別人不說話，偏偏阿嬤不多話，她只好故意找她搭話，隨便瞎扯也好。

她問自己母親的事。

「為什麼我阿母叫她的阿母叫阿姨？」

這事阿嬤竟然知道：「妳阿母出世時，本來要送人，說這樣對父母比較好，後來妳外婆毋甘④，硬是要將妳阿母留下來，產婆就說，那就得叫自己的阿母叫阿姨才行，父母才會好命。」

④ 毋甘：捨不得。m̄-kam

「但是她又叫阿公叫阿爸，為什麼不是叫他阿伯、阿叔，還是姨丈？」這個問題淑芬悶在心裡很久了，每次問起，總是挨罵。

「這我就不知道了，要問產婆，或是算命的。」阿嬤眼睛又瞇成一條線。

「這樣不公平。」

淑芬對這件事很在意，整個村子裡，幾乎沒有一戶人家不曾把自己的孩子送人，尤其第一胎若是女孩，幾乎送定了；抱別人家的孩子來養，也是家常便飯的事。

她聽說，兩個嬸嬸的第一胎剛好生的都是女孩，送人的那天哭得死去活來，三嬸甚至哭了快一個月，不過當時淑芬尚未出世，看不到這些慘烈的狀況，事後聽她們提起，即使輕描淡寫，聽在她耳裡卻極不痛快。

「阿嬤，妳有將自己親生的孩子送給別人？」

「沒呢，阿嬤第一個生的就是妳阿爸，是查甫耶。」

「若是生女的，人家叫妳送，妳會送嗎？」

「我也不知道，會吧。」

「妳不會毋甘嗎？」

「怎麼不會？阿嬤生妳五叔之前，有生一個查某囡仔，沒三天就生病死去，阿嬤足傷心耶，我的心肝仔，怎麼會不見呢？天啊，我的心肝仔！」

淑芬沒料到提起傷心事，阿嬤會開始唱哭調，唱得肝腸寸斷。

「阿嬤，妳不要再哭了！妳再哭，我也要哭了！」淑芬向來鐵石心腸，此刻卻也止不住眼淚，祖孫倆抱頭痛哭。

淑芬漸漸發現，阿嬤並不像之前想的那麼神祕，她跟一般人沒什麼兩樣，甚至更好，至少脾氣好，不像母親動不動就要打她。阿嬤對她的好，跟父親對她的溺愛也不同，父親連她放的屎都覺得是香的，反而讓她覺得不真實。阿嬤嘉許她，褒獎她，一定是覺得她真的好，這讓淑芬特別得意，因為那不是隨便說說。

阿嬤也真心疼她，多虧這個聰明的孫女讓她打開心房，逼她多少說些什麼。實在是日子過得太慘，曾經一開口就想哭，哭傻了，忘了自己身在何處，醒過來，不知該跟誰訴苦，乾脆什麼都別說。

她對自己無故離開一群孩子、讓他們頓失父母，感到萬分愧疚，這次回家，並非想補償什麼，也不求接納，只是單純想回來看看，卻看到兒子、媳婦把一家人照顧得好好的，生活雖然吃緊，卻都還過得去，還願意接納她帶來的男人及拖油瓶。

一家人對她愈好，就愈讓她覺得虧欠。

她心想，很滿足了，老天對她夠好了。

望著眼前這個天真率直的孫女，更讓她覺得心裡暖烘烘的，充滿希望，彷彿在她

⑤ 戇：憨，笨。gông

身上，看到當年那個天不怕地不怕的自己。

「阿嬤，女人生孩子聽說很痛，為什麼還這麼戇⑤，要一直生一直生啊？」

這話問誰都好，卻不該問自己的阿嬤，她正是那個一生再生的戇女人。

阿嬤摸著淑芬的頭說：「戇孫，阿嬤又要再生一個了呢。」

淑芬低頭，才發現阿嬤的肚子好大，驚訝得不得了，之前還以為那只是胖而已，卻沒想到裡頭藏了個孩子，簡直像變魔術一樣。

「阿芬乖，不要跟別人說。」

淑芬睜大眼看著阿嬤，不明白她的意思，卻跟著點點頭，不過她感到開心。

也許這又是阿嬤的另一個祕密，而這回，她是唯一知道的那個人。

跤數①

淑芬在路邊放屎，卻聽到有人大聲吆喝：「緊來看喔！」她急忙穿上褲子，回頭一看，果然看到四個男孩跑來湊熱鬧，心涼了半截……

阿枝有傷在身，又受了一夜風寒，隔天高燒不退，這一病可不輕，別說步出家門，連下床都有困難，成天囈語，頂多起身喝喝稀飯，簡單應答，竟拖了整整十天無法上工。

阿珠一則以喜、一則以憂，比起每天下坑讓她擔心受怕，她寧可阿枝病得更重些，也好過斷手斷腳或陰陽相隔，這些念頭只要輕輕閃過，都會讓她怕得發抖。但他畢竟是這個家的支柱，別說少了一份收入，沒他帶頭做事，家裡所有人都跟著懶散，做事都不起勁，連雞啼的聲響，也比別人家少了幾分嘹亮。

這可不行，日子會過不下去，得想想辦法。

淑芬完全在狀況外，還以為是自己闖了禍，讓父親過度擔憂而重病，內心自責不已，原先的野性收斂不少，幾日來多半待在家中不敢亂跑，阿珠趁機逼著淑芬做些正

① 跤數：角色、傢伙。kha-siàu

事，要淑芬跟著阿嬤學種菜、養雞、到坑口撿煤渣，淑芬本來就有些小聰明，手腳靈巧，很快就能把大小事情做得妥貼，讓阿珠輕鬆不少，這身手、腦袋跟自己實在像極了，不似丈夫死腦筋。

阿珠決定讓淑芬挑菜到鎮上去賣，她自己不也八歲就學會做生意了，真了不起，雖然淑芬太過毛躁，總是得逼她帶些責任，讓她長大。

一早，阿珠帶著淑芬整理菜園，一面跟她說：「阿嬤種不少番薯葉和小白菜，明天早點起來收一收，拿去雙溪車站賣。」淑芬眼睛一亮，這幾天在家悶得發慌，早就想到外頭透氣，回答得倒乾脆：「好啊好啊！可是要怎麼賣啊？阿母你沒教我，我怎麼會？你去賣一次給我看，我就會了。」阿珠回她：「我如果可以去賣，還用叫你去嗎？賣東西很簡單，錢記得收回來就對了。」淑芬興致高，反應也快，馬上接著問：「阿母你說得這麼簡單，價錢要怎麼定啊？黑白定，生意是要怎麼做？定高了賣不出去，定低了賺不了錢，我年紀又這麼小，被人家欺負怎麼辦？人家不讓我賣怎麼辦？」

阿珠差點笑了出來，卻板著臉孔說：「妳不要打死人，我就偷笑了，什麼人敢欺負妳？我看妳連警察大人都不怕。」淑芬不敢回嘴，生怕母親收回成命，心中倒是暗自盤算，模擬了幾種情況，打算到時見招拆招，說什麼都不能失了面子，這第一筆生意一定得做成才行，至少能為家裡減輕經濟負擔，讓父親早點離開那個可怕的地方。

阿珠隨手抓了一把番薯葉，打算用來做午飯，「像這樣一把差不多半斤，賣半錢差不多，有時候可以賣到一錢，要是沒什麼人來買的時候，就把菜撿一撿整理一下，漂亮些的可以賣貴一點，明天你到火車站前先看人家都怎麼賣，下午我帶你去跟大舅借一把秤子，就不用怕抓不準。」

「阿母，我們下午就拿去車站賣好不好，這樣我學就比較快！」淑芬躍躍欲試，巴不得馬上做成第一筆生意，阿珠卻潑她冷水：「妳別這麼急性，事情還多著，生意沒這麼好做！」

「妳也別這樣，咱們快要好命了，查某囝②會做生意了！」阿枝披了件外衣，走出房門透氣，母女之間的對話他都聽在耳裡，聽了心頭舒坦，隨口應了幾句，阿珠聽了嚇了一跳，這還是阿枝幾日來第一次自己走下床，怕他受風寒，連忙趕他回去：「不要站在外面吹風啦，三寶身體，好命？還早啦！」阿珠嘴巴不饒人，心裡卻高興，一邊忙著把阿枝趕回屋子裡，一邊想著如何幫阿枝補補身子，打算吃完午飯就帶著淑芬回娘家討救兵。

往土地公嶺的這段路頗為遙遠，母親步子又急又快，淑芬跟得辛苦，腳趾頭很快磨破了皮，但這幾天實在悶壞了，她寧可腳上起水泡，也不要被關在家中。也許是太過興奮，也許是吃壞肚子，才走一半路，她就想拉肚子，「阿母，我要放屎，妳等我一下……」阿珠白了她一眼，繼續往前行，嘴巴叨念：「囡仔人厚屎厚尿③，等咧自

② 查某囝：女兒。tsa-bóo-kiánn
③ 厚屎厚尿：指一個人多屎多尿，小動作頻繁，做起事來又不乾脆。kāu-sái-kāu-liō

己跟上來！」

淑芬沒時間抱怨，褲子一脫，就在路邊解決，怎料這半山路的另一頭，正對的是另一條路，這頭有樹遮蔽、看似誰也瞧不見，另一頭的行人卻人人都看得到淑芬白鑠鑠④的大屁股，好巧不巧，就在她屎尿齊流的同時，就有一群男孩從那條路走過。

「快來看喔，有人在那邊放屎喔！查某耶喔！」

一則粗聲粗氣的童聲，劃破晴空，為午後悶熱的山林帶來騷動，淑芬心想不妙，不會被看光吧？顧不得屎才放一半，就急著把褲子穿上，回頭看，原來是柑腳賴家的孩子阿松，她知道那是三嬸娘家的孩子，是個大嘴巴，經他這麼大聲吆喝，後頭另外三個男孩也緊跟著跑過來，「在哪裡？在哪裡？」

「在那裡啊！」阿松指著半山坡的方位，眾人卻只見一女孩衣衫完整，身體站得挺直，雙手插著腰，凶巴巴瞪著來人，看來並不好惹。

年紀最長的那位對著阿松咆哮：「幹，你又在黑白講！」「我沒黑白講啦，她剛剛才把褲子穿起來的！」另一位同伴則嘲笑他：「你偷看人放屎，不怕生目針喔！」阿松回嘴：「生你的尻川啦！」另一人譏諷他：「你偷看人家的尻川，要把人娶回家！」「娶一塊屎啦！」大夥跟著瞎起鬨，淑芬氣炸，卻怕母親走遠，只得忍下這口氣，回頭嗆了一句：「一群沒路用跤數！」

要是時間夠，她有的是更難聽的話，只是現在沒空，邊跑邊強忍著腹痛，朝母親

④ 白鑠鑠：形容很白的樣子。pe̍h-siak-siak

的方向奔去。不過背後男孩揶揄的笑聲此起彼落，淑芬聽了心煩，卻也不禁擔心了起來：「無代無誌⑤尻川被人看了，難道我真得嫁給那個沒路用的跤數……」

女孩子總是在乎閒言閒語，自己的身體被偷看，總是放不下心，但她自我安慰：「他要是有看到那塊胎記，我就認了！」

她心中想的是，那個叫阿松的，人長得又黑又矮，年紀又比她小，只是個小跟班，她才不想嫁給他，好歹也得嫁給那個高個兒的，另一個穿學生制服、手上還拿本書的，看起來也還不錯。胡思亂想一陣，煞有介事的挑三揀四，就像馬上要招人入贅，跩得跟什麼一樣。只不過，這些人她雖然都認得，卻沒一個看得上眼。

來到母親娘家，外公外婆又親又抱的，對這個孫女百般疼愛，異常親熱，讓淑芬有些難為情，自己又不是小小孩，還要被這樣逗弄，要不是看在外婆手上的那桶桔子糖，她早就開溜了。

倒是母親像見了仇人似的，一進家門，嘴巴就罵個不停，什麼都有得罵，罵大舅大妗壞心，還讓外公下田工作；罵二舅去外地工作多年，從未拿過錢回家；罵外婆隨便亂花錢，不懂省吃儉用。邊罵還邊翻撿房裡的東西有無可用的，破爛的就罵為何不丟，完好堪用的就罵為何不收納整潔，罵得讓淑芬好心煩，不知母親為何要對自己的父母這樣刻薄，在家裡張揚也就算了，好不容易回來作客，也要弄得場面難看。

只有外公沒被罵到，總是笑咧著一張嘴，他是位清瘦慈藹的老者，頭髮都掉光

⑤ 無代無誌：平白無故。bô-tāi-bô-tsì

了，下巴右側長了顆鵝蛋大的肉瘤，說話、吞口水時會跟著上下晃動，淑芬好奇伸手去摸，阿珠大聲斥喝阻止，外公連忙說：「沒關係沒關係，小孩子愛玩就讓她玩！」一點也不以為意，又牽著淑芬到廚房裡，從糖甕裡敲出幾塊黑糖塊來，一邊使眼色叫她別作聲，別讓表弟妹們看到了。

外婆臉上同樣堆滿笑容，沒被阿珠撒潑的德性激怒，聽到阿珠說阿枝病了，倒是白了她一眼：「你是怎麼照顧翁婿⑥的？照顧成這樣？」連忙到廚房起鍋，用麻油煎桂圓，煎得香氣四溢，再打了十多顆蛋下去煮，接著所有好料連同米酒都裝在一支酒瓶內，說是要讓阿枝補元氣，其實這也是阿珠這次回來的目的之一，她知道母親頗有些私房菜，補中益氣，對男人很有幫助，只可惜自己早早嫁了，沒跟她學到。

老人家又張羅了好些東西，用大花布包巾裹著，要讓阿珠帶回去，多半是一些乾貨、補藥、傷藥、貼身衣物，連同阿珠要的秤桿、扁擔、竹簍，都讓阿珠打包回家。

阿珠還是沒好臉色，急著就要走人，淑芬要不是嘴上忙著吃零嘴，加上之前闖禍的罪惡感仍在，不然還真想跟母親大吵一架，道別時，老人家不免對這個長得標致的外孫女又摟摟抱抱一番，又被阿珠罵退：「你們兩個老番顛⑦，親來親去不怕人恥笑！」

淑芬不喜歡母親對外公外婆的疾言厲色，更好奇的是，她不叫自己的母親叫阿母，而是叫「姨仔」，那應該是阿姨的意思，同樣的問題雖然已問過阿嬤，但回程路

⑥ 翁婿：丈夫。ang-sài
⑦ 老番顛：罵人年老而言行反覆無常。lâu-huan-tian

上她忍不住又問：「妳怎麼叫外婆叫阿姨？」阿珠啃著從娘家帶出來的甘蔗，冷冷的回道：「我怎麼知道，她從小就規定我這麼叫，我也感覺到很奇怪啊，說什麼這樣對父母比較好，小孩的命會比較好，氣死我！」淑芬年紀雖小，從母親略帶失落的口吻，稍能理解為何她總是不開心，怨天怨地，對每一個人都不滿意。

淑芬又問：「妳怎麼對他們這麼凶，妳不是他們生的嗎？」阿珠瞪大眼說：「妳黑白講，我對每個人都這麼凶，又不是只有對他們這樣，跟妳說，妳以後敢對我這麼凶妳試試看，看我把妳剁成兩半！」淑芬說：「我管妳咧，我是跟妳學的，妳對阿嬤就不敢這麼凶，對外公外婆就特別凶，我就是要跟妳學！」阿珠沒好氣：「妳好膽⑧就試試看！」

這段路來回要走三個多鐘頭，眼看天色已黑，淑芬走了一天的路，身體疲倦得很，一路上不停打哈欠，卻沒想到冤家路窄，又遇見來時撞見的那四個男孩。

心涼了半截。

四人看到有大人在，沒敢造次，什麼話都沒說，就這麼擦身而過，倒是那個小個頭，臉上堆著似笑非笑的表情，一副賊樣，讓她看了就有氣，隱約還聽到四人彼此交頭接耳的聲音。

「我真的有看見，不信你們問她，屁股右邊是不是有一塊瘀青！」「你真的不怕生目針喔？」「我怎麼有辦法，是我比較衰好否，誰教她要蹲在那邊放屎？」「那

⑧ 好膽：有種，有膽。hó-tánn

你要娶她當某啦，哈哈哈哈！」「誰娶到她誰衰潲⑧啦！」「你自己沒辦法追到手，牽拖一堆！」「你有才調⑨你去追啊？」「喲？搏看看啊，看誰先追到那個查某。」「搏什麼？」「搏你的膦鳥⑩啦！」

淑芬一點都不想再聽下去，也不想知道這些臭男生最後的賭注是什麼，一口氣憋在胸口，無處發作，回到家中，什麼話也不說，也不吃飯，一個人鑽到被窩裡躲了起來。

⑧ 衰潲：倒楣，運氣不好。sue-siâu
⑨ 才調：本事，能力。tsâi-tiāu
⑩ 膦鳥：指男性生殖器。lân-tsiáu

等路①

淑芬抓著惠卿的手就往溪裡狂奔，她盡挑沒有青苔的石頭踩，借力使力，遇落差較高的大塊岩石，竟也一口氣跳上去，毫不遲疑……

淑芬負氣早早睡去，半夜卻聽到窗前叩叩叩的聲音，還有人輕喚她的名字，揉眼起身，老大不情願的問道：「誰啦？」窗外女孩用氣聲應答：「我啦！」「誰啦？」「就我啊？」「神經喔，我我我，我怎麼會知道妳是誰啦？」推開窗，正是少根筋的惠卿，眼神似驚弓之鳥，一副畏畏縮縮的模樣，淑芬看了就有氣，正想罵人，卻看惠卿手上還抱著一個紅通通的嬰兒，整個人頓時清醒，連忙跑到屋外一探究竟。

「這是誰家的紅嬰仔②？妳跟誰偷抱來的？」淑芬知道事有蹊蹺，又怕她說話老是夾纏不清，故意壓低聲、放慢速度，一個字一個字的慢慢問，惠卿眼中含著淚說：「阿母說要將妹仔送給別人，我不要啦！我不要啦！」然後就開始啜泣，但畢竟是從家中偷跑出來，怕大人知道，所以不敢哭出聲。

「這是妳的妹仔嗎？」淑芬怕這個三八惠卿亂說話，難保抱的不是自己的親生妹

① 等路：訪友時帶的伴手禮，或引伸為出遊時攜帶的零食。tán-lōo
② 紅嬰仔：新生兒。âng-enn-á

妹，之前就有一次先例，搞得大家莫名其妙，她可不想再犯同樣的錯誤。

「是我妹仔沒錯啊，妳忘啦？我阿母之前大肚子妳沒看到嗎？妳阿母之前還說她肚子這麼尖，又墜成這樣，一定是男的，害我阿母好開心，可是生出來是女的，她就要送人……」惠卿說完又哭了起來。

「好啦好啦，妳不要再哭啦，妳說小妹要送人，是要送給誰？」淑芬其實最見不得別人哭，只要一看到有人哭，就跟著心煩意亂，想要打人，此時她還耐著性子，又想到白天的事，母親只能叫外婆阿姨，搞不好她就是外婆跟人家抱來的孩子，心中不禁五味雜陳，有些不捨，難得惠卿平日蠢得半死，竟是這麼有情有義的人，自己要是有個這樣的妹妹，她也捨不得送人！

「我不知道啦，好像要送去石碇仔給人做媳婦，石碇仔好遠耶，我小妹還這麼小，就要送去這麼遠的地方，我毋甘啦，我不要啦！」「不要也不行啊，不然妳要怎麼辦，妳自己有辦法養嗎？妳連自己都顧不好了，還想顧囡仔？」「我不管啦，大人講話都騙人，一下子說要留下來讓我帶，一下子又說要送給別人，我阿爸昨天又說等養大一點，送去九份查某間③，價錢比較好，我不要啦，妹仔好可憐！」

淑芬愈聽火氣愈大，不禁開口罵：「妳家都死人啊，這種話也說得出來，小孩敢給我送去查某間，看恁祖嬤拿菜刀砍他！」惠卿看她這麼怒，覺得好像有點希望，連忙擦了鼻涕問她：「不然你可以幫我養她嗎？你先幫我帶著，我每天會來看她，我會

③ 查某間：妓女戶。tsa-bóo-king

磨米漿來給她喝，妳不用擔心？」

「替妳養孩子？妳神經啊？妳家人找上門怎麼辦？我會被我老母搯死？」「不然怎麼辦，妳要幫我想想辦法，不然小妹被帶回去，明天就被賣掉了！」淑芬心中一愣，又來了，不會又是個騙局吧？忙抓住惠卿的肩膀問道：「妳講清楚喔，到底是要送去石碇仔給人作童養媳？還是長大一點送去查某間？還是要賣掉？你不要隨便亂講！」

惠卿講話本來就夾纏不清，但看她說得這麼誠懇，多少有七八成可信，只是淑芬實在不知該如何處理這樣的事，想插手，又無從幫起，恨不得此刻就把娃兒抱回房、藏在自己床下，但如果半夜哭怎麼辦？想喝奶時怎麼辦？想到這裡，不禁細瞧這孩子，還真古錐④，任憑兩人吱吱喳喳爭吵，竟然還能睡得如此香甜。

娃兒的長相秀氣，不似一般新生兒五官皺成一團，眉毛顏色疏淡，鼻子倒長得英挺，主要是那張小嘴嘟成一個小點，宛如一顆紅豆微微顫動，益發令人心疼，更讓淑芬嫉妒的是，她臉上竟沒有半顆痣，十足美人胚，豈有此理，但再怎麼說，自己若是有一個這樣的妹妹，不論美醜，她都不會讓人送走。

該怎麼做？去找大人理論？胡鬧一場？打人？打誰？打惠卿的父母嗎？總不能打自己的父母。還是偷偷把小孩藏起來？藏哪？

千頭萬緒。

④ 古錐：可愛。kóo-tsui

望著地上搖曳的樹影，淑芬靈機一動，回頭跟惠卿說：「你會怕黑嗎？」「按怎？」「你如果不怕黑，咱從牡丹溪往上游走，妳知道嗎？就咱們去年和玉蘭他們去抓苦花魚的那個地方，往上走有兩條水路，妳往右邊那條走，一直走走走，就會碰到一個山洞，妳抱著妹妹去那邊躲一下，明天我想到辦法再去找妳。」

「那是哪裡啦？我不會走啦！」

「你怎麼這麼笨，我們那次躲迷藏，兩個人還在那個洞躲半天，都沒人找得到，你還在裡面放屎臭死人了，你怎麼會忘了呢？」

「我不要啦，我找不到啦，我會怕！」

「這樣我就沒辦法了，你就讓你的小妹讓人家抱走好了啦！」

「我不要啦，我不要啦！」

「妳不要？隨便妳啊，我要去睡覺了，小孩妳自己抱回去，不要來煩我。」

「不然，不然你帶我去找那個洞。」

「我要去睡覺了啦！煩死了！」

「好啦好啦！妳帶我去啦！」

「說好喔，我只帶妳去就回來，之後都不管妳了，我愛睏得要死，明天一早還要去賣菜呢！」

「好啦好啦，我們快走！」

事情一決定，這下反倒輪淑芬擔心，生怕自己的伎倆被大人識破，這可不是辦家家酒的小事，她感覺到屋內有些人還未休息，爸媽都還沒睡，正在和二叔、三叔商量事情，小姑還在浴間洗澡，阿嬤哄著小孩睡覺，淑芬要是有什麼大動作，很容易被家人發現。

但淑芬本就古靈精怪。

她要惠卿先到村口大樹下躲起來等她，自己先到廚房找吃的，就算有大人問起，她晚餐本來就還沒吃，一點都不可疑，心中盤算的卻是：「總該帶點等路吧？」

她用小手帕把菜櫥⑤裡吃剩的飯菜兜攏，隨手弄了兩個飯糰，再用自己辦家家酒用的竹杯裝盛些湯湯水水，再去糖甕挖幾塊黑糖，黑暗中實在弄不清到底有什麼可吃的，但事出緊急，先度過這關再說。

淑芬脫掉木屐，光著腳丫，躡手躡腳走出家門，和惠卿會合之後，抓著惠卿的手就跑，沒料到嬰兒卻在這個時候忽然哭了起來，淑芬驚得一口氣差點換不過來，連忙把小孩搶過來，緊緊抱在胸前，兩人臥倒藏在草堆裡，設法讓小孩穩定下來，所幸小女孩只是陷眠⑥，沒再持續胡亂吵鬧，淑芬喘了口大氣，心想，家中幾個小屁孩，日也吵、夜也吵，成天哭枵⑦，比較起來，眼前這個實在得人疼，簡直是菩薩下凡。

兩個大孩子就這樣一路往溪邊行，淑芬手著抱嬰兒，卻愈走愈快，惠卿幾乎要跟不上，待彎過相思林之後，月光整個被遮蔽了，惠卿只覺得眼前一片黑，根本看不到

⑤ 菜櫥：置放飯菜或是碗盤的櫥櫃。tshài-tû
⑥ 陷眠：囈語，說夢話。hām-bîn
⑦ 哭枵：因飢餓而吵鬧。khàu-iau

路，「阿芬，妳等我一下啦，等我一下啦！」等她再看到月光，聽到水聲淙淙，人已來到溪畔，淑芬早就等在一旁。

淑芬取下惠卿身上的背巾，把嬰兒綁在自己身上，然後抓住惠卿的手，接著露出頑皮的笑容，「要開始囉！」

惠卿還沒意會過來，就被淑芬抓著往溪裡狂奔，淑芬就像長了翅膀一樣，在水裡跑了起來，說是跑，其實比較像跳，起始的路段是下坡，淑芬盡挑沒有青苔的石頭踩，借力使力，跑起來輕鬆，遇到上坡路段，或有落差較高的大岩石，也是一口氣就跳上去，毫不遲疑。

惠卿一開始還有些害怕，卻驚訝於自己完全能跟得上淑芬的腳步，才想起兩人早有默契，幾次跟著幾個好姊妹來到溪邊玩耍，淑芬就是這麼帶著她狂奔，一開始自己還一直跌倒，被淑芬罵得很慘，但幾次之後就熟練了，這條溪跑起來既涼快又舒暢，只怪自己傻，原來淑芬早就想到這條妙計，害自己擔心了半天，碰到事情找淑芬果然沒錯。

兩個小孩加上一個小小孩，頂著初夏幽微的月光，在牡丹溪裡奔馳，岔過北支流不久，就來到那處神祕的洞穴，嬰兒持續沉睡，惠卿則疲憊不堪，淑芬把兩人安置妥當，交代手中的吃食，自己順著來路回家，她心懷感恩，感謝月娘一路善待她們，讓這條路走來不至於太過驚險，恍惚之間，連自己怎麼鑽進被窩裡都不知道，只盼明日一覺醒來，自己能想到好辦法，讓這一家團圓，也或者大人們早已回心轉意，捨不得將孩子送走，日後自己又多了一個可以使喚的玩伴。

冤家

淑芬拿著扁擔，二話不說就對著阿燦的頭部猛力一揮，發出啵的一聲，他聽到甁仔掉在地上裂開的聲音……

清晨的鄉間總有股沁鼻的味道，趁著朝霧將散未散之際，撲向早起卻又沉浸在半夢半醒之間的人，有時是桂竹攪和著油桐逼出一絲淡淡的麻油香，有時是龍眼樹襯著含笑花的甜味，飄散出幾許野薑花的涼爽，教人頓時清醒，偶爾勾起多少個相似早晨難忘的回憶。

天未亮，淑芬早早就被母親叫起床，催她挑菜去賣，說是走路，到車站也要半點鐘，想要卡個好位置賣菜就要趁早，淑芬眼睛根本睜不開，披著外衣就跟著母親到菜園裡，阿嬷早已將菜色整理得井井有條，紅菜、地瓜葉、小白菜、莧菜，裝滿兩大竹籃，淑芬一看到扁擔和籃子裡裝滿的菜，整個人就清醒了過來：

「有穡可做了！」

母親叮嚀她：「先看別人怎麼賣，你只要記得把錢帶回來就好，菜留得愈多還得挑回來，你不嫌重的話就儘管留。」

阿嬤露出難得的笑容，瞇著眼看淑芬，頗有嘉許之意，畢竟小女孩長大了，可以幫家裡的忙，如果真是塊做生意的料，對這個大家庭來說絕對有幫助，淑芬喜歡人家稱讚，阿嬤的笑讓她特別窩心，要是父親現在也在身旁那更好，一定會把她捧上天，可惜他的病還沒好，不宜在如此寒涼的晨間走出戶外，阿嬤卻忽然連聲作嘔，似乎身體也有些不適。

擔子很重，淑芬扛上肩的心情卻是興奮的，步履輕盈邁向通往雙溪鎮上的小路，但心裡總覺得有件事還在等著她，一時卻記不起來。才走到村口，就看到幾個同伴迎面走來，玉蘭和碧霞都各自牽著家裡的孩子趕來湊熱鬧，等著看淑芬賣東西，後面還跟著幾個隔壁村的孩子，其中有幾個還沒穿褲子。

淑芬猛然驚醒，是了，惠卿和她的妹妹還在上游的涵洞裡等她，但那是反方向的路，走過去再走回來會耽誤不少時間，再說挑著菜行動不便，無法在溪澗裡奔跑走跳，真要繞過去，可是要花更多時間。

怎麼辦？

這一急，淑芬心有罣礙，擔子也跟著重了起來，時而左顧右盼，時而回頭探尋，好幾次險些跌倒，卻沒想到隨著天色漸亮，身邊跟著看熱鬧的孩子愈聚愈多，讓她愈感心煩，她忍不住破口大罵：「閃啦！」孩子們被這麼一罵，紛紛停下腳步，但很快就又跟上了，臉上都帶著看好戲的笑容，來回幾次，淑芬乾脆把擔子一扔，回身怒視眾人，問題是，既然是看好戲，不會有人在這個時候打退堂鼓，大家圍成一個圈子把淑芬團團圍住，什麼話也不說，也不知該做些什麼，但就是不想離開，只想跟著去看這個小孩怎麼賣菜。

淑芬心裡清楚，這些人根本是來亂的，最好是一鼓作氣用扁擔把他們都打跑才省事，但礙於之前闖禍的教訓，讓她有點瞻前顧後，裡頭有幾個抱小孩的，有些人年紀太小，要是出了事很麻煩，她可不能再給自己添麻煩了。

突然，她看到了熟悉的人影，惠卿抱著小嬰兒出現在人群之中，喜出望外，連忙衝向前去罵她：「妳是跑去哪裡啊？嚇死我了？」「我一直在等妳啊，妳又沒來，還怪我？」

淑芬心一寬，什麼事都好說，也就不把這些人放心上，只是感到奇怪，為何惠卿和她的小妹全身都溼淋淋的，一副泡過水的樣子，惠卿也就罷了，小嬰兒萬一受風寒怎麼辦？淑芬連忙問道：「妳們是掉到水裡嗎？不會冷嗎？」惠卿搖搖頭傻笑：「妹妹真乖，都沒有哭！」淑芬才發現自己好愛這個孩子，一點都不哭鬧，安詳躺在姊姊的懷中沉睡。

心情好，挑起重擔，就一點也不覺得重，再度出發上路，淑芬心甘情願當孩子王，帶著一群人，浩浩蕩蕩前往雙溪車站賣菜，這才想起身邊好像少了個吵架拌嘴的人，畢竟太過安靜了，靜到只能聽到腳步聲，以及不敢造次的竊竊私語。

「郁芬人呢？」

淑芬才納悶，郁芬就迎面走來，身上穿著漿過的卡其制服與百褶短裙，背著書包，邁著愉快的步伐來到淑芬面前，卻又故意慢下腳步，兩人互瞪，眼看就要對撞。

「閃啦，別擋路！」淑芬嗆她一聲，說也奇怪，郁芬輕快閃開，並未回嘴，只是回看淑芬一眼，露出得意的笑容，就帶著自己的小跟班離開了。

「她去讀冊①啦！」「她去念國校啦，今天開學。」

像被電擊了一般，淑芬第一次覺得自己被徹底打敗。

輸了，人家去讀冊，我得去賣菜，這還不夠清楚嗎？

兩個人從還不會講話開始，就一直在比較，一場永不停止的賽局，雖然有輸有贏，但彼此從未覺得誰真正贏過誰，只有這次，淑芬知道自己沒有贏面，想讀冊？母親那關就過不了，再說以家裡現在的情況，根本沒錢讓她上學，家裡的男孩都還沒人上過學，哪輪得到她？要是父親不生病，也許還有機會一搏。

淑芬耳邊一直迴盪著「讀冊、讀冊」的聲響，腳步愈走愈快，隊伍被拉得像一條長龍，她一心想把這些看笑話的人全都甩開，卻沒看到迎面而來穿著制服的另外四個

① 讀冊：讀書。thák-tsheh

男生，就這麼硬生生撞上當中個頭最高的那個人，擔子裡的菜散落一地，淑芬瞬間被彈開，整個人摔得狼狽。

「妳是沒生眼睛嗎？」大男孩開罵，表情猙獰凶悍，濃密的眉毛整個往上張揚，眼珠子瞪大，像要吃人一般，淑芬也不服輸的回瞪他，想把所有的怨氣都出在這個人身上，卻覺得這人似曾相識，再細看其他男孩，差點昏過去，一字排開，正是那天看到她放屎的那群野孩子。

「這不是在路邊偷放屎的那個查某嗎？」

「你不是要娶她？」

「幹恁娘，你才要娶她咧！」

淑芬一整個怒火中燒，今天算是走運了，什麼事都跟她過不去，不找人出氣，實在難平心中的怨氣，她緩緩站起，拍一拍身上的塵土，順便拾起那根扁擔，雙手緊握在三分之一處，像拿木劍一樣握著，掂了掂扁擔的重心。

男孩不知道這個莫名其妙的女孩想做什麼，疑惑的看著她，心想，量她也沒那個膽敢打人，卻沒料到，女孩拿著扁擔，二話不說就對著他的頭部猛力一揮，發出啵的一聲，他聽到瓠仔掉在地上裂開的聲音。

見血了。

他疼到整個人蜷縮在地上，所有人都還沒搞清楚狀況，淑芬又欺身向前，朝著地上的人亂踢一陣，心中暢快無比，直到聽見玉蘭的聲音：「別再打了，妳要讓妳阿爸傷心嗎？」聽到這淒苦的聲音，淑芬才停手，卻早已氣喘吁吁。

這帶頭的男孩叫阿燦，麻竹坑人，父母以採藥為生，長年不在家中，他是阿公阿嬤帶大的孩子，說是男孩，其實也十七歲了，但他終日遊手好閒，到處惹事，專找大孩子單挑，在牡丹坑、雙溪一帶是出名的鬥雞，豈料今日竟栽在一個恰查某手上。

阿燦緩慢起身，雙手扶著頭部的傷口，眼睛幾乎睜不開了，卻破口大罵：「幹，真正痟查某①！」話才說完，顧不得血還在淌，便朝淑芬撲過去，淑芬還沒來得及反應，一下子就被撲倒在地，兩人在地上扭打成一團，但畢竟男女有別，淑芬個頭又小，很快就被制伏，只是她向來不肯服輸，又有些身手，兩三下又掙脫了，沒想到另外兩個男孩也來幫忙，三人很快將她壓在地上，但這麼一壓，倒成了恃強凌弱，男生欺負女生，另外兩個人心中有顧忌，不敢真的對她怎樣。

原本看熱鬧的孩子，看到場面血腥，早就嚇得跑掉一半，阿燦才不管什麼閒話，好整以暇的拾起淑芬扔在地上的扁擔，心中想著該如何炮製她，他叫夥伴把淑芬架起身來，然後用扁擔的一端指著淑芬，就像在審訊犯人一般問道：「妳好大膽，妳知道我是誰嗎？」

淑芬哪管他是誰，倒是沒見過如此凶惡的眼神，加上對方滿臉鮮血，猶如惡鬼，叫她心中膽怯，也不知是氣還沒喘過來還是真的害怕，一時之間不知該怎麼回答。

② 痟查某：瘋女人。siáu-tsa-bóo

「妳今天是死一路，看妳還有什麼話好說！來，把她的衣褲都脫掉，我要看她的尻川是不是真的一塊黑一塊白。」這話一出，淑芬的心更是涼了半截，對方說話的狠勁，聽來並不像在開玩笑，她只好回嗆：「你袂見笑，查埔欺負查某！」口氣雖凶，聲音卻顫抖，恨不得有人快伸出援手，或去找大人來救她。

「脫掉啊！」抓住淑芬的是阿松、阿榮兩兄弟，聽到阿燦的大聲斥喝，反而手忙腳亂，只是說什麼也不敢讓淑芬掙脫，只能緊抓住她的手不放。

「好了啦，夠了吧！」另一個大孩子開口了，聽到有人解圍，淑芬鬆了口氣。

他叫阿慶，年紀比阿燦大些，是個初中生，看來是個明理的人，他單手抓住阿燦手中的扁擔，阿燦瞪著他，沒有要放手的意思，但阿慶很堅持，眼神堅定，用了點力氣和阿燦拔河對抗，分三次才將扁擔抽走，阿松和阿榮也跟著鬆手放開淑芬，但生怕這瘋女人再發瘋，才一放手就連奔帶跳的逃開。

阿燦雖然面子掛不住，但實在是傷口太過疼痛，急著找人療傷，只好暫時放手，卻還是撂了狠話：「妳給我記著，這筆帳我會跟妳算，別以為妳是查某我就不敢打妳！」說完便在阿松、阿榮的攙扶下，一拐一拐的離開。

淑芬這才發現，身邊看熱鬧的孩子們早已全都跑光，以剛才的處境，她要是在光天化日下被剝光衣服蹂躪，也沒人救得了。

她望著阿慶那張淨白、略長的方臉，心中充滿疑惑，一時想不透他到底為何要出手相救？他不是跟他們一夥的嗎？那天在路邊嘲笑她的，他也有份，絕對不是什麼好東西。

阿慶頭上還戴著學生帽，眉宇間有一道很深的紋路，就像用刀子刻上去的一樣，憂鬱中帶著深思熟慮，不似阿燦那般輕浮，他將扁擔遞給淑芬，一面代夥伴們向她道歉，一面要她趕快收拾東西回家去。

但淑芬粗魯成性，經過剛才的驚濤駭浪，哪曉得這個人存什麼心，一巴掌就往阿慶的臉上打過去，打得又脆又響，「我不用你管啦！」然後只顧著把散落一地的菜兜攏，在玉蘭、惠卿的幫忙下，把爛的堆成堆，還能賣的擺籃子裡，打算先回家交差，她知道這一回去，少不了母親的一頓打罵，但眼下爛菜一堆，再加上衣衫不整、蓬頭垢面，想到鎮上做成這第一筆生意，是不可能的事。

至於晾在一旁、自討沒趣的阿慶，也只能撫著火燙的臉頰，自討沒趣的去趕第一班火車到基隆上課。此時他並未料到，多年以後，這個女人將會和他糾纏一輩子，在一起痛苦，分開卻也活不下去。

到手香

阿嬤脫去全身衣物，一絲不掛走進那個洞裡，出來之後，便很快朝著她奔去，對她呼喊：「你快回來啊！」

淑芬一身狼狽，遍體鱗傷。菜籃裡所剩無幾，肩上卻似挑了幾百斤重擔，心中盤算回家後該如何跟母親說起？愈想腳步愈沉重。

一走進菜園，見到阿嬤，心情就放鬆了，是的，阿嬤一定會護著她，一定會幫她說話，一定會在母親動手打她之前，就擋在她面前幫她說話。想到這裡就安心多了。

她嘴角輕揚，便昏了過去。

阿嬤見狀，連忙搓了一把到手香①，在手裡磨出細緻淡雅的味道，淑芬聞了並沒有馬上醒來，卻在夢中來到一處開滿花朵的園子。

阿嬤在花園裡為她更衣、療傷，她像完全沒事一樣。

她發現自己變成一個牙牙學語的嬰兒，赤裸著身子在花園裡奔跑，任由阿嬤在身後追逐，她發出咯咯笑聲，彷彿從來就未曾這麼開心過。

① 到手香：香草名。tò-tshiú-phang

她好愛這個味道。

不過味道很快就淡去，淑芬忽然感到自己的身子變輕，飄浮在空中，她看到自己原來還躺在菜園裡，四周都是菜，還充滿雞屎的味道，哪有什麼花？原來她還處在昏迷狀態。

阿嬤為她操煩，一會兒拿著不知名的青草在她身上捶打、滾動，一會兒口中念念有詞，像在施什麼咒語，雙手比畫著各式不同的手勢，隨著呼喊的聲音變換節奏。

她好奇，想靠近阿嬤，看她在做什麼，卻始終只能降落在那棵龍眼樹上，再低就低不下去，她只好不停的吐氣，讓自己的身體變沉重，氣憋得好難過，好不容易靠近地面了，看到阿嬤的臉，她大吃一驚。

那是一張她從未看過的臉，阿嬤彷彿蒼老了數百歲，臉上長著八隻眼睛，卻都緊閉著，陷落在滿臉的皺紋迷宮之中，只在她偶爾嘆氣或厲聲咒罵著某些詞句時，才突然睜開。

她害怕，她就知道阿嬤一定有古怪，沒想到在此刻露出這樣的面目。

她想逃，卻又不敢，因為不知該逃哪去？這裡才是她的家啊，她只能往這裡躲，就算會被母親大卸八塊，就算會被父親斥喝責打，她也甘願。

阿嬤平時放在竹簍裡的那個男孩，倒是一直都很安分，冷眼看著這一切。

終於，阿嬤的表情和緩了下來，皺紋的線條變得柔和，眼睛像泡沫一樣，逐一脹大，變得透明，然後飄到空中逸散而去，才回到本來她認得的那張臉。

沒多久，她看到二叔和三叔走進菜園。

「阿母。」兩個人打了招呼，便席地而坐，都是大人了，卻似要和自己的母親撒嬌，顯得非常孩子氣。阿嬤離家之前，這兩個人才十來歲，因為是雙胞胎的緣故，很得母親疼愛，這回母親失而復得，他們最開心，只要一下工，便往菜園裡跑，想跟母親多親近些，卻見到愛闖禍的姪女也在這裡。

「她是怎麼了，傷成這樣？」

「被誰打的？出手這麼重？」

兩人的疑問差不多，雖然知道淑芬一天到晚惹事，但多半是她去欺負別人，總是別人來告狀，她從來都是毫髮無傷，現在看她傷成這樣，雖覺得是遲來的報應，但還是感到吃驚。

「你們兩個惦惦，我在幫她安神。」

兩人聽到母親這麼說，不禁伸了伸舌頭，把手腳放輕。

淑芬忽然想起自己在家裡其實是備受疼愛的。

眼前閃過一道光，她回到過去，看到自己變成孩子，兩個叔叔正在逗著她玩，玩得粗野，家中的男性長輩似乎都沒把她當女孩看待，抱她從來都是從胯下一把抓住，然後就往頭上舉，省得她脫逃，四叔也這樣，五叔、六叔也都這樣。她看了不禁羞紅了臉。

這兩個男人都在廿歲不到就做了父親，對自己的孩子沒有太多感覺，反倒對淑芬有一份特殊的感情，也許是因為出自對長兄長嫂的尊敬，連帶對他們的孩子也特別看待。

這個女孩精力過人，她沒把你當大人，總是纏著人鬥輸贏，比誰力氣大，比誰氣憋得久，什麼都比，贏了就逃走，輸了也不討饒，非把你搞得筋疲力盡才罷休，但他們甘願如此，只要看她把鼻頭皺成一團，挑眉，歪嘴，斜眼，擠出幾個討打表情，大人就會跟著被逗笑，玩心大起，彷彿跟她盡情打鬧，就能卸去一整天的疲憊。跟這個姪女搏得愈起勁，愈知道大哥為什麼這麼疼這個女兒。

此刻看她被打成這樣，他們感到心疼。但眼下他們的母親卻像個女巫，正在對她施展法術，倒是出人意料。

他們知道母親會幫人收驚。過去幾個弟弟妹妹若有哭鬧不休或高燒不退的症狀，她會抓幾片榕葉，取些紅紙，為他們化解，輕描淡寫，總能消退麻煩，卻從來不曾像這次這樣鄭重其事，如臨大敵。

幻覺一幕幕從淑芬眼前飄過，瞬息萬變，有時是童年的記憶，有時是兩天前的事，有時卻是正在發生的事，歷歷在目。

她大概知道是怎麼回事，但此刻心裡溫暖，身體輕飄飄的，倒也逍遙自在，她希望地面上那個自己趕快醒來，卻又想再多賴一會兒，貪圖無事一身輕的感覺。

她看到惠卿抱著小嬰兒趕過來湊熱鬧，這些平日打打鬧鬧的玩伴，總算還有良心，她期待玉蘭能來，卻未見人影；也許郁芬會過來嘲笑她，她總是沒安好心；碧霞會來報復吧？上次丟顆石頭讓她破相，這下扯平了。她還比較慘呢。

忽然，地上裂了一個大縫，天搖地動，淑芬感到害怕，卻見兩個叔叔只顧著聊天，像什麼事都沒發生一樣，惠卿也視而不見。倒是阿嬤口中念念有詞，皺紋又開始多了起來，她很快脫去全身的衣物，一絲不掛走進那個洞裡，毫不猶豫。她覺得阿嬤會有危險，卻又無法靠近那個洞。

竹簍裡的男孩依然安分，這讓她稍感放心，但也許他什麼都不懂。

很快的，阿嬤又從地底爬出來，手裡拿著一塊深褐色的牌子和一串珠子，就向著樹上的她飛奔過來，淑芬還搞不清楚究竟怎麼回事，阿嬤已緊握著她的手，瞇著眼對她高喊：「快回來啦!快回來啦!」

她一步一步的被拉回地面。

終於醒了，眼皮好沉重。她感覺到阿嬤的雙手還緊緊抓著她肩膀，一手溫暖，暖得像炭火，一手冰冷，冷到令人發顫。

阿嬤笑了，這笑令淑芬安心，她也跟笑了。

菜園變得好寧靜，兩個叔叔躺在地上呼呼大睡，惠卿已不知去向，她預期來看熱鬧的人還是都沒出現，太陽剛要下山，看來阿嬤已經為她忙了半天。

她不禁把阿嬤的手抓來聞，這味道真教人安慰。

「這是什麼味啊？」

阿嬤淡淡回答：「到手香。」

她撫觸身上的傷痕，竟不再覺得疼，傷痕甚至都不見了，只留下一身疲憊。她想知道阿嬤到底對她做了什麼？才張開口，阿嬤卻叫她什麼都別說，要她進房裡休息。她起身，緩步走進屋裡，身體依然輕飄，卻實在許多。

她看到母親正在張羅晚餐，在廚房裡忙進忙出；父親坐在正廳等飯，一手拿著爪耙子撓癢，既專注又陶醉；兩個姑姑在為幾個年紀較小的堂弟妹洗澡，異常吵鬧。

每個人都在忙碌，沒人在意她發生什麼事，彷彿她是不存在的人。

她其實在等候母親的責罵，至少該問問她菜賣得怎麼樣了，卻一直到開飯了，都沒人提起這件事。她實在憋不住，飯菜吃得沒滋沒味，索性自己開口。

「阿母。」

母親顧著跟父親談復工的事情，表情嚴肅。

「阿母！」

「稍等啦，我在跟你爸講話，不要插嘴。」

話到了嘴邊，又縮了回去，一直到吃完飯，母親還沒空理她，兩個叔叔也沒多說什麼，阿嬤本來就不太說話，只偶爾瞧她一眼，對她微笑。

淑芬心想，也許這樣最好，最好什麼都不要問，什麼都不要說。也好。

從這天起，沒人再提起這件事，淑芬也不去賣菜了，一切就像未曾發生過。

淑芬偶然想起，仍覺得不可思議，也許那天阿嬤不只神奇的治好她的傷，也施展了難以理解的魔法，擦去眾人對這件事的記憶，雖然她不明白她這樣做的目的，卻由衷感激那個下午阿嬤對她所做的一切，至於那把到手香的味道，已深烙在她心底，連作夢時都能聞得到，只要聞到，她就會笑，她就會想起那個美好而奇異，卻又驚心動魄的下午。

老五

阿枝一巴掌打過去，老二、老三馬上衝出來架住他，但打得太急，老五的口鼻都濺血，趴在地上完全站不起來。

淑芬一味爭強好勝，心中卻也有柔軟的地方，尤其碰到家裡發生事情，第一時間的感覺，就是想大哭一場，只是礙於面子，不想讓人看到她脆弱的一面。

她發現，家中每個人的心裡似乎都有祕密。

她當然不是真的知道，而是從表情去猜，他們總是眉頭深鎖，若有所思，問他們什麼事，卻都不肯講。這些祕密在和她玩躲迷藏。

但阿嬤回家之後，這些祕密卻又騷動了起來。

當年家裡出事，一晃眼十多年，年幼的孩子也都長大成人，對那件事的疑問及種種想法，各自長成不同的怪物。有人壓在心底不說，選擇壓抑一輩子；有人心懷浪漫幻想，化為無限溫情；有人卻想討回公道。

二叔明春、三叔明謙這對雙胞胎兄弟，只比淑芬的父親阿枝小兩歲，家中出事後，阿枝對他們說：「你們兩個年紀最大，你們要幫我扛起這個家。」兩人瞬間長大。過去兩兄弟像永遠長不大的孩子，舉止外貌看起來都比實際年紀還小，在外頭到處闖禍，招惹麻煩，沒想到大哥一句話，他們便收斂起往日荒唐 ，開始扮演二哥、三哥的角色，照顧弟妹，有模有樣。不苟言笑的兩人，從此才真的像同一個模子印出來的。

父親在坑裡出事、生死未卜，阿枝不願家裡太多人投入這個高風險行業，設法讓雙胞胎兄弟去當學徒，他們先是到大坪①學竹編及木匠，三年後出師，各自學了一技之長，並娶了一對姊妹回家，之後持續手藝工作，同時幫忙家中農事及粗活。

這次好不容易盼到母親回家，兄弟倆最開心，孩子氣復萌，當初的調皮任性都是母親寵出來的，母親回來，那個感覺就回來，這陣子他們跟家族裡的孩子玩得特別瘋，經常失了分寸，但他們不管，彷彿要把當年玩不夠的，一口氣補回來。

老四啟俊，生性憂鬱，情感豐富，大人最擔心，因為沒人猜得到他心裡在想什麼。家中出事時，他才十一歲，他自己也搞失蹤，跑到山裡躲了十多天。他想為這件事找到屬於自己的答案：阿爸出事，阿母因為太愛阿爸，所以跑去找他。就是這麼回事。沒想到世界上竟有如此強大的愛情。他為了這個結論，躲在山裡哭了十多天。

家裡沒人發現他失蹤，等他自己回來時，他已變成另外一個人。他變得多話，在外頭東奔西跑，到處打零工，有時半年才回家一次，總是帶著許多新鮮玩意回來，當

① 大坪：今新北市雙溪區泰平村，距雙溪、牡丹約十五公里。tuâ-pênn

然還有女人。但每次帶回家的女人都不一樣。大嫂阿珠看不慣，念他，他就趨前一把抱住她，不停的親吻，吻得她滿臉口水，總要又踢又打才放手，他不避嫌，因為大嫂就像他的另一個母親，他有撒嬌的權利。最後他選擇當漁夫跑船，回家的次數更少。

老五明雄腦筋最靈光，家裡有關帳目的事，一定叫他算一次才安心，明雄八歲就到雙溪鎮上的商行幫忙，人家看他做事實在，還讓他跟著家裡的孩子讀了兩年漢文，年紀輕輕就跟著四處學做生意，深得信任。

他也疼淑芬，經常抱著她去丁蘭溪裡抓魚，卻不時對她灌輸一些似是而非的想法。

「我問妳，我們家如果有人做賊，別人找上門，妳要把他藏起來，還是交給警察？」

「當然是藏起來啊！」

「如果家中有人殺人，警察追到家裡來了，妳會說出他的下落嗎？」

「不會。」淑芬斬釘截鐵的說。

「為什麼？」

「我不知道，反正家裡的人一定都是好人，不管是偷東西還殺人，一定是別人不好，跟他無關。」

「誰教妳的？」明雄聽得滿腔熱血，卻又被她的童言童語逗得想發笑。

「沒人教我。」這些答案深得他心，他一把抱住她親吻。

老五城府深，不輕易吐露心聲，對這個姪女則掏心掏肺。他自小世面見多，有些事卻一直想不通，沒想到一個孩子的心思，卻比他果決。

家中出事那年，他才十歲，沒人在乎這個孩子想什麼。他跟前跟後，從礦區到派出所到保正②的家，一切都看在眼裡。他看到大嫂哭得呼天搶地，看到大哥因為多問一句話，被警察掌摑，保正雖然熱心幫家裡說話，協調尋人與賠償事宜，但來到資本家面前卻又是另一副嘴臉。他無意間聽到保正說：「這家人我來應付就好。」簡直不敢相信自己的耳朵。

他懷疑自己的父親是枉死的，甚至根本是被害死的。

他問淑芬：「那我再問你，如果是家中有人被殺了，妳會怎樣？」

「看是誰殺的，一定要找他出來算帳。」

老五愈問愈起勁，眼睛愈瞪愈大：「如果是很多人殺的怎麼辦？妳要怎樣對付這些仇人？」

「阿叔你怎麼這麼傻，一個一個找出來啊？」

「如果有一百個人呢？」

「這麼多啊？」淑芬陷入沉思，「反正這個仇一定要報啦！」

「那如果，對方有錢有勢，還有警察可以靠，怎麼辦？」

② 保正：相當於現今的村、里長。在日治時代，十戶為一甲，十甲為一保，保正為一保的民政事務管理人。pó-tsiànn

「這麼麻煩啊？」淑芬的眉頭都皺了起來。

「哈哈哈哈，我就知道妳只是隨便講講的，不過妳很不錯，很有腳數③，辦法慢慢想就好。」

「阿叔，你為什麼要說這些啊？我們家的仇人是誰啊？」

五叔說：「妳還小，有些事妳不懂，一時也說不清楚，害我們全家的壞人一直逍遙法外，十幾年了，都沒還我們公道，這個仇，我們是一定要報的。」

「到底是誰啦？」

老五狂笑。

對淑芬而言，這些模糊的記憶總是若即若離，有時更像一場沒頭沒腦的夢，醒了也就忘了。沒多久，失蹤多年的阿嬤回到家裡，淑芬感覺得到，那件似乎該被遺忘的傷心事，又浮上家人心頭，表面上不說破，心情卻是沉重的。

沒人對阿嬤有意見。對文祥叔，對那個古怪的孩子，也是客客氣氣，彷彿他們是外人。半年過去，看似相安無事，老五卻首先發難。

他找阿枝談這件事。

「阿兄，當初阿爸死去，礦場那邊說，屍體沒找到，所以沒辦法給我們賠償金，現在阿母回來了，應該把這件事解決了。」

各房各自躲回自己的屋裡，知道接下來的場面會很難看，老二、老三耳裡聽著大

③ 腳數：膽識。kioh-siàu

聽的動靜，準備隨時出來勸架。

「這件事不要講了。」

「為什麼？礦場出這麼大的事，簡家、廖家、賴家，該拿到的都拿到了，為什麼只有對我們家不聞不問，這不是吃人夠夠④嗎？賠償金是一回事，這些負責的人也應該被判刑。」

阿枝保持沉默。

「阿兄，我在基隆有認識的人可以幫我們的忙，要對付這些大老闆，一定要動腦筋，他們人面闊⑤，又有錢，根本沒把我們放在眼裡。」

阿枝終於開口：「你在想什麼？這些事你以為我不知道嗎？你如果要找死，我不反對，你要拖全家人下水，我先打斷你的腳骨。」

老五不服，一口氣嚥不下，語氣顯得更急躁，「阿兄，你就是太軟弱，我們不能再被人欺負了，愈是低聲下氣，人家愈是把我們壓落底，你想想看，你還在幫他們做事，流血流汗，他們有多給你什麼好處嗎？不知道的人以為我們家的事早就解決了，這不是冤枉嗎？」

這話打了阿枝一記悶棍，他想起當年當眾被掌摑之辱，不禁動了氣，但他始終壓抑怒火，緩緩說道：「你不要去惹事，大家都平安。你愈去找麻煩，哪天我死在坑裡面，就是被你害的。」

④ 吃人夠夠：剝削，欺壓，吃定了。tsia̍h-lâng-kàu-kàu

⑤ 人面闊：人脈廣。lâng-bīn-khuah

這話聽在阿珠的耳裡，就像天打雷劈，她在房裡嗆聲：「你少說幾句啦，死死死，黑白亂講！」

「阿兄你……」老五仍不放棄。

「不要再講了，老母回到家，是咱的福氣，讓大家有孝順她的機會，平平安安最重要，不要去肖想其他的，錢再賺就有。」

「那照你這麼說，阿爸不就是白死的了？」

阿枝一巴掌打過去，老二、老三馬上衝出來架住他，但這一巴掌打得太急，老五口鼻都流血，趴在地上完全站不起來。

「我看你是愛錢吧，什麼公道，你如果有孝心，你就恬恬，不要肖想無聊的事，還好阿母不在家裡，我就當你什麼都沒說，以後你就給我裝啞巴。」

「那是不可能的事。」

「若是這樣，你就不要再回到這個家了，我會跟祖先稟告，從今以後，你就不是咱鄭家的子孫，你也不用回來拜拜了，咱家就當你這個人死去了。」

「你會後悔。」

「你快走，以免我把你的腳骨打斷。」

沒人敢勸阻。

老五勉強站起來，蹣跚走出家門，卻不知他的母親早站在門邊呆立，淚流滿面，老五先是一愣，然後雙膝一跪，在母親面前磕了三個響頭，起身之後便拔足狂奔，一路奔出村外，再也沒有回頭。

阿枝像隻鬥敗的公雞，臉上充滿落寞神情，進房後，只見淑芬瞪視著他，眼淚在眼眶裡打轉，之後衝向前去抱著他，然後不停捶打他，沒有任何言語。

她恨他動手打人，趕走家人，但他畢竟是父親，這樣做一定有他的道理，她難過，怪他為何不能想出兩全其美的辦法。

阿枝當然有自己的理由。他顧及的是全家人的安危，而不是一時的面子，他又何嘗不希望討回公道，讓父親的靈魂早日安息，但他更害怕資方使出可怕的手段，讓他家破人亡，他寧可忍一口氣，先求家人溫飽，其他的事可以不計較。

他知道，這樣的耽擱及猶豫，在其他兄弟的眼裡看來，是軟弱怕事的行為，但他一直相信，一切老天自有安排，老天在別的地方虧欠他的，一定會在別的地方奉還，即使不是現在還他，也會是在以後，就算這輩子都不還他，那也是命。

他甚至奢求，父親有一天會活生生回到他的面前。因此明知礦坑危險，他不肯讓弟弟們走礦工這條路，自己卻仍下坑工作，就是妄想著有一天能在坑內找到失散多年的雙親。

母親回來那天，他大喜過望，一時眼花，以為她身邊那個男人，就是父親，定了神，才知不是。但十多年前失蹤的兩人，如今回來一個，不就證明老天有眼，沒有虧待他，至於其他的事，他不敢奢求。他一向知足。

「阿母，妳有看見阿爸嗎？阿爸人在哪裡？」

這句話，他一直想問母親，只是不敢說出口，過去那十幾年，他常在夢中呼喊著阿爸阿母的名字，像個失依的稚子尋找父母，常把妻子嚇醒，他自己醒來時也是一身冷汗。這回終於盼到母親回來了，他反而什麼都不多問，他相信時候到了，母親一定會告訴他當年到底怎麼回事，如果她不說，那也無所謂，反正日子照樣得過，他得心存感恩。

待淑芬及妻子都入睡，他出到廳堂，點一炷香，向列祖列宗稟報、告罪，並祈求玉皇大帝、媽祖娘娘及五府王爺保佑他一家平安，別再出事。也希望老五盡快回頭，別再生事。

口中念念有詞。

正待回房，卻見黑暗處有一雙眼睛盯著他看，他知道那是母親，心頭一震。她一直坐在角落看著他，眼神充滿哀傷及自責，卻無怪罪之意。

阿枝趨前下跪，緩緩磕了一個頭，便起身進房，獨留母親在夜裡寂寥的廳堂，暗自垂淚。

屘叔

她以為那個男孩也是來送飯的。兩人四目對望，男孩對著她淺淺一笑，這笑容太熟悉了，眼淚不禁迸了出來，是他沒錯……

淑芬或者忘了，三歲以前還有個小情人疼愛著她。

她出生時，父親的第六個弟弟明坤才五歲。明坤出生不久，他的母親阿蘭就不知去向，他一直把大嫂阿珠當成自己的生母，雖然口中叫著「阿嫂、阿嫂」，其實這字眼對他而言，就是母親，後來淑芬出世，明坤心中快活無比，就像自己多了一個妹妹一樣，他在家中排行最小，即使二哥、三哥的孩子出世，他也未曾如此開心。

淑芬第一次開口說話，叫的是屘叔，明坤樂不可支，全家人把這件事當笑話來說，明坤卻不在乎，整天抱著淑芬不放手，帶她去丁蘭溪採野薑花，到竹寮坑採野蜜，年紀大些，還教她爬樹、溯溪、偷長尾山娘①的蛋，所有男孩子會的把戲他都教，他要讓淑芬變成全牡丹坑最野的女孩。

大人們看他們兩小無猜，覺得有趣，有時還故意逗淑芬：「妳以後要嫁給屘叔

① 長尾山娘：台灣藍鵲，一般口語作長尾陣。tn̂g-bué-suann-niû

嗎？」小女娃童言無忌說：「好啊！」回答的聲音愈洪亮，惹來的笑聲愈大。

淑芬的父親並不以為意。雖然自己也跟女兒玩這種把戲，但終究知道那是戲言，不作準的，父女間用這樣的玩笑話表達對彼此的愛意，稀鬆平常，自己的弟弟表達對姪女的關愛，情同手足，女兒也給予同樣的回應，那很好。

有一次，幾個嫂嫂反過來捉弄明坤說：「阿坤仔，那你要娶淑芬作某②嗎？」明坤毫不猶豫回答：「我當然會娶伊作某！」之後就把淑芬抱開，大人們面面相覷，現場一片沉寂。

沒人會把小孩說的話當真，再說真要論及婚嫁，也是好幾年以後的事，眼下顧腹肚、顧田水，手邊的事就忙不完了，沒人把這件事當真。

不幸，明坤在一次到礦場為家人送飯的途中，淋雨受了風寒，回家後高燒不退，咳得厲害，不到十天就因肺炎重症不治而往生了，大人不敢把真相告訴淑芬，淑芬卻一天到晚吵著要找屘叔玩，所幸哭鬧數日之後，就沒再聽她提起，眾人才鬆一口氣。

大人以為她很快就忘了這個屘叔。但其實她一直沒忘。

她哪知道什麼男歡女愛，總覺得有個影子印在心裡，讓她心頭酸酸的，偶爾想念，卻想不起來對方長什麼樣子，得用盡力氣想，才浮現出實際的影像，卻又有些模糊，弄得心煩意亂，索性大口深呼吸，什麼都別想了，有時大叫一聲，就跑去幹別的事，倒也忘得乾淨。

② 作某：當妻子。tsò-bóo

大人們以為她忘了，其實她也早該忘了，卻在一次為父親送飯的中午，在礦場附近看到一個男孩子的身影，勾起她所有的回憶。

那時，午休的鑼聲未響，坑口沒多少人聚集，大部分是像她這樣的孩子來為親人送飯，她以為那男孩也是來送飯的，沒多留意，只是覺得似乎從未見過他，卻又有點熟悉。他是帶個飯包沒錯，比她高出兩個頭，身形瘦弱，不時東張西望，像在找人，卻在一個回眸與她四目對望時，對著她淺淺一笑。

她知道是他，這笑容太熟悉了，眼淚不禁奪眶而出。

他走向她這邊，愈走愈近，以她大剌剌的個性，原本該走過去給他一拳，但她猶豫了，整個人僵住，也許思念忽然湧現，肉體卻來不及反應，也許是找不到適切的表達方式來回應。他想開口對她說話，卻被迎面駛來滿載煤礦的台車阻斷，待車駛離，兩人就這麼被軌道隔著，維持兩輛台車的距離，未再前進一步。

明坤說：「換妳來送飯啊？」

淑芬遲疑了一下才說：「是啊。」她遲疑的是，為何第一句話問的是這個，就像陌生人一樣客套。

「妳後來有找到我幫妳做的彈弓嗎？」

第二句話就把她的記憶整個喚醒。明坤生大病的前幾天，特地為她做了彈弓，準備天氣好轉之後，帶她去打長尾山娘，她自己卻莫名其妙搞丟了，哭鬧了好幾天，明坤本來說好幫她再做一個，沒想到卻發生事情。

「有啦。」

「在哪裡找到的。」

「就眠床腳，那天本來藏在枕頭下，後來可能就掉下去了，也沒認真找。」

「現在呢？有收好嗎？」

「有啊。」其實沒有。其實早給三叔的孩子玩壞了。

明坤又笑。

兩人沉默了好一陣子。

這時陸續有人從坑裡出來，人潮愈聚愈多，有的人先去浴場清洗，有的人直奔食堂，有的人拿著家人帶來的食物，席地而坐吃了起來，瞬間飯香四溢，人聲鼎沸。

「我先走，我要拿飯去給我阿兄。」說完便快步走開，轉眼間消失在人群之中，只留下淑芬待在原地發愣，直到父親喚她。

「飯快拿來啊，戇戇站在哪邊幹嘛？」

才回過神，拿出飯菜和父親一起食用，兀自回想著剛才的對話，吃著吃著才想到，他的阿兄，不就是我阿爸嗎？

心頭發熱，手腳卻冰冷。

她沒敢把這件事告訴阿爸，總覺得這樣不可思議的事，說出來大人不會相信，沒來由還會討一頓罵，說她亂說話。但以她的個性，這種事哪有不說的道理？

她其實不知道，她開始在心中藏了祕密，她要變成一個女人了。她知道，許多祕密都跟那個坑洞有關，也許㞞叔的存在也是。

「阿爸，我可以跟你下去作穡嗎？」

「妳喔？妳要做啥？妳下去，阿爸什麼事都不用做了！」

「我不管，你一定要帶我下去！」

「妳敢下去，我都還不敢讓妳下去，裡面熱得要死呢，每個人都脫光光呢，汗水都流到膦鳥空③裡面去！」

「阿爸，土炭④長什麼樣子？我怎麼都沒看你帶回家過？」

「這種東西怎麼可以帶回去？被領班看到會被抓去關，再說阿爸是做石⑤的，不是做炭的，很少去碰土炭。」

「什麼意思？你不是挖土炭的嗎？怎麼會去挖石頭？」

「戇囝⑥，沒人挖磅空⑦，沒人做木⑧，沒人挖石頭，是要怎樣挖到土炭？它難道會自己跑出來？當然是要分工，有人做這個，有人做那個，事情才會順利。」

「這樣不是很無聊嗎？挖到土炭才比較值錢不是嗎？挖石頭，多沒意思！」

「大家都要挖土炭，誰來挖石頭？」

③ 膦鳥空：尿道。膦鳥指男性生殖器。空指洞。lân-tsiáu-khang
④ 土炭：塗炭，煤炭。thôo-thuànn
⑤ 做石：進行打石工程。tsoh-tsióh
⑥ 戇囝：傻孩子。gōng-kiánn
⑦ 磅空：涵洞。pōng-khang
⑧ 做木：進行木工工程。tsoh-bák

「挖炭可以換錢，挖石頭又不能當飯吃，戇仔才挖石頭！」

「妳懂什麼！」父親敲她的頭，她閃開，對他做鬼臉。

父親很快吃完飯，對著陰冷的天空，不禁沉思。

「妳知否，大部分人喜歡做礦，但不是隨挖就有，還是得靠人力把坑道挖出來，挖到正確礦脈，才可能把一車一車黑色的黃金送到地面上來見天日，大家想到這些就想到錢，氣氛就會不一樣，雖然工錢是固定的，你來上工幾天，就算多少錢給你，但人就是這樣，挖到炭的時候，人的心是浮的，說的話也特別多，出坑時，領班、工頭，甚至連煮飯的阿桑，看到你的表情都是不同的。但我就是不喜歡。我喜歡做石，喜歡做石的人都較沉默，比較不會亂說話，耳根較清靜。」

父親喝口水，接著又說：「很多人以為做礦可以賺很多錢，其實不知道做礦的辛苦及危險。澳底的人就常跑來牡丹、雙溪這邊討生活，做一陣子就做不下去，別人問起，他們就說，坑裡面好危險，掉一顆小石頭掉下來就沒命了；牡丹、雙溪的人也會跑到澳底學人家討海，做一陣子就不做了，有人問起，他們就說，海上好危險，掉到水裡就沒命了。哈哈哈哈！想賺錢都要付出代價，沒有哪一行又輕鬆又好賺的。」

父親難得說這麼多話，但她都聽不懂，哪有人這麼笨，專挑麻煩的事做，再說坑裡暗無天日，靠著小燈泡照明，心中難免會害怕，不找人說話，找誰說話？不過她猜想，一定是母親在家裡太吵了，整日詈詈叫⑨，煩死了，難得到工作的地方，還要聽

⑨ 詈詈叫：不斷叫罵。lé-lé-kiò

別人嚕嗦，他會受不了。

一定是這樣的。

忽然，他看到有人遞水給父親喝，父親竟也接過來了，她清楚看到屘叔坐在父親身邊，還對著她笑，但一轉眼又不見了。她驚訝不已，一直瞪著父親看，父親看到她奇怪的表情，也放下水壺回瞪她。

「看啥？」

「沒啦。」

她沒有多問，也許父親早就知道，屘叔並沒有遠離家人，這樣也好，每天都能吃到兩份飯菜，還有人服務，不用擔心他吃不飽，沒力氣。

她想，這應該是她與父親之間共同的祕密吧。

撿囡仔

阿珠有孕在身，卻還能在溪間跑跳，見女兒耍詐搶先，倒也不以為意，竟然一連踩過五顆石頭，腳尖都只輕輕滑過，蜻蜓點水，瞬間超越兩個孩子，看得淑芬和阿聰瞠目結舌……

心悶

這湯圓是煮過的，玉蘭手巧，依序將湯圓擺在牛角上，一邊各放七顆，淑芬也搶著幫忙。

淑芬有時會想，她是否占盡全天下的好處？所有人都疼她，所有人都順著她，她應該要滿足。但還是有不盡人意之處，讓她心煩，像是天天都挨母親的罵；郁芬總是要跟她拌嘴、作對；不能讀冊。還有，她總是不知道玉蘭在想什麼。

她最喜歡跟玉蘭在一起。她後來才知道，玉蘭的名字跟阿嬤一樣，有一個蘭字，難怪和她這麼親切投緣，但她跟阿嬤一樣少話，淑芬總是希望她能多說點什麼，她才不會無聊。

這天，玉蘭難得主動跑來跟她說話。

「妳下午吃飽飯，到溪底等我，我要幫我家的牛做生日。」

淑芬眼睛一亮，她從未看過人幫牛做生日，就算是在家裡，幫人做生日都是稀罕的事，何況幫畜牲。

「妳家的牛真正好命，妳是要讓我怨妒在心裡嗎？」淑芬知道玉蘭不是這樣的人，但心直口快，還是急著把嘴邊的話說出口。

「不是啦，反正妳去那裡等我，我有事要跟妳說。」

原來是有事情要說。

淑芬知道這位心思細密的姊姊，沒有緊要的事，不會隨便找人談心，一定是有心事，才會來找她。她本來就好事，整日閒得發慌，恨不得有人來找她麻煩。

溪底水面寬闊，農家挖了幾個水塘給牛隻泡澡，水岸草料豐美，正是放牧的好地方，田裡不忙的時候，總是叫孩子們牽牛到牡丹溪下游處遛達，淑芬家裡不養牛，農忙時總是跟別家借牛，但她經常跟著同伴去湊熱鬧，一耗就是一整天。她夠野，總是跳入水中跟牛群嬉鬧，鬧著幫牠們洗澡，搔後背，逗牠們開心，每隻牛似乎都認得她。

她畢竟是牡丹坑最野的孩子，比男孩子還野。

午飯吃得心不在焉，草草吃兩口就衝出門外，不顧母親在背後吆喝：「妳要死去哪裡？」一口氣直奔溪底，就想早點知道玉蘭的祕密。

畢竟還是太早到了，等得發慌，不停咬著指甲，十指都咬過兩輪了，才見玉蘭牽著牛隻、挽著一只檻籃①，姍姍來遲。

「妳是吃飽飯又去放屎嗎？怎麼這麼慢？」

① 檻籃：盛裝禮品的圓形籃子，多用來裝喜慶時的禮品，或拜拜時的牲禮。siânn-nâ
② 棕鑢仔：棕刷。tsang-lù-á

玉蘭只微笑，將牛綁好，拿出棕鑢仔②，開始幫牛刷洗，淑芬覺得沒勁，知道玉蘭的性子，還要再拖磨一陣子才會說話，只好也跟著幫忙洗牛。這牛認得她，一直跟她撒嬌示好，用鼻子蹭她。要是平日，她早就抱著牠的臉又捏又親，現在卻沒心情，一直躲著，被蹭煩了，索性跳到水中游開，自己找樂子去。

玉蘭知道她在耍脾氣，由她去，等牛洗得差不多了，便從籃中拿出一碗湯圓。

淑芬遠遠看見玉蘭的動作，興致又來，徐徐游回岸上。

「妳要拜拜啊？妳要餵牛吃圓仔③啊？」

玉蘭都不答。

這湯圓煮得有些軟爛，拿在手上會黏手，玉蘭手巧，一次一顆，先是放在牛的眉心，再依序由裡到外，將湯圓擺在牛角上，一邊各放七顆，淑芬覺得新奇，也搶著幫忙。只聽得玉蘭口中念念有辭：「阿盛兄，感謝你幫我家種作，辛苦十幾冬，算起來你的年歲還比我較長，我要叫你一聲阿兄，今日是你的生日，阿母準備圓仔幫你做生日，望你一年增一歲，力頭更加足，繼續共阮④做伙⑤，共阮鬥作穡⑥、鬥相共⑦。」

淑芬聽得有趣，不忘插嘴：「盛仔兄，你真正好命耶，我這世人⑧也還沒做過生日，你不但有人幫你做生日，還有圓仔可吃，我看我後世人⑨也來投胎做牛好了，不，應該是要做阿蘭家的牛才有這麼好命，阿蘭，妳說對嗎？」

③ 圓仔：湯圓。înn-á
④ 共阮：幫我們。kā-guán
⑤ 做伙：在一起。tsò-hu
⑥ 鬥作穡：一起做事。tàu-tsoh-sit
⑦ 鬥相共：一起幫忙。tàu-sann-kāng
⑧ 這世人：這輩子。tsit-sì-lâng
⑨ 後世人：下輩子。âu-sì-lâng

玉蘭笑而不答。湯圓不能給牛吃，她拿著幾束牧草，邊餵牛，邊說話，這回卻是對人說。

「我下個月就要嫁人了。」

淑芬瞪大眼，倒抽一口氣。這可是天大的消息。

「要嫁給誰？」

「我二哥。」

「很好啊，妳二哥很疼妳不是嗎？」

淑芬似懂非懂，她隱約知道兄妹不能成婚，卻又不明所以。

「你不懂，我其實不是他們家的孩子，我很小就被送過來給他們當養女，雖然他們對待我跟親生的一樣，但不是親生的就不是親生的，還是有差別。」

「為什麼？妳親生母親為什麼要把妳送走？好可憐。我討厭把小孩送走，之前惠卿的阿母就想把她剛出生的妹妹送走，好可惡。可是話說回來，妳的阿爸阿母對妳很好不是嗎！」淑芬指的是玉蘭的養父母。

「是啊，我一直把他們當成自己父母，但畢竟不是，只要受到委屈，心情鬱卒的時候，我還是會想跑回親生父母家裡去，我不是想要得到她們的疼惜，而是想要知道，他們當初為什麼不要我？為什麼要把我丟棄？我的心裡好苦。」玉蘭說著說著，眼淚便滾落下來。

淑芬很少聽玉蘭講這麼多話，她還以為玉蘭是個沒脾氣的人，也不會怪罪任何人，沒想到心裡有這麼多事，看她落淚，她一時間也不知該如何答話，只好胡說：

「我也會想要逃啊，每次被打被罵，我都想要逃走。」

「那不一樣。」

「妳阿爸不是也很疼妳？」

「再疼也沒有妳阿爸這麼疼妳，妳以為每一家的阿爸都像妳阿爸一樣嗎？我阿爸一個目色，一個面腔，我們家幾個兄弟姊妹就怕得要死，我根本就不敢跟他講話，他說什麼就是什麼。彼日妳說要嫁給妳阿爸，大家笑妳，我卻很欣羨，因為我知道那是因妳阿爸太疼妳了，妳才會這麼說。」

「這個不要再講了。」

「我是說實在話。」

「難道是妳阿爸叫妳跟妳二哥成親？」

「是啊，我聽到時，眼淚差點就滾下來，但我什麼都不敢說。」

「那妳現在覺得怎樣？妳不想嫁給妳二哥嗎？妳不喜歡他嗎？」

玉蘭被說中心事，一張素淨的臉竟然紅了起來，連淑芬都看出來是怎麼回事。

「喔——妳心目中有別人喔！」

「妳不要黑白講！」

其實淑芬哪裡知道是怎麼回事，只是隨便猜，瞎起鬨。

「妳說，妳到底喜歡誰？」

「這不重要啦，我只是要跟你說我心中的甘苦，當初我的親生父母若是不要把我送走，就不會有這些事了，我不喜歡嫁給自己哥哥的感覺，也不想嫁給不喜歡的人。」

「妳怎麼知道你親生父母不會把妳嫁給自己的哥哥，搞不好你的哥哥也是跟人家分來的，結婚又沒關係。」

「這我不管，以後我生孩子，絕對不能被抱走。」

「對對對，妳一定要把孩子抱緊，最好一生出來就把他藏起來。」

「對，妳也是，妳的孩子也不能被抱走，而且跟妳說，千萬不能讓阿撿嬸接生，很多孩子都是被她抱走的，尤其是第一個孩子。」

淑芬一愣，她正是阿撿嬸接生的，又是第一個孩子，卻沒被抱走。

「她有養這麼多孩子嗎？我都沒聽說？」

「當然不是，她是抱去送給別人啊，妳一定要小心，我好怕，她這幾天一直跑來我家問東問西，我媽好像答應她什麼事。」

「真可惡，難道她知道妳要結婚，就先來打妳未出世的孩子的主意？」

「我不知道。」

「妳放心，妳要生的那幾天，一定要記得叫我，我去幫妳接生，就算不能幫妳接生，我也會幫妳盯著。」

玉蘭緊握淑芬的手：「這可是妳說的，妳一定要答應我，我就知道妳最好，這樣我就放心了。」

「真奇怪，妳說這麼多，一下子不要嫁給哥哥，一下子又說要生孩子，妳現在是有身孕了嗎？妳最好跟我老實說，孩子到底是誰的？是妳二哥的？還是妳心上人的？」

「妳不要黑白講，我才沒有小孩呢！」

「最好是沒有，喔——，被我抓包了，還說沒有心上人，快說，到底是誰？」

「不跟妳說了啦，快來幫我收拾東西，牛角上的圓仔幫我撿一撿。」

「還能吃嗎？」

「妳敢吃妳就吃啊！」

淑芬一面幫忙收拾，一面心事重重，她知道這已經是玉蘭的極限了，再問下去，她也不會多說。但她就是愛管閒事，就是想知道玉蘭心裡到底喜歡誰？心中盤算著該去向誰打聽。

讀冊

淑芬這才發現，身邊的玩伴，都是別人家抱來的孩子，原來她們都是可憐人，都是父母丟掉的孩子，以後還可能被賣掉……

連著幾天，淑芬心中一直想著玉蘭的事，到底玉蘭愛的是誰？村裡幾個年紀相仿的男孩，她一個一個過濾，看不上眼的就淘汰，最後沒剩幾個，好巧不巧，挑剩的幾個，都是那天和她狹路相逢的男孩，一個看過她的屁股，一個被她打得頭破血流，還差點要剝光她的衣服，剩下幾個不是嘲笑過她，就是幫凶，應該都不是什麼好東西，還有一個雖然替她解圍，看起來也較正派，但感覺沒什麼氣魄。

她卻沒想過，自己喜歡的人，玉蘭未必喜歡。

但她不管。

她很篤定，那個看過她屁股的人，玉蘭一定不喜歡，因為個頭小，皮膚又黑，牙齒長得歪斜，口沒遮攔，看了就討厭；凶神惡煞的那個就別說了，沒人會喜歡這麼粗暴邪惡的人，想到那雙眼睛，她就不禁害怕；另外那個小跟班，年紀太小，畏畏縮縮，不提也罷。

剩下那位讀過冊的。

是了，玉蘭喜歡的應該就是這位了。

還好，她並不喜歡他。她鬆了口氣。

她就是性子急，想到什麼做什麼。既然玉蘭這邊不肯說，乾脆就直接去問男的，也不管這樣問是否唐突古怪，甚至傷到女生的面子。

她一心只想著：「一定要叫他帶她逃，男人就是要勇敢，不敢愛自己女人的男人，算什麼男人？」她想到四叔啟俊有一年帶個年紀大的女人私奔回家，與父親起了衝突，當時四叔就是這樣說的，讓她覺得熱血沸騰。

但私奔之後，該逃到哪去？靠什麼活？

以後若是看不到玉蘭，思念時該怎麼辦？

她又想，如果不是這個男的，那該怎麼辦？如果只是玉蘭單相思，又該怎麼辦？

愈想愈煩，不管了，先去他家堵人再說。

「喂，你來！」

那男孩正坐在階前看書，聽到有人粗魯的喊他，也不生氣，合起書本，很快起身回應，對著來人面帶微笑。

他名叫廖家慶，生於大正十一年（一九二二年），是牡丹坑、雙溪這一帶學歷最高的大孩子，今年十七歲，個頭高大，身形略瘦，國字臉，下唇厚實，眼神堅定，看起來比淑芬的幾個叔叔還穩重。

他的父母親在基隆從事貿易工作，到處奔波，他五歲就跟著學醫的叔叔到台北念書，也曾在日本住過一段時間，見過些世面，初中考上台北的貴族學校，他卻堅持到基隆念書，寧可每天搭火車通勤，也要和家族長輩及堂兄弟姊妹一起生活，他打定主意，未來無論書讀得有多高，從事什麼行業，一定要回來為鄉親們做事。

他的談吐跟儀表，就是跟當地的孩子很不一樣，感覺未來是要做大事的那種人。

「請問有什麼貴事？」

阿慶客氣的回應倒教淑芬發愣，一時不知該從何說起，搔了搔頭，索性直問：「你是不是喜歡玉蘭？」

「誰？」

「就是住在柑腳① 溪邊，方家的大女兒啊！」

「我知道，但我不認識她啊。」

淑芬心頭一驚，心想這小子也太滑頭，竟然裝傻。

「你不要再假了，玉蘭都說喜歡你了！」她打算先用唬的，再見機行事，口氣蠻橫。

阿慶感到有些莫名其妙，卻堅定的說：「這中間一定有什麼誤會。」

①柑腳：地名。kam-kha

②假鬼假怪：裝神弄鬼，裝模作樣。ké-kuí-ké-kuài

③庄跤人：鄉下人。tsng-kha-lâng

「你不要假鬼假怪②，你是讀過冊的人，不要欺負我們庄跤人③。」

「我怎麼敢，那位玉蘭小姐我見過她幾次，人很好，又善解人意，誰要是被她喜歡上了，一定是他的福氣，但這種事，事關女孩子家的名節，妳可不要亂說才好，妳最好把事情問清楚，免得誤事了。」

阿慶說得從容，其實臉頰已泛紅，年輕人血氣方剛，聽到有女孩子中意他，心中難免有些得意，但他的理智告訴他，不管有沒有這回事，都得小心處理。他雖然對自由戀愛感到憧憬，在日本也讀過女孩子勇敢表白、追求所愛的社會新聞，但回到純樸的鄉村，氣氛完全不同，在這裡，婚事一切由父母作主，誰都一樣，他自己可以單方面主張自己的人生大事，卻不能不顧及女方的立場。

淑芬聽到阿慶的勸說，覺得頗有道理，自己沒來由興師問罪，實在莽撞，要是對方是個大嘴巴，拿出去亂說，豈不是害了自己的好姊妹？心中一急，連忙告誡他：

「你不要到處亂說喔，不然我找你算帳。」

「妳放心，我不會亂說的。」

淑芬鬆了一口氣。

其實他們早有幾面之緣，雖然都是在混亂的場合，一次是淑芬在路邊放屎，一群男孩子跑來看熱鬧，阿慶就是其中的一個；另一次是淑芬挑菜去賣，差點被人剝光衣服，是他為她解圍，淑芬卻還賞他一巴掌。

阿慶知道淑芬的個性衝動，不像一般女孩那樣矜持，卻比城市女孩來得更真誠直接，說話雖然沒頭沒腦，卻充滿正義感，一心只想為朋友解決困難，比許多大男人還要有擔當，只可惜熱心過頭，容易誤事。

「妳說玉蘭小姐怎樣？是有什麼麻煩嗎？」

淑芬本不知該說什麼，經他這麼一問，乾脆一五一十把玉蘭的事全盤托出，她又怕對方亂說，一再要他賭咒發誓，卻沒想到其實她自己的嘴巴最大。

她不明白自己為何這麼信任眼前這個人，讓她願意卸下心防，只是覺得悶在心裡的話，不說出來實在難過，看他說話這麼有條理，人又聰明，也許可以幫忙。

雖然講得夾纏不清，但阿慶終究是個明白人，很快知道事情的始末。

他很正經的對淑芬說：「玉蘭有妳這個朋友，這輩子也夠了！」

「我這樣會不會害了她？」

「不，要是我，我也會這麼做，沒錯，她到底喜歡誰，一定要先找出來，解鈴還需繫鈴人，妳真聰明，可惜我很確定，那個有福氣的人不是我。」

「那是誰？」

「我也不知道，但只有這個人可以救玉蘭小姐，只有這個人可以給玉蘭小姐幸福。如果這個人沒有膽識，只是玩弄玉蘭小姐的感情，那就沒辦法，玉蘭嫁給她二哥，搞不好還是最正確的選擇，只怕這個人也完全被蒙在鼓裡，不知道玉蘭小姐的心意。」

「這男的真可惡，怎麼可以玩弄玉蘭的感情！」

「我只是打個比方……」

「你說，搞不好他不知道玉蘭的心意，那我問你，如果她喜歡的是你，你會帶她走嗎？」淑芬抓住阿慶的雙手，他一時緊張，不知該接什麼話，原本抓在手上的書本，叭啦一聲掉落在地上，淑芬才連忙鬆手。

「這，這我也不知道。」

「你怎麼可以不知道，你是讀過冊的人，你不是說要有膽識，不能玩弄女孩子的感情嗎？」

阿慶整個臉都紅透。他萬萬沒想到，淑芬可以輕易把他所說的兩個假設合在一起，然後拿來質問他，讓他百口莫辯。他深吸一口氣，讓腦筋清楚些，卻依然心亂如麻。

他自認想法進步前衛，將來一定要掌握自己的愛情，卻沒想到事到臨頭，自己卻拿不定主意，而且一點也不勇敢，雖然他知道淑芬只是亂問，什麼事都沒搞清楚，但那份真誠與勇敢，比刀子還鋒利，直接劃破他這個讀冊人的假面具。

枉費他讀這麼多冊，隨便一個沒讀過冊的女孩都比他還有想法，對愛情更是比他勇敢。

「我看，我們還是去問玉蘭小姐吧，在這裡猜也是沒用的。」

「你是說，如果玉蘭點頭，你就會幫她囉？」淑芬心裡充滿希望，阿慶卻困擾不已。他從來沒碰過這樣的女孩，卻又不想辜負她的期待，猶豫片刻，便點頭答應，雖然這是很不理性的，他卻心甘情願，與其說是期待揭開一位陌生女子的感情真相，不如說是敞開心扉，接納了眼前這位女孩的真實情感。

淑芬開心過了頭，牽著他的手，就想直奔玉蘭家。

「稍等一下，咱們這麼過去問她，萬一碰到她的家人怎麼辦？這件事一定要祕密進行，不然救不了玉蘭。」

淑芬覺得非常有道理，這下反而完全相信眼前這個人，玉蘭要是能嫁給這樣的人，那真是太好了。

「那現在怎麼辦？」

「妳找時間把她約出來，但不能告訴她我會出現，到時我會直接問她，如果真的是我，那是我的福氣，我會帶她走，如果不是，我們再來幫她想辦法，一定要幫她解決這件事，但妳一定不能衝動，也不能再跟第二個人說這件事，知道嗎？」

淑芬點頭如搗蒜，她從來不曾這麼相信一個人，就連大人也一樣，眼前總算有一個人讓她服氣。阿慶卻緊張到手發抖，雖然嘴巴上說得從容，心頭卻七上八下，卻也有幾分莫名的興奮，若玉蘭真的愛的是他，他會帶她走嗎？走去哪？投靠誰？被逮到怎麼辦？

這太瘋狂了！真不敢相信自己會做出這樣的決定。阿慶一身冷汗，衣服都溼透。

他又深呼吸，覺得自己太過緊繃，乾脆席地而坐，淑芬也跟著坐下，沒有要離開的意思，她崇拜眼前這個人。

「讀冊真好！」

「怎麼說？」

「可以像你這麼聰明。」

「這可不一定，妳也很聰明，而且勇敢。」

「不，我阿爸都說我這個人條直，我想他是在說我笨吧，但他們又不讓我讀冊，說女孩子讀冊沒用，白花錢。」

「誰說的，女孩子讀冊好，女孩子應該讀冊的。」

「我也這麼覺得，但為什麼好，我就不會說了，不然就可以跟我阿母說。」

「女孩子讀冊可以了解很多事，才不會被命運牽著走。」

「什麼意思？」

「就好比說，玉蘭不想嫁給她二哥，卻又不能反抗，所以才會痛苦，如果她讀過冊，知道外面的世界有多大，知道自己可以做什麼，她就不會害怕，她就會勇敢。」

「真好！」

「但是讀再多冊，最後要決定事情，也是要看這個人的本性，如果他的本性不好，冊讀多了，反而用來害人，如果他本來就是個好人，也肯幫助人，就算沒念過冊，用處反而比讀冊人更大，就像妳一樣。」

「你說的這些我不懂，我只是不服氣，為什麼男生可以讀冊，女生就不行；為什麼很多事男生可以做，女生不行。我沒想太多，就是不服氣而已。」

其實淑芬更想說的是，為何郁芬可以去讀冊，她不行。

「妳說的很對，但我知道有時候是錢的問題，在我們這個庄頭，女孩生得多，男孩生得少，女孩以後是要嫁人的，花再多錢，讀再多冊，對娘家也沒用，這是大部分人家的想法，所以女孩子讀冊有困難。」

「是啊，而且妳知道嗎，像我阿爸這麼疼我，都沒辦法讓我讀冊了，玉蘭、惠卿他們更不可能，他們都是別人家抱來的孩子。」

「我知道，我們這裡有個習慣，生第一胎，只要是女孩都要送人，有幾戶人家還把養大的女孩子賣到九份、基隆的查某間，實在是太殘忍，如果是自己的孩子，大部分的人家一定不忍心，我想，送走的都是養女吧。」

聽阿慶這麼一說，淑芬才發現自己身邊的玩伴，還真的都是別人家抱來的孩子，自己平日對她們頤指氣使的，實在太霸道，原來她們都是可憐人，都是

父母丟掉的孩子，以後還可能被賣掉，實在太悲慘，比起來，自己實在幸運太多。

她嘆了口氣，心情複雜，轉頭對阿慶說：「不然這樣啦，我先回家去，我會去找玉蘭，到時約好時間再通知你，找你一起過來解決事情，你不能躲起來喔，不然我會殺了你。」

「妳放心，我就在家裡等你的消息。」

淑芬忘了心裡的煩悶，臉上露出燦爛笑容，阿慶也不禁跟著傻笑，希望能跟這樣的女孩多說幾句話，但還沒回過神來，淑芬早已邁開腳步直奔家中，像一陣風一樣，轉眼就不見人影。

磅空

她發現自己來到一處狹窄的坑道裡，四周充滿腐臭的味道，到處都在滲水。與其說是坑道，不如說是條岩縫。

約好三個人碰面，卻只有淑芬一個人到，不但玉蘭沒來，連阿慶也沒來。

她一肚子火。

本想去找他們算帳，又怕自討沒趣，一個人走回家，到菜園裡翻土挑蟲，卻愈翻愈生氣，今日的蟲兒死得特別慘。

她聽到背後有腳步聲，原來是惠卿抱著妹妹來找她，本想把脾氣發在她身上，但念在她照顧孩子辛苦，也就算了。她這人就是這樣，雖然嘴巴壞，脾氣壞，但人來瘋，有人陪她，心裡就舒坦，不開心的事，忘得也就快。

惠卿總是胡說八道，淑芬懶得答腔，倒是那個女娃兒討人喜歡，才沒幾天已經會認人，還會對著她發笑。

淑芬一面逗著孩子，一面問惠卿；「妳真的都沒把妹妹抱回家嗎？妳阿母不會擔心嗎？」「有啊，我有抱回家啦，這幾天他們沒再提把妹妹送走的事，我才會這麼放心，多謝你帶我和妹妹去躲起來，這樣對大家都好！」

「妳怎麼不早說啦，害我以為你和小妹都一直在外頭流浪，嚇死我了！」

「哈哈哈哈，妳不是很聰明嗎？怎麼沒猜到啊，我哪有可能把小孩帶出來外頭一整天。」

「妳真該死，對了，妳妹妹取名字了沒？叫什麼？」

「有啊，我阿爸取的，叫作巧雲，很好聽吧？」

「巧雲？巧雲？真的很好聽耶？巧雲，妳好乖，阿姊去拿龍眼乾①給妳吃！」

「妳三八啦，她還沒度晬②，不會吃東西啦！」

淑芬正要回嘴，卻看到阿嬤走過來，連忙閉嘴。

老人家才不管小孩貪玩聊天，說實在，她給淑芬很大的自由，偷跑出去玩，她也睜隻眼閉隻眼，愈是如此，淑芬愈是心有罣礙，不太敢惹事，比起以前收斂許多，再加上之前阿嬤曾為她療傷，法力無邊，她對阿嬤簡直佩服得五體投地，現在阿嬤叫她做什麼，她就做什麼。

有時夜裡惡夢，夢到那個凶神惡煞來找她，醒來一身冷汗，她還會跑到阿嬤的臥房瞧她一眼，聽她鼾聲隆隆，睡得香甜，知道她人就在那裡沒走遠，心裡也就安心。以前要是有人找她麻煩，她第一個想到的是父親，現在不同，她覺得阿嬤才是最厲害

① 龍眼乾：龍眼剝殼曬乾以後的甜食。lîng-gíng-kuann

② 度晬：嬰兒過週歲生日。tôo-tsè

的角色。

畢竟她是有辦法的。

阿嬤金金盯著她看。

「妳準備一下，阿嬤要出門。」

「阿嬤妳要去哪裡？」

「咱來去挽青草③。」

聽到要去山上採藥，淑芬差點沒叫出聲來，只怕太過招搖，母親要跑出來阻止她。她手腳俐落的把菜園收拾好，等阿嬤把那個大男孩交代給二嬸，祖孫倆就往燦光寮山的方向走。家中只有二嬸文心對這個古怪的孩子還有點辦法，雖然她面有難色，但總是婆婆交代的事，沒什麼好說。

一路上，淑芬興奮不已，話特別多。

「阿嬤，盛發——不是啦，瘂叔是有病嗎？」

阿嬤只嗯了一聲，沒在意孩子的話有多直。

「都不會好了嗎？長大也不會嗎？」淑芬指的是說話和走路的事，這些都是阿嬤心頭的最痛，但她不生氣，其實她心裡也在想，這孩子一輩子都不會好了嗎？

我若活著，說什麼也不會把你拋下，我若死了呢？

③ 挽青草：採藥草。bán-tshenn-tsháu

她忍著如潮湧般的陣痛，百感交集，想起盛發出生那晚的凶險，就全身發抖，她緊抓著淑芬的手，愈抓愈緊，步伐卻未停下來，只想趕快找到目的地，把孩子生下。

她不想在家裡生產，不是怕給晚輩添麻煩，而是怕性命交關之際，會洩漏不可告人的祕密。

淑芬也感覺到不太對勁，悄聲問：「阿嬤，妳身體不舒服嗎？我們回家吧？」

阿嬤沒理她，只一味趕路，一路不斷深呼吸。

淑芬不知該怎麼辦，回頭看惠卿背著孩子在後頭跟著，才鬆了一口氣，還好這個死三八有跟來，要是真發生什麼事，好歹有個幫手可以跑回村裡叫人，但天色忽然整個暗淡下來，叫她心裡發毛，更恐怖的是，現在走的這條路，她竟然一點都不認得。

「阿嬤，妳有好一點嗎？」淑芬頻問，阿嬤卻只顧著自己大口深呼吸，愈吸愈用力，吸到後來竟呼悠呼悠的叫，後來甚至唱起歌來。

那似乎是乞丐調，唱詞唱著：

「老天啊，你為何這麼夭壽，黑天暗地，讓我找不到回家的路；阿母啊，我為何這麼命苦，驚心忍命，害我一粒米都吃嘸……」

淑芬聽了整個雞皮疙瘩都發了起來，心想，阿嬤該不會是瘋了吧？會不會出什麼事？誰快來幫幫忙啊？回頭看，卻不見惠卿人影。

惠卿背了個孩子，走路本來就慢，很有可能轉了幾個彎就走散了，這可急死人。阿嬤忽然在一棵相思樹前停住腳步，然後扶著樹幹蹲下，像要蹲大便一樣，看到這光景，淑芬恍然大悟，是啊，這種感覺她懂，肚子不爭氣，又找不到合適的地方解決，可是會把人逼瘋的。

但阿嬤並未把褲子脫下，整片褲襠早已溼透，隱隱還冒著血，額上的汗水如湧泉，嘴裡依舊念念有詞，時而像隻受傷的野獸發出尖聲哀鳴，時而像在開玩笑一樣，呼悠呼悠的喊著，更多時候像在對著看不見的人影說話。

這一切詭異的情景，都非一個十來歲的孩子所能承受。

眼前的阿嬤，是妖怪？是魔神仔④？還是禽獸？淑芬竟然完全不認識了。

淑芬兩腳發軟，牙齒不停打顫，她從未這樣害怕過，量她有再大的膽子，也無法應付眼下迫切的情況，但她畢竟不喜歡不確定的狀況，她定下心來，深深吸了一口氣，一吸氣，頭腦就清醒，就有了力氣，畢竟是個機靈的孩子。

她趨前靠近阿嬤，扶住她的肩膀，試著讓她坐下，然後用衣袖拂拭她額頭上的汗，卻發現那汗水冰冷得嚇人，低頭一看，天啊，下體湧出的血水把整片地都染紅了。

怎麼辦？再不想辦法，會出事的。

④ 魔神仔：鬼魅、幽靈鬼怪。môo-sîn-á

她平常愛裝大人模樣，現在根本不知所措。

「妳先讓她躺下嘛，躺下來比較舒服啊。」

淑芬嚇了一跳，原來是惠卿趕到了，有人壯膽，她就不怕了，卻不忘數落個幾句：「妳跤骨⑤跌斷了嗎？腳步這麼慢？差一點就出事了。」

此時阿嬤的眼睛突然瞪大，一把將淑芬推開，手指著天空亂罵一陣。

「你敢殺人你就試試看，我沒在怕你！」

接著卻又苦苦哀求：「人不是我殺的啦，你不要這樣啦！」

後來又是一連串的尖叫與低吼，淑芬嚇得眼淚直接飆出，卻哭不出聲音，心中正盤算著是否該一口氣跑回去求救兵。

整個世界都暗了下來。

淑芬的耳邊傳來鬧哄哄的聲音，她發現自己來到一處狹窄的坑道裡，四周充滿腐臭的味道，到處都在滲水。

與其說是坑道，不如說是條岩縫。

眼前的阿嬤變得好年輕。

她全身赤裸，抱著一具屍體不停哭泣，旁邊另有三個男人癱倒在地上，他們幾乎都帶著傷，不知是死是活，後來其中一個男人緩緩爬了過來，安慰阿嬤，叫她別再哭了，說著說著，兩人竟開始做著奇怪的事情，淑芬覺得那人是在傷害阿嬤，但阿嬤並

⑤ 跤骨：腿，腳。kha-kut

沒有抗拒，接著另外兩個男人也跟著靠過來。

不久，淑芬眼前閃過一道亮光，她來到另一處坑道。

這裡的空間稍微寬些，但依舊是在地底，場面卻非常混亂，阿嬤挺著大肚子，不斷嘶吼尖叫，其中一個男人倒在血泊中，另外兩個男人扭打成一團，非要置對方死地不可，忽然，她看到阿嬤吃力的搬著一塊好大的石塊往其中一人的身上砸，那人應聲倒下，她趁著另一人喘息的空檔，再度拿起石塊往他的頭部重擊，一次、兩次、三次、四次……

淑芬再也忍受不了，驚聲尖叫，不停吶喊，人也跟著天旋地轉，耳邊傳來嘩啦啦的流水聲。

她來到一處幽靜的溪畔。

淑芬看到啞叔明坤。

她飛奔過去緊緊抱住他，一輩子都不想分開。

「你是跑去哪裡？為什麼不帶我去玩？」淑芬跟啞叔之間的對話，一直都只有玩樂。

「我都一直都沒走開啊，是妳自己不來找我的。」

「那你到底是躲到哪裡去啊？」淑芬不斷的捶打明坤，打不過癮，還死命用指甲摳著明坤的手臂，又捏又掐，最後索性抱著明坤的臉親吻，明坤也吻她，吻了好久。

淑芬的情緒平撫下來。

「妳找我幹嘛？妳又對我不好。」明坤像小情人般的抱怨。

「我有一句話要跟你說，卻一直找不到你說。」淑芬話說得很用力，其實只想跟他撒嬌。

「什麼話？」

「那天你說，你會娶我作某，是真的嗎？」

「當然是真的啊，你要說什麼？」

「我要說，好啊！」

「我早就知道了啊，大人問妳要不要嫁給我，妳就已經說啦！」

「不是不是，那是我跟他們說的，不是跟你說的，現在我是要跟你說，好啊！」

「奇怪，我又沒問妳，妳說什麼？」

「那你就問我啊！」淑芬往明坤的肚子用力打了一拳，明坤吃痛，卻露出燦爛的笑容，然後整個笑開了，笑得非常得意，笑聲充滿整個溪谷，彷彿這笑聲就代表他的問題，而淑芬也跟著笑了起來，然後大聲喊著：

「好啊！」聲音不停迴盪，從牡丹溪、丁蘭溪到雙溪，一路傳到海上。

「妳阿嬤要生了啦，先幫她把褲子脫下來吧，不然孩子怎麼出來？」

淑芬倏然回到現實世界，原來是惠卿在叫她，才發現阿嬤並未脫離險境。

「妳阿嬤身邊有一個大布袋，妳去翻翻看裡面有什麼東西，可以拿來用。」惠卿開口提醒，淑芬雖然很感謝，卻還是回嘴：「為什麼不早一點說！」沒想到惠卿平日少根筋，緊要關頭卻比她還要鎮定，卻不知她這是事不關己，所以局面看得更清。

翻開布袋，才發現裡面什麼都有，原來阿嬤早就準備好這趟旅程，只是狀況來得突然，她無法自主。此刻阿嬤似乎不再發狂，也沒再對她粗手粗腳，只是偶爾嘴裡模模糊糊發出一些聲音。淑芬便拿出備好的布料為阿嬤擦淨身上的血汙，讓阿嬤看起來不那麼狼狽，自己才稍微感到安心。

不料才片刻，阿嬤卻突然翻白眼，全身發抖，牙齒打顫得厲害，嘴角還冒出血來。

「快點啦，妳阿嬤在咬舌了啦！」惠卿大叫。

「那怎麼辦啊？」淑芬還不清楚那是什麼狀況。

「拿布來塞！」

淑芬顧不得毛巾上的血汙，就直接往阿嬤的嘴裡塞，卻沒料自己的手指頭卻先被阿嬤狠咬，淑芬痛得尖叫，手卻拔不出來，連忙拾起地上的小石塊去掰阿嬤的嘴，挖啊挖的，終於讓自己的手得到解脫，乾脆就讓阿嬤咬著那石塊。

「這樣不行啦，等等要是把石頭吞進去，會出人命的！」出人命？淑芬覺得早就出人命了，又想回嘴，但想想惠卿說的也對，石頭太小太硬，慌亂中很容易吞入口中，便就近折了一根小樹枝讓阿嬤咬著，暫時化解阿嬤咬舌的危機。

就這麼幾番折騰，才發現阿嬤的下體像開了一個山洞，大到已經可以看到孩子的頭了，淑芬簡直快要昏到，以為又大禍臨頭，直到聽惠卿說：「這樣就快了啦，小孩很快就出來了！」但阿嬤神志不清，能否順利生下孩子？一切都還是未知數。

這時，一隻長尾山娘飛來惹事，像要把他們趕走似的，攻勢凶悍凌厲，淑芬快要被煩死了，又怕牠傷害到阿嬤，只能不斷揮舞雙手，大聲叫嚷，愈叫愈凶，像要把剛才的恐懼都趕走，眼淚跟著狂飆，其實她怕得要命，不過這一吵鬧，卻把阿嬤叫醒了。

「阿芬啊，阿芬啊……」阿嬤的呼喊聲非常微弱。

「阿嬤，妳醒啦，妳把我嚇死了，妳把我嚇死了啦！」淑芬大聲斥責阿嬤，跟著便號啕大哭，阿嬤慢慢回過神來，意識到自己的情況，認真吸了幾口氣，對著淑芬說：「戇孫⑥兮，不要哭，妳很乖，阿嬤沒事。」

阿嬤畢竟生過好幾胎，清楚自己的狀況，只是沒料到這次來得這麼急，也沒想到會這麼凶險。

前幾胎幾乎只是臀部感到酸楚，然後只要像蹲大便一樣一蹲，兩三下就能把孩子生下來，完全不用別人幫忙，只有生盛發時最驚險，七個月大時就跌了一大跤，她自己昏死過去，好幾個時辰才醒過來，生產時又折騰許久，到孩子落地時才發現臍帶繞

⑥ 戇孫：傻孫，傻孩子。gông-sun

頸，早就沒了呼吸，她不甘心孩子就這麼沒了，直往孩子嘴裡吹氣，才救活孩子，但盛發就此終生殘疾。

這中間還碰到可怕的事。

阿嬤憶起每個孩子出生的過程，那些畫面在她腦中一一閃過，百感交集，不如就死在這裡、一了百了吧，人生真的好苦，但此刻卻感受到孫女關切的眼神及強悍的意志力，彷彿看到以前那個永不放棄的自己，嘴角不禁揚了起來，她知道這女孩終究會像她一樣堅韌，再苦也要撐下去啊。她不能教這個女孩失望。

就這麼集中意志，阿嬤強喊了幾聲，用對了力氣，孩子終於落地，哭聲洪亮綿長，頭髮又黑又密，是個男孩，淑芬已經哭到滿臉鼻涕眼淚，眼睛幾乎看不見任何東西，在惠卿的提醒下，才拿著大包布把嬰兒接過來，她看到嬰兒，又忍不住大哭，歷經這驚心動魄的一切，她只想緊抱這個孩子，把所有的情緒都發洩在這個新生命身上。

阿嬤力氣放盡，意識卻完全清醒，看淑芬啼哭不止，竟還有心情逗弄她：「這是你屘叔啦！」淑芬果然止住哭聲，破涕為笑。

屘叔是嗎？這莫不是明坤來投胎？這莫不是那個屘叔沒辦法來陪她，所以化身為這個屘叔，要來陪伴她一輩子？就像過去屘叔對待她一樣，把她從一個小娃兒一直抱到大，教會她所有野孩子會的把戲。

這下，他還得指望她來教才行，他一定要成為全牡丹坑最野的孩子才行。

淑芬看著全身通紅的嬰兒，淚流滿面，心中默許著願望。阿嬤卻慢條斯理的用自己預先準備好的剪刀剪斷臍帶，為孩子轉臍，擦拭花生油，做些簡單護理，就像變魔術一般，把一個全身血汙的孩子變成一塊淨白的寶石；自己再用些力氣把胎盤排出，又抓又拉的像在清理雞鴨的內臟，身手俐落熟練，待換上新的衣褲之後，就自己站起身來。雖然腳步虛浮，頭痛欲裂，她卻還打算自己走回家。

阿嬤在想，孩子有淑芬抱著，步伐若快些，太陽下山前應該就可以到家。祖孫倆頂著夕陽餘暉，步行在金光閃耀的田埂路上，淑芬兀自恍神，完全忘了來時路，阿嬤也只是憑著方向感任意找路。

兩人的心情有些浮，有些實，感受卻大不相同，阿嬤想的是，又多一口飯要吃，明天起可要再幫兒子媳婦多想點辦法營生才行，淑芬想的卻是——好餓，好餓，好餓——卻壓根忘了，不知從何時起，惠卿和她的妹妹巧雲，早就不知去向。今天她們可是幫了好大的忙。

此時天色將暗未暗，遠處有一少年騎鐵馬過來，離他們愈來愈近，待少年跳下車，淑芬不管三七廿一，緊緊抱住對方，一再猛打，喊著說：「你怎麼這麼晚才來！你是死去哪裡啊？」

其實她壓根就不知道他是誰，等她發洩夠了，又一把將人推開，只顧擦著自己臉上的淚水及鼻涕，定睛一看，才發覺是阿慶，頓時漲紅了臉，慘了，這下子這些死男生又有話好說了，一定會來嘲弄她一番，索性先發制人：「你敢說出去你就死定了！」阿慶心中歡喜得很，他根本不會把這件事說出，此刻被抱得還有些魂不守舍，其實他根本不知淑芬在說些什麼。

阿嬤看這少年長得斯文可靠，想說再這麼走下去，也不知要走到什麼時候，便緊緊握住少年的雙手，開口對他說：「少年兄，可以請你幫忙嗎？阮是住在牡丹坑靠近尪仔崙附近姓鄭的人家，我兒子叫作阿枝，麻煩你去跟他說，我人現在很平安，跟我的孫女在一起，請他帶他的兩個弟弟一起來接我，拜託你了！」

阿慶回過神，看著老阿嬤殷切的眼神，覺得一定不能負人所託，趕緊說：「阿嬤，你放心，我知道你們家，我趕緊騎車回去跟阿枝伯講。」騎上鐵馬便加速前進，在田埂間危危顛顛的，中途只回眸一次，差點就掉到爛泥裡去，待回到較平穩寬闊的路上，早已看不到祖孫三人的影子，心中不免失落，卻不知他們早已累得癱坐在地上，相繼睡去。

麻油香

她事前特別叮嚀，冰糖放多些，桂圓多放些，老薑要用麻油以小火煎到微焦，再放雞肉下去炒，湯汁愈紅愈好……

淑芬家裡傳出來陣陣麻油香，沿著牡丹溪盡情的飄送，連遠在丁子蘭坑的人都聞得到。

老蚌生珠讓當事人感到不好意思，但總是喜事一樁，鄭家三個媳婦嘴上不說，臉上卻都掛著奇怪的笑容；文祥叔一貫的面無表情，眉頭皺得更緊，沒人知道他在想什麼；一群孩子到處亂竄，隱約感覺到家中的喜氣，但瞧著大人個個似乎都有心事，也不敢太造次，頂多開著輩分上的玩笑：「你要叫彼個紅嬰仔屘叔，我叫他阿弟仔就好！」這樣也夠鬧上半天。

淑芬的父親阿枝才是最開心的人，彷彿那孩子是他親生的一樣，但說來好笑，那孩子得叫他阿兄，輩分上他占不了多少便宜，反而容易讓人拿來開玩笑。

但他不管。

① 彼個：那個。hit-ê

「我的女兒幹了一件驚天動地的事！」

不必拿出來炫耀，想到就爽在心裡：「真了不起，真了不起！」

當然，整個牡丹坑早就傳遍了，連過港、外柑、田寮洋、破子寮一帶的人都聽說了，姓鄭的那家有一個十二歲的少女媽祖婆幫她的阿嬤接生，母子平安，嬰兒還是個男的。

那是他生的好女兒。

這幾天，阿枝就這般「哈哈哈」、「呵呵呵」的暗笑，有時意味深長的「唉」的一聲，那並非歎息，反而驕傲的成分居多，就像在跟老天譏諷著些什麼，更像在跟老婆阿珠暗示著什麼。

阿珠心中當然也是讚許女兒的，但看著老公如此得意忘形，心頭就煩，忍不住低吼一聲：「對啦對啦，你查某囝真勢②啦，你真勢生啦！」阿枝聽了也忍不住回一句：「是妳勢生啦，我才不會生呢！」

麻油雞出自三個媳婦之手，這次的味道特別香，沒別的原因，婆婆事前特別叮嚀了，冰糖放多些，桂圓多放些，老薑要用麻油以小火煎到微焦，再放雞肉下去炒，全鍋都放酒，不要放水，湯汁要呈紅色才行，愈紅愈好，太黑容易上火。三個女人自己也覺得好吃，只是從沒聽過婆婆說過這麼多話，叮嚀這味吃食叮嚀得好仔細，共同的感想就是：「她怎麼吃這麼甜？」每個孩子想來嘗一口，一小口也好，實在太甜，也

② 勢：厲害，能幹。gâu

太香了。

淑芬也想吃，但她沒口福，自從那天打了一仗，回家之後就發高燒，在床上躺了好幾天，經常從夢中嚇醒，那日驚心動魄的場景，阿嬤的聲音表情姿態，一再反覆出現在她眼前，她醒了又睡，睡了又醒，惡夢自行接續，折騰得她快發瘋。

但她知道，總有認識的、不認識的人，到她的窗前探頭探腦。

三嬸明芳將虎耳草③搗爛磨成汁，倒入淑芬的耳朵裡，為她清熱消炎。

惠卿、巧雲這對姊妹來了好多次，每次來都帶著不一樣花色的糖果，細心用手帕包著，有時夾帶著路邊隨手採摘的野花，巧雲總是對淑芬傻笑，小娃兒愈長愈可愛。

阿嬤早就能下床走路，總是在她的床邊坐下，輕撫她的額頭，讓淑芬感到安慰，祖孫患難一場，心又靠得更近，但阿嬤依舊少有笑容，淑芬心想，阿嬤要是能多點笑容該多好，她知道她有許多祕密，那日奇怪的舉動及言語實在驚心動魄，把她嚇壞了，她多希望能為阿嬤分憂解勞，她要是能笑，她的燒就退了。

父親一直進房來看她，但他笑得太多太傻，惹人討厭。

母親會親吻她，以前她很少這樣做，這已是對她最大的鼓勵，雖然很癢。

四個男生輪流來看她，多半在窗邊停留一下就走，但都分別過來，從未一起出現，像說好了的一樣。

阿慶來得最勤，好像有話要說，偶爾幾次帶著書本在她窗前誦念，但淑芬聽不懂

③ 虎耳草：香草名。hóo-ní-tsháu

那是什麼，感覺有音律，像是詩一樣的文字。

偷看到她屁股的阿松，只在遠處觀望，不敢靠近，淑芬也最不希望看到他，說什麼也不能嫁給他。

阿榮是阿松的弟弟，根本就是個屁塞子，個頭小，純粹是來看熱鬧的。

阿燦也來看她，他總是神不知鬼不覺，膽子最大，也靠得最近，幾次甚至直接進到房裡來，手裡拿著帶香味的芒草在她眼前晃啊晃的，搞得她神經緊張，又不敢出聲大叫，只能持續裝睡，雖然大人們都未發現，他也沒敢太囂張。

有一個人只出現過一次。那天郁芬背著書包、穿著制服來看她，面無表情，也沒說什麼話，待的時間特別長，感覺就是要讓淑芬發現她的存在，只等著淑芬翻個身，或發出較長的呼吸聲，就想走人，淑芬賭氣，不睜眼，不翻身，動也不動，就看她能撐到何時，其實她恨不得爬起身拿東西砸人。

她知道郁芬是故意的，只是想來提醒她：「我能讀冊，那你呢？接生孩子有什麼了不起！」淑芬愈想愈氣，什麼人都能輸，就是不能輸給郁芬，偏偏在這件事上頭，她似乎沒有任何的勝算，淑芬怎麼也沒想到，不能讀冊這件事，會成為她一生的最痛。

紅痣

她的肚臍眼是凸的，要不是產婆技術不好，就是娃兒太皮動個不停，臍帶的結不好打，產婆沒了耐性，只好將就……

她再也嚥不下這口氣，待郁芬離開，顧不得身體虛弱，翻身起床，就去找母親理論。

「阿母，我要讀冊啦！」

阿珠嚇了一跳，還以為發生了什麼大事，急忙用手心試探女兒的額頭，發現是涼的，並未發燒，不禁惱怒，但體諒她這幾天為家中幫了大忙，耐著性子，緩緩對她說：「查某囡仔讀什麼冊？年紀到了就嫁人，讀那麼多冊，無彩錢①！」

「不管啦，我就是要讀冊啦！」淑芬渾渾噩噩了幾天，一醒來就使性子，阿珠本來就脾氣不好，右手一伸，作勢要打她：「再說巴下去喔！」

淑芬機靈閃躲，卻沒料到腳步虛浮，差點就被自己絆倒，嘴上還不願服輸：「妳自己說，查某囡仔為什麼不能讀冊，文賢、文德兩兄弟年紀都比我小，也都去讀冊

① 無彩錢：浪費錢。bô-tshái-sînn

了，為什麼我就是不行？」

阿珠心直口快，回答說：「妳自己算算看我們家有多少查某囡仔，妳去讀，大家都要讀，這要開②多少錢？飼查某囝就佇了錢③了，妳是嫌了不夠嗎？」

淑芬聽了怒從中燒，使性子奪門而出，一路狂奔，卻感覺腳下輕飄飄的，才想到連著好幾天都沒吃東西，肚子跟著咕嚕咕嚕的叫。真希望有人也跟著跑出來把她叫回去。

不料，才出前村拐往燦光寮的叉路，就迎頭撞上一名男子，淑芬一口氣正愁無處發洩，劈頭就罵：「你是沒長眼睛嗎？路都不會走！」

抬頭看，卻是她最害怕遇見的阿燦。

淑芬天不怕地不怕，但自從上次和阿燦打了一架，阿燦揚言要當眾脫她衣服的狠勁，至今記憶猶新，晚上做惡夢，總是閃過那雙邪惡的眼睛，最好這輩子都不要再碰到這個人了。

阿燦卻不這麼想，他從小到大使壞，都是別人怕他，只有這個半大不小的女孩敢這樣衝撞他，他一心就想會會她。人就是這樣，愈是自己折服不了的東西，愈是想試試自己的能耐，阿燦這個人心眼壞，他想對淑芬做的事，恐怕不是一個十來歲小女孩所能想像的。

阿燦拿出一根芒草，就在淑芬的面前晃啊晃的，淑芬還搞不清楚狀況，就被一股

② 開：花。khai
③ 飼查某囝就佇了錢：養女兒就在浪費錢了。tshi-tsa-bóo-kiánn-tō-tî-liáu-tsînn

奇異的香味給迷惑住了，之後便完全身不由己，只能跟著阿燦走。她跟著他走到叢林裡，但究竟走了哪些路？感覺很模糊，就像被一根看不見的繩子牽著，身體不是自己的，但身邊的人事物卻又清楚刻畫在腦子裡，而且印象鮮明。好奇妙的感覺。

他們走過一片夾竹桃林，豔麗的紅色顯得格外刺眼，那是淑芬最討厭的花朵，那花有毒，花形也不美，葉片太黑，感覺就是個惡毒的女人。他們涉溪而過，又通過一片竹林，鄰近的相思樹開著黃色小花，淑芬喜歡相思樹，秀氣的葉片蔚然成林，竟然也能遮蔭，讓她想到玉蘭溫婉低調的個性，此刻玉蘭不知在做什麼，好幾天都沒看到她了，嫁給她二哥了嗎？還是那個將才的阿慶早就帶她私奔去了？

他們停在一株刺桐樹下，阿燦示意她在樹邊躺下，她乖乖聽話，沒有反抗。阿燦好整以暇脫去她全身衣物，一點都不怕別人看見，他是這方面的老手，很早就對女人有經驗，更知道在這幾個村落間，哪片林子是根本不會有人經過，哪條溪流可以鎮日裸泳逍遙，完全不會受到打擾。淑芬感到氣憤，卻無法抗拒，這人好大膽，竟敢對她做這樣的事，她氣得差點昏了過去，卻身不由己。

他發現淑芬的身體好白，雙腿修長，小腿結實得很，他的腰側到現在還有幾處瘀青，正是這雙腿的傑作，他雙手撫觸這雙腿，從腳趾開始一路往上游移；他的眼神注視著淑芬的私處，右手跟著搓揉撫按，淑芬本能的夾緊雙腿，身軀扭轉，阿燦執意將她的腿扳開，她屈服。他看到那個神祕的部位只長著稀疏毛髮，覺得無趣，他偏好陰毛濃密黝黑的女人，那總能瞬間燃起他無止盡的慾望。一位前輩告訴過他，沾到白虎星會帶衰，毛色淡或無毛的女子對許多男人而言都是忌諱。

他去撥弄她微凸的肚臍眼，要不是產婆的技術不好，就是娃兒太皮動個不停，臍帶的結不好打，產婆沒了耐性，只好草草將就，他相信是後者；淑芬的雙乳初長成，乳暈呈淡茶色，像含苞的月桃，他不禁趨前嗅聞，聞到一股淡淡的甜香。十二、三歲的少女營養再好，也不可能是豐滿的，這對嬌小的乳房引不起他的慾望，卻教他依戀，他採花無數，卻從未曾花時間細賞一株充滿活力的新鮮肉體。

他發現她右邊乳頭上方兩寸處有一顆紅痣，他用食指去撥弄，淑芬不由自主的顫抖，他再撥，她再抖。

他發愣。這似乎代表某種禁忌，卻一時想不起來，印象中他曾經碰過擁有同樣痣的女人，還是誰曾經跟他說過，看到有這樣的痣的女人記得閃避。心中有一股不祥的預感。

他注視著淑芬的臉蛋，感到萬分驚訝，那是一張清秀可愛的臉，嘴唇很薄，鼻子很挺，眼神靈動，若不是那對昂揚挑釁的眉毛，以及此刻正瞪著他看、利如刀刃的眼睛，他很難把她與那日發了瘋一樣的凶悍女子聯想在一起。

他看到她嘴角也有一顆黑痣，愈看愈入迷，這痣和她乳上的紅痣一樣令他感到好奇，為何一張漂亮的臉蛋上要有痣？有了痣似有瑕疵，但沒了痣，卻又少了點誘人的趣味，那似乎是一顆被下了詛咒的印記，注定這輩子要勾引許多男人。過去他只是玩弄女人，盡其所能讓她們痛苦，宣洩自己變態的慾望，對女人身上的細節，從未像此刻如此專注。他著迷，卻不明所以。

「幹，吃錯藥啊！」

阿燦心中咒罵。這可不是他的行事風格，打從他九歲強暴第一個女孩開始，凡是落到他手邊的女子，不論老小，他定要好好惡整一番，沒一個放過的，怎麼碰到這個恰查某就讓他破了例，半個時辰還無法下手。

他心有不甘，急忙撲向前去，用全身的力量去壓迫她，但才幾秒鐘就停頓下來，他猶豫，他深呼吸，細細看著淑芬的臉，才發現淑芬還在瞪著他，他一股怒火燒上來，豈有此理，不好好整她，難洩那日破相之恨，左手冷不防便往她私處抓去，指頭使勁往上摳動搓揉，淑芬畢竟還是處女，容易被弄痛，身體本能的抗拒，但也許是迷藥的關係，她的反應並不激烈，她感到全身酥軟酸麻。迷藥的效果正強。

阿燦一再沒勁，卻又不想放棄蹂躪她的機會，再度粗魯的去抓弄她的雙乳，卻看到淑芬整個眼都瞇了起來，也不知是痛苦，還是對他的侵犯有所反應，他一時心軟，手又縮了回去。他被自己弄糊塗了。他知道淑芬正處在恍神狀態，怎樣對她都是無所謂的，他卻下不了手。但淑芬此刻迷濛的雙眼太誘人，阿燦情不自禁將嘴唇湊上去，專注且用力的吻她。對浪蕩子阿燦而言，這是從未發生過的事，他未曾認真迷戀過一個女人。他又停頓，轉而去吸吮她右邊那隻帶紅痣的乳房。

淑芬目睹著這一切，卻完全不懂這究竟是怎麼回事，也不了解自己為何不反抗，眼睜睜看著這些奇怪的事發生，阿燦沒有傷害她，只是在做一些莫名其妙的舉動，有時讓她舒服，有時讓她痛楚，有時讓她迷惘。

她看著阿燦赤裸的上身，汗珠一顆顆冒出來，匯聚成河，在深茶色的肌膚上游走，她發現他的肌肉好結實，但略瘦，跟父親很不一樣，父親的身體就像河岸邊的大塊岩石，粗糙磨人，阿燦的肌膚卻像河底的石子一樣滑溜，他的手指好修長，看就知道沒做過粗重工作，他擁有雙眼皮，眉毛粗黑，鼻子帶鷹勾，下唇特別肥厚，下巴正中有個旋子。他是迷人的。

她很驚訝，他的乳頭非常小，只有綠豆般大，她不禁想笑，她知道不是每個男人都這樣，至少父親的乳頭就跟母親的旗鼓相當，只是母親的較長且黑，她曾看著兩人全身赤裸擁抱著調笑，但那是在夜裡，半夢半醒，對父母裸體的印象，就那麼驚鴻一瞥。

她靜靜欣賞著眼前這男人的胴體，企圖猜透他的下一步，看著他暴衝，看著他憤怒，看著他猶豫，然後，溫柔的為她穿上衣服，一一將扣子扣上，將衣襬塞進她的長褲裡，兩人偶爾四目相望，她發現他的眼神已不似那日如野獸般凶惡，卻多了憂傷。

阿燦並未非禮她，竟放她回家。他發誓再也不碰這個女孩，因為這太邪門了。

淑芬像遊魂一樣自己走回家，感覺身軀不是自己的，剛才發生的事，也不是自己的事，那是另外一個女孩的遭遇。她猜，或者這是每個女孩必經的過程，差別只在身邊那個男孩，自己愛或不愛。她不開心，因為她不喜歡阿燦，更不喜歡他對她做的事，這讓她對愛情的憧憬有了缺憾。同樣的，她再也不想見到他。

嚎潲①

老者說：「妳要怎麼跟他輸贏？」淑芬憤憤的說：「誰敢來家裡找麻煩，我會拿菜刀砍死他，拿鋤頭打死他！」

她是怎麼走回到家的，淑芬連自己都不知道，感覺一切都很清楚，卻又都很模糊。

以前總是心浮氣躁，見什麼都不順眼，今天卻在一種平和無爭的狀態下度過，像遊魂一樣四處走動，看什麼都覺得新鮮，這村子的種種味道、顏色，突然都變得好清晰。

有點哀傷，像失去了什麼，好像過往那股狠勁、拚勁、愛玩、好事的力量，都從她身上散去。這個身子再不是自己的了。也許是因為知道自己不再是孩子了，身體一時不太能適應。她還不確定，是不是因為那個男的對她下了藥，才使她無法抗拒，也許藥漸漸退了，原來那個恰查某又會回來？

走近家門，她感覺有不好的聲音及氣息在浮動，她腳步愈走愈快，最後乾脆用跑

① 嚎潲：說大話、吹牛。hau-siâu

的。果然，家門前曬穀場擠滿了人，大部分都是她熟悉的面孔，唯一陌生的是兩個老者。

他們都留著平頭，短到可以見到光亮的頭皮，顴骨高聳，皮膚黑得發亮。其中一個袖手旁觀，不時出聲，似乎在指點什麼，又像在當裁判；另一個則壓制著場中那名中年男子，並用膝蓋頂著對方的背，雙手扭轉著他的左手大臂，教他動彈不得，就像在押犯人一樣。

淑芬定睛一看，那個被壓制著的可憐人，正是她的父親。

不禁怒火中燒。

此時，旁觀的那名老者大喝一聲，場中的兩人便各自跳開來，卻又繼續對陣，像在比武一般，淑芬怕父親再被欺負，全力衝刺，冷不防跳上其中一名老者的背部，雙腿緊夾著對方的腰，雙手勒緊對方的脖子，大喊：「你好大膽敢欺負我老爸，你是不要命了嗎！」

老者原本身手不凡，卻莫名其妙被一個不知從哪冒出來的野丫頭襲擊，一時換不過氣來，整張臉漲得紫紅，阿枝見狀連忙上前阻止，大喊：「阿芬別亂來，他是妳舅公啦！」

淑芬哪管什麼叔公、舅公，她最不能忍受的就是自己人被欺負，尤其又是最疼自己的父親，她就是堅持不肯放手。周遭看熱鬧的人早就笑鬧成一團，旁觀的那名老者笑得最大聲，一點都不在意自己的兄弟出糗。

阿枝好不容易將淑芬從老人家身上拔開，滿臉歉意，但老人家並不以為意，只大致搓揉了臉上的抓傷，鬆了鬆身上的筋骨，大聲對淑芬說：「查某囡仔，妳不錯，妳叫什麼名？」

淑芬瞪大眼回他：「我叫淑芬！」中氣十足，一點都不肯示弱。

老人家伸出大拇指對她說：「很好，妳身手不錯，但真的要打架不能靠蠻力，妳斟酌②看，看我怎麼跟你老爸輸贏③，妳可以少學十年功夫。」

淑芬尚未回過神來，就被母親抓到一旁，生怕大人出手不知輕重被誤傷，一面念她：「妳是死到哪去，半天不見人影？」她雖然不服氣，但隱約知道兩位老者不會對父親做出不利的事情，也就沒那麼在意，兩眼直盯著場中對陣的人影。

好笑的是，這次換另一位老者下場，兩個人長得神似，卻不是雙胞胎兄弟，他們武功的路數完全不同，這位看來雖老成持重，卻頻頻使出偷桃動作，攻擊淑芬父親的下盤，由於出手次數太多，顯得既滑稽又下流，惹得場邊不論老小都看得哈哈大笑，淑芬火氣也隨著消散，知道對方並不會莽撞傷人。

沒想到一連幾番虛攻，阿枝究竟不是對手，兩三下又被老者近身擒拿得手，雙手像變魔術一樣，又被折到身後，只得跪地求饒，顯得狼狽，好在對方意不在使晚輩難堪，而是要藉重搏擊實戰，讓一家老小多少懂點防身之術，只是每個人所能領會有

② 斟酌：仔細。tsim-tsiok

③ 輸贏：一較高下。su-iânn

限，真能從中得到什麼真功夫，恐怕並不容易。

這對兄弟正是阿嬤的親生大哥及二哥，但孩子們對這兩名老者卻所知無多，淑芬聽到二叔和三叔一搭一唱，說得起勁，雖然聲音盡量壓低，聽得出來有所顧忌，生怕被老人點名，抓到場中較量出糗，卻依然說得口沫橫飛。

原來這兩個老者在北台灣惡名昭彰，十五歲就因襲警罪名開始跑路，對北管戲頗專精，因講義氣，深得黑道敬重，但他們堅持不願投靠任何角頭，兄弟齊心，讓黑白兩道頭疼不已。

「你們知道嗎？他們曾被抓到兩次，但每次都只有一個人被抓去關，到底誰被抓？連警察都搞不清楚，然後他們就是有辦法互相支援，救另一個人逃出來，像變魔術一樣，讓警察很沒面子。」

三叔說，他們到底幹了哪些轟轟烈烈的事？沒人說得準，各種傳聞都有，有人說他們專門劫富濟貧，有人說他們曾經一口氣連殺數十個日本武警，但他們與戲班搶地盤的狠勁，卻也同樣凶殘無比，又經常強押女眷稚子作人質，教許多人不齒。

「他們會殺小孩喔！你們要是不乖，惹到舅公，你們就知道了。」

孩子們又想聽，又覺得害怕，總覺得這兩個人太神奇了。

女人們端上茶水點心，老人家卻直接拿著茶壺就口吸吮，也不管是否燙口，從兩人一先一後相互禮讓的順序看來，約略知道誰是兄、誰是弟。

年長的那位一直盯著淑芬瞧，頗有嘉許之意，他嗓門奇大，開口就對淑芬說話：「查某囡仔，妳不錯，我聽妳阿嬤講，妳幫她生小孩，她是我妹妹，妳這樣做很好。」

「我才幾歲而已，怎麼會生啊？袂見笑！」淑芬也不怕得罪老人家，想到什麼說什麼，她當然知道對方說的是她幫阿嬤接生的事，但心頭一直有股怨氣要發作，氣他們以大欺小，讓父親在眾人的面前抬不起頭來，其實她父親一點也不在乎，畢竟那是長輩。

「囡仔人④這麼有腳數，真好！」走過去一把就把淑芬抱起身，淑芬一驚，也忘了掙扎。

「做人就是要這樣，對厝裡的人、兄弟姊妹相挺到底。我問你，如果是妳老爸在外面殺了人，拗警察仔⑤追到家裡來，妳會怎麼做？」

淑芬只停頓了一下，話便脫口而出：「我會跟他輸贏！」

老者說：「嘐潲，妳要怎麼跟他輸贏？」

淑芬憤憤的說：「誰敢來家裡找麻煩，我會拿菜刀砍死他，拿鋤頭打死他！」

兩個老人不敢相信自己的耳朵，相繼把口中的茶水吐出來，接著便放聲狂笑，從丹田發出來的聲音，彷彿青天霹靂，一聲接著一聲，非常刺耳，兩人行走江湖數十年，總以為後繼無人，卻在自家孩子身上找到那股氣魄，實在令人欣慰，而且還是個

④ 囡仔人：小孩子。gín-á-lâng
⑤ 拗警察仔：壞警察仔。áu-kíng-tshat-á

女孩子。

淑芬原本就口沒遮攔，這番話卻很得兩老的心，卻也把家人都嚇壞了，這年頭亂說話，可是會出人命的。

老人家抱著淑芬猛親，淑芬連忙掙扎，她身手倒也俐落，一下子就逃出對方的懷抱。

「這個查某囡仔真有腳數，以後咱們家就靠她了，她的老母是誰？」

阿珠聽到連忙趨前應聲，「舅公疼這個孩子，是她的福氣，這個孩子就是歹教示⑥，喜歡跟人打架，很不聽話，又沒禮貌，又愛黑白講話⑦。」轉頭對淑芬說：「還不快叫舅公！」

老人家笑說：「打架沒什麼不好，你不用煩惱，我跟阿兄也是從小打到大，只要明理、講義氣，沒什麼不好！」這話顯然沒什麼說服力，教阿珠和阿枝聽了更加擔心，要是鄭家的孩子都像兩老這樣胡鬧，還不知要惹上多少麻煩，淑芬惹的麻煩還嫌不夠多嗎？

「來，妳再說一遍，妳叫什麼名字？」

「淑芬，鄭淑芬！」

老人家繼續狂笑，接著收起行李扁擔，起身離開，在家人簇擁下來到村口，向眾人道別之後，年紀較輕的那位突然掏出嗩吶，吹起迎神賽會的曲調，一路狂奔離去，

⑥ 歹教示：沒教養。pháinn-kà-sī
⑦ 黑白講話：亂講話。oo-pe̍h-kóng-uē

這是開心的曲調，也是向官府挑釁的曲調，表示兩人到此一遊，來去自如，誰也別想抓到他們。

淑芬望著兩人的背影，聽著熱鬧的樂聲，不禁神往，她就喜歡這種豪氣奔放的感覺，是人就該這樣，有話就說，有架就打。

一場武陣，讓她一早所受的鳥氣，煙消雲散。

這夜，淑芬身心俱疲，一直想找個人慰藉，一躺到床上就往父親的身上靠去，要父親從背後緊緊抱著她，拉著父親巨大粗糙的雙手掩蓋著自己的私處，頓時整個人感到溫暖了起來。

她畢竟已長成一名少女，是男人，都無法對這樣的肉體不起反應，她感到父親的胯部有硬硬的東西，頂在她的臀部，卻又瑟縮的往後退，她不明所以，只想依偎著父親的身軀，又貼身靠上去，父親一直往後躲著，讓她覺得很不耐煩。

此時卻見母親阿珠赤裸著上半身進房。她剛洗完澡，手上抱著衣服，光著上身，兩顆碩大飽脹的乳房在胸前直晃，她有孕在身，即將臨盆，卻不見孕婦的慵懶矜持，趨前就把女兒從她父親身旁抱起，塞到靠窗邊的角落，草草蓋了棉被，自顧著褪去襯褲，就爬上阿枝的身軀溫存。她就是這麼直接的女人，覺得自己的男人被折騰了一天，雖然處於下風，任人蹂躪，對她而言卻極為英勇，今晚她就是想愛他。

淑芬很想睡了，這場面她也看了不少次，雖然每次都是在黑暗中看得模糊。

她在想，如果早上那個人也和她做著一樣的事，結果又會是如何？自己會否就此愛上他？但她並不愛他啊！甚至非常討厭他。

看著父母親如此纏綿恩愛，她似乎懂了某些事，不禁心跳加速，身上直冒冷汗。是的，她長大了，她總有一天要跟男人做這樣的事，但她一定得愛這個男人才行，他們一定要彼此相愛才行。

愈想愈不甘心，不甘心那個人對她做了奇怪的事，因為她並不愛他。

總有一天一定要討回這個公道。

幹！

您買的書是：＿＿＿＿＿＿＿＿＿＿＿＿＿＿＿＿＿＿＿＿

生日：　　年　　月　　日

學歷：□國中　□高中　□大專　□研究所（含以上）

職業：□學生　□軍警公教　□服務業

□工　□商　□大眾傳播

□SOHO族　□學生　□其他＿＿＿＿＿＿＿

購書方式：□門市＿＿＿書店　□網路書店　□親友贈送　□其他＿＿＿

購書原因：□題材吸引　□價格實在　□力挺作者　□設計新穎

□就愛印刻　□其他＿＿＿＿＿＿＿＿＿（可複選）

購買日期：＿＿＿＿年＿＿＿＿月＿＿＿＿日

你從哪裡得知本書：□書店　□報紙　□雜誌　□網路　□親友介紹

□DM傳單　□廣播　□電視　□其他

你對本書的評價：（請填代號　1.非常滿意　2.滿意　3.普通　4.不滿意）

書名＿＿＿　內容＿＿＿封面設計＿＿＿版面設計＿＿＿

讀完本書後您覺得：

1.□非常喜歡　2.□喜歡　3.□普通　4.□不喜歡　5.□非常不喜歡

您對於本書建議：

感謝您的惠顧，為了提供更好的服務，請填妥各欄資料，將讀者服務卡直接寄回或傳真本社，我們將隨時提供最新的出版、活動等相關訊息。

讀者服務專線：（02）2228-1626　讀者傳真專線：（02）2228-1598

舒讀網「碼」上看

廣　告　回　信
板橋郵局登記證
板橋廣字第83號
免　貼　郵　票

235-53
新北市中和區建一路249號8樓
印刻文學生活雜誌出版有限公司　收
讀者服務部

姓名：________________ 性別：□男　□女

郵遞區號：________________

地址：________________

電話：（日）________________（夜）________________

傳真：________________

e-mail：________________

飼乳

她試著讓嬰兒吸吮她初長成的乳頭，想確認那是什麼感覺，孩子幾次吸不到乳汁，覺得被騙了，哭得驚天動地……

她不再去想讀冊這件事。

感覺整個世界都在背叛她。

她愛爭強好勝，但再爭也爭不過母親，再爭也爭不過環境，她就是佃農的孩子，礦工的女兒，一切都是命。她就是比不過郁芬。

也許還得感謝老天，自己出生之後沒被馬上送走。想想玉蘭的遭遇，自己還不算是可憐人。讀冊？套一句阿母的話：下輩子吧。覺得真有道理。

她盡量不去想那日被迷惑的怪事。

她現在有個重要的任務，就是照顧新生的屘叔。阿嬤才出月①，就開始下床忙碌，一刻不得閒，她把新生的孩子交給她照顧。

淑芬感到新鮮，卻照顧得心不在焉，雖然一天到晚背在身上，晃啊晃，搖啊搖

① 出月：婦人坐完月子。tshut-gueh

的，但這孩子實在太愛哭，哄得她筋疲力盡，有時嬰兒嚎啕大哭，她乾脆就任他哭泣，哭到驚天動地，驚動大人們放下手邊工作，跑來看是否發生事情，她才火速回神幫忙換尿布，或餵些米漿，敷衍了事。阿嬤似乎看出她有心事，卻也不指責她，一有空檔就跑來看孩子，直接就在菜園裡袒胸餵奶。

淑芬望著阿嬤的乳房，以及嬰兒奮力吸吮的模樣，看得出神。幾次趁著四下無人，她試著讓嬰兒吸吮她初長成的乳頭，想確認那是什麼感覺，一開始孩子吸不到乳汁，覺得被騙了，哭得慘烈，害她手忙腳亂，得一面哄他，一面整裝，狼狽不堪，後來那孩子幾次主動尋乳，在她身上亂竄，淑芬讓他吸也不是，不吸也不是。

「你真嚕嗦，吃不吃？你吃啊！吃啊！」她賭氣，硬是把乳頭塞給他。也許是哭夠了，累了，並非真的想吃東西，孩子含著乳頭，吸了又吸，感到安慰，竟就這樣睡去，淑芬卻已經一身汗。

孩子不哭了，整個村子都變寧靜祥和，看著前一刻還在鬧脾氣的小畜生此刻睡得香甜，才覺得真是個可愛的孩子，淑芬儘管滿頭大汗，也終於露出笑容，但一想到日後竟然得叫他叔叔，就覺得心煩，真是豈有此理！她打定主意往後只叫他名字，輩分上絕不讓他占便宜。

她驚覺自己的乳房迅速膨脹，不知所措。那是連日來被吸吮刺激的結果。她想起那日阿燦對她非禮，也曾含著她的乳頭，不禁羞紅了臉，但眼前這孩子竟然吃上癮，把她當奶媽，也只能由他去。

既然了解他的性子，有辦法制服他，帶起來也就容易得多，淑芬乾脆背著他到處行走，回復往日撒野的日子。

玉蘭過定②那日，她帶著孩子去湊熱鬧。大喜之事，玉蘭都沒告訴她，像故意躲著她一樣，她愈想愈不甘心，索性不請自來。她躲在遠處看，怕被玉蘭瞧見，有一種做壞事的感覺，好像自己虧欠她，也許玉蘭可以更幸福，卻因為自己不夠努力，害了她。

不對，干她什麼事？是玉蘭自己沒來赴約，之後三番兩次找她，她卻又躲起來，明明是她的事，卻讓別人乾著急，瞎操心，這樣的結果，她得自己承擔才對。

她看見玉蘭頭上戴著花，臉上淡施脂粉，身穿大紅鳳仙裝，喜氣洋洋，她端著甜湯茶盤，在媒婆的牽引下，一一向長輩獻茶，但畢竟是在自己的家裡，面對的都是早已熟識的長輩，玉蘭儘管矜持嬌羞，長輩們的回應卻愛理不理，她不像新娘，而是這一家人使喚慣了的小媳婦。這場大禮，竟看不到任何一個人臉上有笑容。

淑芬抱著孩子四處晃，覺得自討沒趣，正準備走人，玉蘭剛好端著茶盤走出廳堂，兩人相遇，四目對望，玉蘭眼神哀怨，卻又急忙撇開，匆匆閃進廚房，一點都不似往日熱絡。淑芬心頭一凜，胸口像被一把大槌子猛然重擊，差點無法呼吸。

她終究還是在怪她。

② 過定：訂婚。kuè-tiānn

好姊妹的交情，如此不堪一擊。

也好，反正那也不干她的事了，她嫁她的二哥，她過她日子，各走各的路。也許人家根本不當她是一回事，是她自己自作多情，白忙一場。

但心裡還是罣礙。要是那日阿慶跟玉蘭私奔了，情況會比較好嗎？她還是想不透，如此登對的兩人，為何不能在一起？她到底愛的是誰？他為何不愛她？這種事情實在太麻煩。

回到家，好巧，她接到阿慶的信。急忙拆開，卻呆住了。

她不識字。

她去找二叔的大兒子文賢幫她讀信。文賢比淑芬大五歲，生性憨厚，對這位堂妹言聽計從。嚴格說來，是怕得要命。

「你敢跟別人說信裡寫些什麼，你就死定的，看我怎麼讓你死的！」

「我知啦！」

這是一封告別信。文字用得精簡，但文賢為了讓她了解信中的意思，解釋得非常仔細，一封短信突然變得冗長無比。

淑芬小姐：

很抱歉必須用寫信的方式向妳道別，其實那天一直在找妳，就是想跟妳說明這件事，結果卻遇見另一件驚天動地的事。

我知道妳為妳的阿嬤接生，這真的非常了不起，在妳面前，我這個讀過書的人，突然變得渺小。

我那天其實就是要跟妳道別，因為我即將跟隨我的叔父到日本念書，但我心頭還不夠篤定，心情一直很浮躁，我還在躊躇，到底應該留在家鄉多做些事，還是先到海外學習、更上層樓，之後再回鄉貢獻所學？

我想學醫救人，又想學政治造福人群，卻都拿不定主意。我心裡很慌，害怕自己辜負家人的期待，沒辦法把書念好，其實我根本不知道自己想做什麼？我去那裡又該做什麼？說來慚愧，讀了這麼多書，卻連最簡單的是非輕重都不懂得拿捏。

後來知道妳為妳的阿嬤接生，我像在大海中撿到一塊浮木，一切都變得很清楚。我就是應該學醫！有什麼比救人一命更能幫助別人？妳今天幫妳的家人一把，明天幫別人的家人一把，大家都得到幫助，日子就會變得更好，道理就是這麼簡單。

讀書人如果只會空談，卻不動手做事，那是白念書，那是米蟲，是最沒用的人。我所能想像的，既讀書，又能動手救人，幫助更多人，那就是醫生了。

也許你不明白，為何那天見到妳之後，我的想法就能變得這麼清楚，這就是妳了不起的地方。妳是個行動派，想到什麼就去做，這樣的人實在不多，尤其讀過書的人，常常瞻前顧後，畏畏縮縮，不願付出實際行動，最讓人瞧不起，但妳卻不同。能認識妳這樣的朋友，等於隨時提醒我自己，永遠都要說到做到，永遠都要付出行動。

妳接到信時，我人應該已經在日本了，希望學成歸國後，妳還能認得我，還願意跟我談話，做朋友。很好的朋友。

這段時間，如果妳不介意，我會持續寫信給妳，希望妳不會見怪。

再次感謝妳對我的啟發。

敬祝一切順心。

阿慶敬上

昭和十三年四月十八日

信讀完，淑芬滿臉通紅，一把將信從文賢手中搶過來，還用中指關節敲他的頭，文賢痛到整個人蹲到地上，淑芬卻早已轉身飛奔往菜園裡去。

她很欣慰，阿慶果然是個有為青年，她總算沒看錯人。只可惜自己最好的朋友，無法跟這樣的好人在一起。她一心要把好人推給玉蘭，其實根本是自己對這個人有好感。

遺憾的是，跟這個好人相處的時間並不多，這輩子，只有這個人會這麼認真聽她說話，還把她的話聽懂、聽進去，不會找碴、拌嘴，又能幫她分析事理，出主意。以前會這麼認真聽她說話的人，就只有玉蘭而已，現在玉蘭嫁人了，又對她有所誤會，就算之後和好，感情還能像以前一樣嗎？

這個男的卻不同，他好像什麼都懂，人又實在，脾氣又好，跟他在一起，讓她感到很放鬆。家裡男人跟男孩這麼多，每個人卻都把她當男孩一樣，只有阿慶對她是敬重的，讓她不自覺說話會變輕，動作不那麼粗魯。

可惜他離開了，連當面道別的機會都沒有，下次要再見面，也不知是何時。她第一次覺得想念一個人，想要見一個人，但用力一想，卻連他的臉長什麼樣子，身高如何，上一回見面穿什麼衣服，都記不住了。

她再想，出現的卻是明坤孩子氣的臉。猛力搖搖頭再用力想，卻又浮現那個非禮她的人的臉孔，而且貼在她面前，靠得好近、好近……

轉臍①

他把孩子接了過來，順手就在嬰兒的肚臍處打了個結，然後用手上的柴刀一劃，將臍帶斷開，看得母女倆都傻眼……

淑芬撿起一塊石頭把玩，打發時間。

石頭表面極粗糙，她拿來磨手上的粗繭，感覺似曾相識，她輕磨臉頰的皮膚，想起那日男人親吻她全身，鬍渣在她身上磨蹭的感覺，差不多就像這樣，她磨得猶豫，磨得滿臉通紅，想停，又停不下來。她又輕磨自己的耳畔、眉心、鼻心、頸項、嘴唇，再磨自己的雙臂，回味那日溫存的時光，不禁幽然神往。

他並非凶神惡煞，他並不想非禮她，他是溫柔的。

遠處突然傳來奔跑的腳步聲，她從幻想中醒來，聲音愈傳愈近愈響，她一慌，連忙將石頭奮力抛出，險些砸中跑來家中的男孩。

「阿姑阿姑，阿公不見了啦！」男孩大聲嚷嚷，他是大舅的么兒阿聰。

① 轉臍：生產後，把臍帶切斷的動作。tńg-tsâi

「什麼代誌②？講好！」母親阿珠從廚房裡奔出，想探個究竟，雖然大腹便便，腳步緩慢，但性子依然急躁，頻催這個有點大舌頭的孩子快說話。原來是父親失蹤多日，家人遍尋不著，阿珠趕緊收拾手邊工作，再披件稍厚的外衣，就往門外跑。

阿珠知道父親一直帶病在身，但還不至於輕生，心情不好時，頂多一個人離家溜達個半天就回家，很少像這次超過兩天不見人影。她心想應該沒事，卻仍不安心，決定回娘家一趟。

她先去跟婆婆告假。

阿蘭知道媳婦的心思，卻不放心她一個人，看淑芬鎮日心不在焉，不如讓她跟在阿珠身邊，也好有個照應，以防萬一。

阿珠嫌帶一個孩子麻煩，卻知道婆婆在想什麼。上回阿撿嬸來看過她，叮嚀她農曆六月初五那幾天多留意，有事通報，無事就順其自然，距離產期也還有十多天的日子，孩子應該不會這麼快來報到。

淑芬倒是意興闌珊，順手將背上的嬰兒交給阿嬤，就隨著母親和表弟出發。

臨行阿蘭卻叮嚀：「不要走溪仔路③，走大路。」

阿珠被婆婆說中心事，嘴上滿口應：「好啦好啦！」卻仍決心抄近路溯溪而行，早點回娘家問個清楚，照姪兒的說法，大哥、二哥都已分頭去找人，她回去其實也幫不上大忙，頂多陪陪母親，問清事情的來龍去脈。她可沒閒功夫慢慢散步回家。一路

② 代誌：事情。tâi-tsì
③ 溪仔路：水路。khe-á-lōo

卻頻頻追問女兒的狀況。

「妳這幾天是怎麼回事，戇神戇神，身體有什麼不爽快嗎？」

「沒有啦！」

「我看妳一定是做了什麼歹代誌，最好給我說清楚，別看我整天忙東忙西，我都有在注意。」

「妳黑白講，我哪有做什麼歹代誌。」

「最好是沒有。」

阿珠腳程快，才走出村口，就往溪仔路的方向拐彎。

「阿嬤不是叫你別走溪仔路？」

「妳恬恬，跟我走就對了。」

淑芬自從上回帶惠卿溯溪去藏小孩，就很久沒走水路了，知道溯溪頗耗神，趕緊打起精神，省得一不小心落水就糗了，看著母親那圈肚子幾乎整個要往下墜，竟然還敢走這條路，不禁也要佩服她的勇氣。

不過這幾日午後雷雨，溪水比想像中湍急。來到溪畔，三個人都猶豫了，阿珠很快相中溪中的一塊石頭，就奮力跳了過去，沒料到劇烈震動造成宮縮，讓她差點站不穩，沒敢再往第二塊石頭上跳。她深呼吸，喘口氣，定了神，輕撫肚圍，覺得舒坦多了，便一步一步穩穩走踏，淑芬和阿聰兩個孩子在後頭跟得有些不耐煩，卻也不敢超前。沒想到阿珠愈走愈順，腳步開始飛了起來，這本是她的拿手好戲，從孩提時代就愛玩的把戲，從土地公嶺、牡丹坑到丁蘭溪之間的所有水路她都熟，她和阿枝正是在這條溪裡相撞而認識，當時兩人都跌落溪中，還打了一架，不打不相識。

淑芬沒料到母親會來這招，馬上提氣跟緊她的腳步，好幾次快要超前，母親卻莫名其妙變換方向，擋住她的去路，瞬間加速向前，還發出輕蔑的笑聲，激起她不服輸的脾性，索性跳到岸邊用跑的，再跳回溪裡全力衝刺。終於超過母親，她放聲狂笑，連日來鬱卒的心情一掃而空。阿聰見狀也有樣學樣，同樣跟著淑芬的腳步，很快就超前。沒想到這趟當報馬仔的差事，竟是如此愉快。

阿珠從沒想過，自己有孕在身，還能在溪間跑跳，心中非常快活，玩心大起，見女兒要詐搶先，倒也不以為意，反而開懷大笑，心想，就來比快嘛，竟然一連踩過五顆石頭，腳尖都只輕輕滑過，蜻蜓點水，眼看就要撞上一塊巨岩，忽然她雙腳輕蹬，整個人像長了翅膀一樣飛起數丈，然後以臀部落地的方式從巨岩上滑落，瞬間超越兩個孩子，看得淑芬和阿聰瞠目結舌。

阿珠心想，我當孩子的時間還比你們長得多，這條溪裡的石頭都聽我的，想跟我比？還早呢！頓時青春少女的記憶完全湧現，與情人在溪裡打鬧幽會的情景彷彿昨日，甜蜜的感覺浮上心頭，什麼煩惱都不見。

「好了好了，休息一下，我沒那個性命跟你們這些孩子玩了。」

才一停下腳步，阿珠的腹部急速收縮，只聽到「啵」的一聲，一股熱流在她腿間流竄，強烈的潑水聲被溪流聲蓋過，她自己卻聽得一清二楚。阿珠心想，完了，難不成要跟婆婆一樣在光天化日下生孩子？但接下來的疼痛，容不得她再想別的事，她整個人痛到蹲下來，連忙大喊：「快去叫人啊！」

淑芬看到母親的狀況，心想不妙，那日陪著阿嬤生孩子的可怕回憶一點一滴浮現，她突然感到無法呼吸，但事出緊急，又是自己的母親，想躲也躲不掉，她知道這是阿嬤交給她的任務，擔心的就是這一刻，她豈可臨陣脫逃？阿嬤真是料事如神啊。

「你去叫大人來！」淑芬大喊。

「喔！」阿聰猶豫，因為不知該回頭往牡丹坑的方向走，還是往土地公嶺。

「還不快去？」

「是要去哪裡？」

阿聰這一問，也把淑芬問住了，但她向來腦筋動得快，她心想，剛才一路下坡，如往回走就會變成上坡路，又是水路，很容易打滑，速度會變得更慢，不如就一路下坡前行，雖然路途稍長，卻能較快找到人，要趕來救援的人，就算到時得走上坡的水路，大人的腳程總是比較快。

有人發號施令，事情就變得容易。阿聰很快動身。淑芬卻沒想到才說幾句話而已，回過頭來，母親早已滿頭大汗，而且開始在用力。

淑芬也只是看過阿嬤生小孩，那些人誇大其詞，說她幫忙接生什麼的，根本沒那麼回事，但她從來都沒有辯駁的機會，事到臨頭，她哪懂什麼撿囡仔？她急得尿都快撒出來。她愈想愈害怕，不自覺去牽母親的手，這一牽，倒有了自信，覺得自己責任重大，又再用手去探母親的肚子，輕輕幫她按摩，阿珠無暇顧及女兒在想什麼，但見她為自己打氣，心中卻也感到安慰，女兒養這麼大了，總算有點用處。

淑芬隱約覺得身旁有人，以為阿聰還在拖拖拉拉，正想罵人，卻瞧見惠卿和巧雲兩姊妹，心頭大喜。

「快啦，現在怎麼辦？」

惠卿不禁笑了出來：「才幾個月前的事，妳就忘了啊？我也不會啊，我又沒你這麼巧？」

「妳再講，快來幫忙啦！」

有人來助陣，心裡就比較踏實，惠卿和巧雲靠上前來，三雙小手輕壓在阿珠的肚子上，忽然淑芬眼前一陣天旋地轉，來到一處幽暗的地方，她看到一個孩子全身沒穿衣服，眼睛卻直盯著來人看，惠卿和巧雲則對著這孩子傻笑。

「囡仔，你真乖，快跟著我們出來外面玩。」惠卿開口說話，一面伸手要去牽這個孩子，淑芬才意會過來，是了，這孩子就是她未出世的弟弟。

「我不要。」

「不行啦，這樣你阿母會很痛苦呢，快點出來，我拿黑糖塊給你吃。」

淑芬心想，這孩子又還未出世，況且奶都還不會吃，哪會吃糖？這三八惠卿真是糊塗了，但也許她就是對小孩有辦法。

「我不要。」

「好啦好啦，阿姊拜託你好否？外面很好玩呢！」

惠卿耐心試了幾次，似乎都無法突破這孩子的心防，但四周圍卻變得愈來愈暗，一陣黑一陣紅的，淑芬也感覺到母親喘息的聲音，而且愈來愈痛苦，但她不像阿嬤那次一樣整個變了一個人，也沒亂吼叫、亂唱歌。情況沒像那天那麼凶險，但天知道時間一拖長，母親也將陷入困境。她可不想再面對另一個凶神惡煞。

「我不要啦！」

小孩再次任性，終於惹惱了淑芬，她一個箭步湊上前去，一把拉住小孩的雙手。

「不要也不行，跟我走！」

「我不要啦！我不要啦！」

其實淑芬也不知該往哪走，只是用蠻力硬拖，這一用力，三人都跌回現實世界，淑芬眼睛才一睜開，已聽到母親奮力呼喊的聲音，沒兩下，孩子就分娩而出，淑芬怕嬰兒掉到水中，馬上伸手去接，又一次，她將一個新的生命帶到這個世上。

她覺得好不真實，母親竟如此俐落就把孩子生下，她也搞不清楚孩子究竟是被她拉出來的，還是母親天賦異稟，生孩子就跟放屎一樣。只見她大口喘了幾口氣，然後將身上的外衣脫下，包住淑芬手上的嬰孩，然後就自顧處理自己的身體。

「再來呢？」母親竟問她。

「我怎麼知道啦！」

「妳不是幫妳阿嬤生過孩子，怎麼會不知道？」

其實要不是母親快手快腳為孩子包上衣物，她壓根不知下一步該怎麼做。

「轉臍啊？」淑芬憑她的記憶隨口回答。

「我也知道要轉臍，問題是怎麼轉？妳剪刀沒帶出來啊？」

「我哪知道妳要生啊？就算知道，我也不會接生啊，我沒學過啊？」

「妳無效④啦。無彩⑤我把妳養這麼大！」

阿珠沒好氣，想說乾脆自己來，這時不知誰從身後遞來一把刀具，轉頭一看，竟是自己的父親。

「阿爸，你怎麼在這裡？」

「妳是誰？」

「我阿珠啊，我是你的查某囝啊！你是番顛⑥喔，你不要嚇我！」

「你是我的查某囝？我怎麼不認得了？我是誰？」

「阿爸你神經喔，你不要氣死我啦阿爸！」阿珠才剛生完孩子，情緒低落，受不

④ 無效：沒有用。bô-hāu
⑤ 無彩：可惜。bô-tshái
⑥ 番顛：反覆，有理說不清。huan-tian

了刺激，看到自己的父親如此憔悴，還認不得人，不知是病重，還是連日在外流浪所致，一時百感交集，也不顧衣衫不整，內褲都沒穿，便撲向父親的懷抱痛哭，把他弄得一身狼狽。

「好啦好啦，妳是我的查某囝，妳怎會跑來這裡？」

「跑來找你啊，找一個太急，半路就生了，你看啦，都是你害的，這個你的孫子啦，還不快抱去！」淑芬聽母親說完，便把手上的孩子遞給外公，卻有些猶豫，因為外公看來有些恍神，孩子交給他，不太令人心安。

「生孩子哪有人生一半的，臍都還沒轉。」外公伸手就把孩子接了過來，順手在嬰兒的肚臍處打了個結，然後用手上的刀具一劃，將臍帶斷開，手腳之快，看得阿珠和淑芬都傻眼，阿珠才想起父親有一段日子曾以閹雞為生，也許道理是一樣的，只是何以這些技術還在，卻痴呆到連自己的女兒都不認得。

「來，叫阿公！你看，他在對你笑！」「真的耶，才剛出世就會笑，這個囡仔真古錐，還有膦脬⑦，真勢生！真勢生！」淑芬聽了不服氣，連忙抗議：「阿公，你不認得我啦？」老人家抬頭看了淑芬一眼，忙說：「妳很面熟，妳是誰家的查某囝？」

「我是阿芬啦！你的查某孫啦，你老番顛啊你，欠我十元硩年錢⑧都還沒給我！」

「小孩子亂說話，不怕被雷公打死！」阿珠白了淑芬一眼，一口氣差點喚不上來。

「哈哈哈哈，妳是阿芬喔，我知啦，妳這麼勥跤⑨，幫妳阿母生孩子。」

⑦ 膦脬：陰囊，或作卵葩。lân-pha
⑧ 硩年錢：壓歲錢。teh-nî-tsînn
⑨ 勥跤：能幹。khiàng-kha

「你不要亂講，我都還沒結婚，怎麼會生。」

淑芬的利嘴，逗得老人家哈哈大笑，手上的嬰兒受到驚嚇，卻大聲哭了起來，他才回過神來，趕緊哄弄孩子。

阿珠勉強起身，牽著父親的衣角，「阿爸，來，咱回家去，抱你的孫一起回去，好好疼惜他。」她打定主意就直接回娘家坐月子，順便照顧父親。

「好啊好啊，我肚子真餓了，好幾天沒吃飯了。」

其實老人家也不是真的失憶，只是在山中不慎跌跤，昏迷數日，醒來不知身處何處，卻巧遇自己的女兒生產，還好他身子骨硬朗，也沒有外傷，復元得快，一路走回家的途中，漸漸想起許多事，望著懷中的孫兒，心中踏實許多，忘了煩惱，也忘了當初為何離家。阿珠緊緊挽著父親的手，百感交集，其實她早就累癱了，但娘家的事總教她牽掛，最不放心的就是父親，他總是悶悶的不說話，偏偏幾個兄長都不成材，老是惹麻煩，只怕老人家鬱卒在心裡，積鬱成疾。

她只要有空，總是奔回家裡探望老父，只要看到他臉上有一絲笑容，就心安了，卻也沒想到，父親是因為看到她才笑，從小到大都是這樣。她看阿枝疼女兒的模樣，就像當年的父親疼她自己，只是阿枝更離譜，肉麻兮兮不怕人恥笑，她嘴上雖然叨念，卻是另一種甜蜜。

淑芬的心情沒太大起伏。這次的運氣好太多，一切水到渠成，有驚無險。沒事就好。

她漸漸失去對這個世界的好奇心。她知道所有事都沒那麼複雜，船到橋頭自然直，再糟糕的情況，最終總是能解決，最怕不上不下的感覺，整個人是浮的，不知為何而活，心頭不篤定。她不喜歡這種感覺。

她回頭，惠卿和巧雲姊妹都已離開；阿聰至今未帶人出現，不知是否迷了路；阿慶會不會像上次那樣騎個鐵馬來會她？別傻了，這是水路，兩旁雜樹叢生，連走路都有困難，這個人是她的福星，幾次在緊要關頭拉她一把，這回怎不出現呢？卻忘了他此刻早在日本念書，也許正在寫信給她，也許懷中還抱著別的姑娘。

她還幻想在路上巧遇阿燦，然後打算來個相應不理。明坤會出現嗎？心頭亂紛紛。

她想去牽外公的手，趕緊跟上腳步。但他雙手抱著嬰兒，騰不出手來讓她牽，她只好去扯他的手肘，卻觸碰到他肘關節上的粗繭，那觸感好粗糙。心中不禁納悶，要做什麼活，那個部位才會生繭？魂卻又飛回到菜園裡。

她又想起早上觸摸的那顆粗糙的石頭。

阿撿嬸

她一來就逕自把生囝裙掀開，伸手往女人的私處搓揉撫弄，女人驚叫出聲，聲音倒似行房時的嬌嗔……

事情總是會被簡化，然後迅速傳開：鄭家的女兒連續幫自己的祖母和母親接生，而且生的都是男的，母子均安。

一個孩子能幫人接生一次，那是巧合，能接生兩次，就會變成傳說。

陸續有人找上門，來的大部分是老人家，少數是年輕女性幫自己的姊妹或姑嫂來注文，說是家裡的女眷就要生產，到時能否請這個神奇的孩子前去幫忙？

這種事豈可隨便答應？淑芬別說沒受過訓練，就算有受過訓，年紀太小，又沒牌照，被抓到可是會被判刑。再說她幫忙的都是自己的家人，若官府真的來盤查，還可以說她只是在一旁陪伴，什麼都沒做，反正就算沒產婆，女人本能就可以靠自己的力量生育，沒什麼稀奇。

一概推辭。

阿珠產後護理，都是阿撿嬸來幫忙，兩三天來看一次。阿撿嬸對自己不能親自接生這件事很在意，每次來，嘴巴總是碎念個不停，怪她一個大肚婆不好好待在家中，卻像孩子一樣在溪裡跳上跳下奔跑，真是不要命了。又嫌孩子的肚臍轉得不好，怎可叫個男人轉臍，用的又是閹雞的刀，男人粗手粗腳的，肚臍不可能轉得漂亮。

「肚臍不是滿月自己就會掉下來，哪有差？」阿珠不服，若不是那個會閹雞的父親及時出現，這條臍帶恐怕現在還掛在嬰兒身上。

「講乎你捌，喙鬚就拍結①……」

淑芬不喜歡阿撿嬸。

同樣是上了年紀的女人，她看起來就是令人不舒服，有點髒，粗枝大葉，嘴裡隨時都在吃著東西，喜歡亂翻別人家裡的東西，尤其是菜櫥，看到好吃的，也不問主人的意見，逕自就大口大口的吃。

她不像阿嬤這麼體面，溫和。

不過她也在想，自己以後老了，會像阿嬤多一點，還是像阿撿嬸？以自己這樣大剌剌的個性，變成另一個阿撿嬸的可能性較大吧？

阿撿嬸看到淑芬進門，忽然轉頭對她說：「看到人不會叫啊？」

她就是討厭她以老賣老的德性，索性回嘴：「阿撿嬸你好！」

① 講乎你捌，喙鬚就拍結：說到讓你明白，鬍鬚都打結了。kóng-hôo-li-bat，tshuì-tshiu-tō-phah-kat

問候的每個字都像在罵人。

「嗯。妳也是我撿的囡仔，若是想學撿囡仔②，我可以教妳。」

阿珠連忙對淑芬說：「還不快謝謝阿撿嬸，人家肯教你學師仔③呢！」

淑芬卻不情願，忙著離開這個煩人的地方：「我去拿東西給阿嬤！」

她並不想一輩子幫人撿囡仔，那不是她人生的目標。種田、種菜、養雞、幫忙帶孩子、找個人嫁了，或者不嫁，待在家裡服侍老人小孩，這她都可以接受，反正就是不想當產婆。

其實她自己並不清楚自己想做什麼。

「妳明天去找阿撿嬸，跟著她去看頭看尾②。」阿珠對這個刁蠻的女兒，從來就只有命令的口吻。

「我不要。」

「不要也得要，萬一出事怎麼辦。」

「查某人⑤自己會生，根本不用人幫忙。」

「是嗎？轉臍妳會嗎？大出血怎麼辦？妳以為接生這麼簡單，當然是叫妳去跟她學。」

「我又不是一輩子都要當產婆。」

② 撿囝仔：抾囝仔，接生。khioh-gín-á
③ 學師仔：當學徒。o̍h-sai-á
④ 看頭看尾：見習。khuànn-thâu-khuànn-bué
⑤ 查某人：女人。tsa-bóo-lâng

「這是妳的命，一次也就算了，這種事遇到兩次，那是天公伯⑥的指示。」
「我才不要，伊是猜查某。」
「妳黑白講，好歹妳也是她帶來的，妳不怕舌頭被剁下來。」
「伊拿人家的孩子去賣。」
阿珠一把掌乎過去，淑芬來不及閃避，臉上一陣火辣。
「妳有被賣掉嗎？」
「沒。」
「沒有就好，話不要黑白講。」
半推半就。
她不必每天跟著她。阿撿嬸若順路過來，就會把她帶走，四處看看，有時一整天都沒事，走過好幾個山頭，到處採採青草野花。有時只是去幫幾戶人家的孩子安神、化解、塞個麻草⑦，串串門子，閒話家常，真正看到接生孩子的狀況並不多，不是沒人生孩子。有時阿撿嬸真正出任務時，不順路，沒來得及帶上她。
第一次，淑芬跟著阿撿嬸前往三叉港，路上遇到姑婆芋開花了，阿撿嬸趨前嗅聞，然後伸手輕摘花心裡的雄蕊放入口袋，她說魚行村一戶姓簡人家的小嬰兒嘴角起水泡，嘴巴裡還長了瘡，這花蕊用沸水煮過，放涼再餵給小孩喝，很有療效。
淑芬心中哼了一聲，這些雕蟲小技，我阿嬤懂得比妳還多，妳別神氣。

⑥ 天公伯：老天爺。thinn-kong-peh
⑦ 麻草：用紅紙包著穀類，用來為小孩安神的平安符。muâ-tsháu

不過當阿撿嬸攤開她身上穿的那件口袋衣，淑芬也不禁倒抽一口氣。

那件髒破不堪的衣服至少縫著上百個口袋，裡頭什麼青草都有，口袋的排列順序雖然凌亂，青草也隨意擺放，有溼有乾，奇怪的是，她似乎總能在第一時間就撈出她想要的東西，也知道什麼東西該擺在哪裡。

根本就是個百寶箱。

「身邊沒幾味青草，怎麼撿囡仔？這是一件救命衫。以後妳也會有一件。」

淑芬頭皮發麻，她可不想將一件破衣服穿在身上，像個乞丐一樣。再說裡面機關重重，像個迷宮，她相信自己永遠都記不住裡面藏著什麼東西，就算是自己放的，也記不住，她一點都不想長這個記性。

她就是心不甘情不願。她對這老人家的耐性不及自己的阿嬤，她很少主動跟阿撿嬸說話，阿撿嬸的話卻特別多，多到連愛講話的她都難以置信。

阿撿嬸不只說話，還不停吃東西。

桂圓、蓮霧、花生米、花生粉、黑糖塊、桔仔餅，口袋裡總能變出零食來，連接生的緊要關頭也不放過，就算手上沾著黏液、血塊，額頭冒汗如雨，也要騰出手來抓把四秀仔⑧塞到嘴裡。

她很大方，懂得分享，孩子們見她來，總是歡呼，然後圍繞著她討糖吃。

她精於分配。再難切割的甜食，也能在她的巧手底下變成珍珠寶貝，讓孩子既期

⑧ 四秀仔：零食。sì-siù-á

待又捨不得吃，即使吃到的只是一塊碎屑。

「只有這一塊喔，分到就沒有囉，不要落在地上喔！」

小孩在她的叮嚀下，顯得格外小心，一一張嘴嗷嗷待哺，等那千載難逢的美味一入口，就緊閉雙唇，有時連眼睛都閉上，不敢咀嚼，也不敢吞嚥口水，靜靜享受味覺在口中整個化開的滋味，整個人都快飛了起來。

這是阿撿嬸的另一項魔術。她就這樣征服好幾個村落的孩子。

當然，在淑芬眼裡，這是騙人的把戲，她只要想到那雙髒手就覺得噁心，阿撿嬸從來不洗手，無奈的是，她總是冷不防剝了一塊鹹光餅或芝麻糖就直接往她嘴裡塞，迅雷不及掩耳，想吐都吐不掉，這些平日吃不到的點心倒也美味，只是等她零食下肚，往往伴隨著千奇百怪的腥味，她知道那是阿撿嬸手上的味道，這讓她感到反胃，但一切都來不及了，她也只能惡狠狠瞪她一眼。

她在阿撿嬸面前，安靜得出奇。

阿撿嬸知道淑芬的心裡在想什麼，卻由著她。

她知道，不是每個女孩都能勝任這種事，也許她兩次目睹自己的親人生孩子，嚇都嚇壞了，根本就排斥這件事。自己還是少女的時候，就算已經接了上百個孩子，臨陣前手還是會發抖，胃痛如絞，中途還跑到戶外拉肚子拉好幾次，卻盡拉些水。

淑芬可是自己第一個徒弟呢，她在她的身上看到年輕時的自己。慢慢來，時間多的是。

淑芬終於看到她接生孩子的身手。一切都跟她想像的不同。

阿撿嬸依然嘴巴動不停，一直說話，那也許是為了掩飾自己緊張的情緒。

那女人才開兩指，聽說已撐了數個時辰仍沒有進展，阿撿嬸一進屋裡就把男人小孩都趕出去，逕自把黑呼呼的生囝裙⑩掀開，伸手就往女人的私處搓揉撫弄，女人驚叫出聲，不像疼痛時的哀嚎，倒似行房時的嬌嗔，淑芬不禁羞紅了臉，想起那日阿燦將她衣服脫光，撫弄她全身，也是這般粗魯。

接下來的事更神奇，阿撿嬸不時用手去觸摸產婦的私處，有時只是試探性的輕觸，有時乾脆大力搓揉，再將沾在手上的體液靠在鼻上聞，有時還把血塊抓下來品嘗、咀嚼，再吐掉，然後說：「快了，再十分鐘……」

淑芬覺得噁心，她想吐。

果不其然，沒多久，孩子就出來了。但過程並不順利，問題不在產婦身上。

阿撿嬸口中念念有辭，任憑產婦叫得再怎麼淒厲，她還是自說自話。

「咱做產婆這途的，不是說妳想做就做，不想做就不做，咱是媽祖婆挑來做功德的，不做都不行，做到不能走路了還是要做。」

淑芬知道這話是在點她。

「我有時也很艱苦，常常跑到媽祖面前哭，說我不做了，但之後還是得做，媽祖都不會罵我，像我阿母一樣，都會原諒我，這樣我還能說什麼。」

阿撿嬸的語氣雖然淡定，臉上卻老淚縱橫，待淑芬發現，心中震撼不已，但阿撿嬸繼續說。

「那天媽祖婆有跟我說，妳跟我不同，我是出世來幫人家撿囡仔的，妳是出世來幫祂救人的，妳這輩子至少要救一千個人，這個妳是推不掉的，過幾天我帶你去壽山宮拜拜，妳要跟媽祖求，求什麼都可以，但要跟祂說妳的決心，她才會保祐妳，讓妳一直去救人。」

淑芬不敢相信自己的耳朵，也不願相信這些鬼話，但聽阿撿嬸說得如此誠懇，卻又不得不信，肩頭突然間重了起來。

她還是覺得自己是個孩子，雖然一直想充當大人，但總是還沒玩夠啊！今年都還沒空去偷長尾陣⑨的蛋呢，那是最刺激的遊戲，因為一定會被啄到頭破血流的；惠卿和巧雲躲的那個洞穴，自從那次以後就再也沒去探險了，不知是否變樣？跟幾個堂哥約好，從蝙蝠山上的涵洞跳到火車頂上，搭霸王車到福隆車站再走回來，這些事也都還沒做。

她還想玩啊！

但望著阿撿嬸臉上的眼淚，她知道這是她的命，媽祖婆說的，還有假嗎？這個骯

⑨ 長尾陣：台灣藍鵲。tn̂g-bué-tîn

髒的老太婆，其實沒想像中討厭，也許有她在身邊，下次她再幫阿嬤、阿母、嬸嬸、姑姑們撿孩子，就不會再這麼辛苦了。

她沒忘記跟好姊妹玉蘭的承諾，她的第一個孩子，一定要由她來接生，而且不能被抱走。

「來，妳摸摸看她的肚子，剛才這麼硬，現在變軟了，妳得從這裡開始按……」

淑芬把自己的手交給阿撿嬸，任她擺布，在產婦的身上游走。

她知道，這條路，從此走定了，就一切由天吧。

歹命囝①

她總在第一時間勸人送走女孩，尤其若對方生的是第一胎，男人又不在身邊，女人會特別悽慘……

轉眼間，淑芬十七歲了，已能獨當一面，完全不需阿撿嬸協助，五年間接生的孩子超過百人，不算多不算少，但「少女媽祖婆」之名，早已傳遍整個牡丹坑、三貂嶺，甚至連九份、頭城的人，也都知道她的傳說。

家人盡量低調，畢竟淑芬是無牌的，別說無牌，連大字都不識一個，但村人哪裡在乎，就連最老資格的阿撿嬸，也沒念過產婆學校②，也不受衛生所的管制，多少戶人家，三、四代人都經由她的雙手來到人世，對她極為敬重。從來都沒人會檢舉她。

淑芬自己卻知道，這五年是媽祖婆保佑，產婦跟孩子都極為配合，沒給她惹太大麻煩，可說福星高照，而且由她接生來到這個世上的孩子以男孩居多，每當孩子落地的那刻，一家人莫不眉開眼笑，「查埔③的啦！」「有膦脬的啦！」大夥爭著包紅包給她，滿月酒也要她賞光。

① 歹命囝：命運坎坷的孩子。pháinn-miā-kiánn
② 產婆學校：訓練助產士的專門學校，由台灣第一位女醫師蔡阿信於1926年所創辦。sán-pô-ha̍k-hāu
③ 查埔：男人，男的。tsa-poo

她成了這一帶的大紅人。

但她不收紅包。

第一次帶紅包回家，被母親念了一頓，要她退回，頂多只能收下紅包袋。「我們這幾個村子，有哪一戶是有錢人家？哪一戶不是窮到快沒命？收這種錢會缺德。」她覺得母親說得有理。雖然阿撿嬸沒說不可收，還告訴她，做人要有點人情味，不要太絕，辜負人家的好意，這會讓人很沒面子，感覺妳這個人很無情，太驕傲，自以為了不起。但母親卻說：「妳看看，妳手上這個紅包，妳老爸要下坑工作好幾個禮拜才賺得到，這些錢夠這家人溫飽好長一段時間，留著給他們用多好，生查埔是別人生，又不是妳在生。」

淑芬一句話都沒回嘴。生孩子，苦的是女人，不是她，她真的沒啥了不起。

倒是撿到女孩時，她特別興奮。

這種情況，通常產婦會先掉淚，然後啜泣一陣，偶爾碎念幾句，嫌自己命苦。

通常這戶人家的氣氛會變得很低迷，老人家都不說話，有的還會擺張臭臉，家裡女孩多的更慘，有的老人家刻薄一點，還會說：「再生一個就可以開查某間了。」

聽到這種話，淑芬會非常火大。要是以前，她會上去給那人一巴掌，但她不能，因為對方是長輩，歲數大，這一打，好事會變壞事，會給父母親添麻煩，阿嬤會傷心，阿撿嬸會跑來教訓她。

她通常沉住氣。畢竟自己歲數小，人微言輕，就算據理力爭，人家也當她放屁，何況是別人的家務事。

她會察言觀色。

如果家人沒有太多意見，她會開始大聲跟孩子的母親喊話。

「生查某很好啊，恭喜喔，多一個手腳可以幫忙，查某囝最好了，妳看，她多像妳，以後一定跟母親一樣是個美人，大美人。」

她以前嘴巴壞得要死，第一次聽自己誇張的把這樣的話說出口時，自己也覺得不可思議，這樣的話，竟然可以把現場氣氛完全逆轉。

女人家馬上破涕為笑，下個動作會是馬上想餵奶，她就有事做了。

女人笑了，男人通常也會笑，這時淑芬會再幫腔，「你看你，娶得水某，查某囝又這麼古錐④，哪一個男人像你這麼好命？你得好好疼惜人家，不要讓人抱走啊！」

這時整個房子就會開始熱起來，七嘴八舌，老人家也有笑容，有時淑芬會再補上一句：「這麼寶貝的查某囡仔，千萬就不要讓人抱走啊，會真無彩④喔，毋甘喔，若要送人，送給我好了！」

這樣的話由一個小大人說出口，特別顯得滑稽，覺得她在胡鬧，笑聲會突然爆開來，但有這樣的笑聲，淑芬會特別安心。

④ 真無彩：真可惜。tsin-bô-tshái

她知道她的任務達成了，這女孩至少不會馬上被送走，如果她的父親過來抱這孩子，那就更篤定了。

這樣完美的收工，她的心情會特別愉快，就算走再遠的路，過程再拖磨，她也不會埋怨在心。

這才是件大功德。拆散別人的家庭最可惡。

她記得跟玉蘭的承諾，她記得跟阿慶之間的對話。

但一開始不是這樣的，看到人家生女孩，是她短暫的學徒生涯最痛苦的時刻。

阿撿嬸總在第一時間勸人送走女孩，尤其對方生的是第一胎。若是男人不在身邊，女人特別無助，情況更是悽慘無比。

阿撿嬸的說詞千篇一律：「第一個女孩送人，父母會較好命。」無視產婦聽了馬上落淚，呼天搶地。孩子當然不會馬上被送走，阿撿嬸頂多通報誰誰的家想要個女孩，哪戶人家日子較寬裕，女孩子送過去比較不會苦命，然後就沒她的事了，但可想而知，這女孩的命運，就此被決定。

千辛萬苦把孩子生下，卻馬上被勸離，哪個母親受得了？

這太殘忍。

淑芬幾次把話悶在心裡，最後終於忍不住。

「為何要叫人家把孩子送走？查某囡仔有什麼不好？」

那天任務結束後，師徒倆走了很長的路，兩個人都不說話，直到半途停下腳步，她們在一棵含苞滿樹的赤榕樹下坐下休息。

淑芬忍受一路的沉默，這冷戰由她掀起，誰先開口誰就輸。此刻她抬頭望著滿樹的花苞，覺得特別美，也特別淒涼。

她知道這淡黃色帶點綠意的花苞，其實不是花，這是赤榕的葉子，再過十天，所有花苞都打開了，會變成滿樹蒼翠，就像一株開著黃花的樹一樣，再久一點，這些葉子才會全部變成深綠色，這時夏天就來了。

這樣的樹，每年清明之前及中秋之後，葉子都會全部掉光，然後再含苞一次。

她看到阿撿嬸掀開她的乞丐衣，掏出菸葉開始捲菸，她只看她抽過兩次，一次是接到畸形的孩子，一次是接生的過程太久，孩子的母親昏厥，差點回不過來。那菸葉的煙，彷彿是種情緒，又像是某種特定的符號，告訴她，抽菸的人，此刻的心情是浮躁、曖昧的，不見得生氣，卻想得很多；不見得要罵人，卻有話要說。

淑芬喜歡煙，尤其是家中神明桌上的香煙繚繞，以及迎神賽會時的爆竹煙花，這樣的煙讓人篤定，覺得有神明降臨，在護佑著家人，彷彿是對這家人虔敬之心的回應。但菸葉的煙，她不喜歡，它太白，太粗，太飄忽，不可捉摸，一如抽的人此刻的情緒。

阿撿嬸終於開口。

「妳知道嗎?住在我們這一帶的人,多半是佃農,辛苦一整年,都不能養活全家,我小的時候,附近的人家把孩子拿去賣是常有的事,命好的去當童養媳,命不好的賣去查某間,那才叫生離死別。孩子大了才送走,妳知道有多悽慘嗎?」

阿撿嬸聲音低沉,沒掉淚,沒哽咽,但眉頭不斷往上揚,眼睛不停睜大,那是極端壓抑的表情,淑芬知道,有時不哭比哭還痛苦。

「我的阿母生了三個男孩,七個女孩,我排行老大,她在生完我第十個妹妹就過世了,她不是生孩子死的,她一生完小孩就去田裡工作,才碰到冰冷的田水就昏死過去,卻都沒人發現,她是過度操勞死的。我這個做大姊的,對每一個弟弟妹妹一樣疼愛,阿母不見了,我難過,但我更難過的是他們的阿母不見了,怎麼辦?那時我就告訴自己,我要當他們的阿母疼他們,不能讓他們受苦。

「我十二歲就開始做產婆,到處給人撿囡仔,我收的紅包錢比我阿爸去討海賺的錢還多,我阿爸愛賭,常常賭輸錢就回家,想賣掉一兩個妹妹還債,所以我只要遠遠看到父親走在回家的路上,或聽到他的聲音從村口傳來,我就開始藏小孩,我要把六個妹妹都藏起來,一個都不要讓他找到。

「他回到家,找不到人,知道是我在搞鬼,就會打我,幾次還借酒強姦我,我很見笑，但我不在乎，只要妹妹們都還在，我吃點苦算什麼？我知道他不會把我賣掉，因為我會給他錢，我賺的錢比他多，但我都只給他足夠的錢，讓他夠用就好，我知道他就是那副德性，改不掉了。

「有一次他又強姦我，隔天很後悔，還跪在我面前，說他再也不會這麼做了，我沒哭，我只是像一個阿母對做錯事的孩子一樣，摸摸他的頭，再給他一些錢，要他去做穡，什麼話也沒說。我知道我命苦，但那時大家都一樣，每一家都吃不飽，我知道我的父親也很苦。他如果不賭，其實是個很好的人。

「但是，這些事都打不倒我，我的個性就是這樣，很倔強，不服輸，跟妳很像啦！」

阿撿嬸終於有了笑容，倒是淑芬已經淚眼模糊。

「但有一次我終於受不了，不是因為我老爸，而是我撿了一對雙胞胎，兩個都是女的，但隔天那個媽媽就把她的兩個孩子都掐死了，後來她被警察抓去關，在牢裡上吊死了，她的翁婿知道以後，也失蹤了，聽說瘋了，不能說話，也不知道自己是誰，到處流浪，有認識的人說在花蓮看過他，更慘的是，他本來還有七個孩子，莫名其妙也都失蹤了，沒有人知道為什麼，後來才聽說是被一些壞心的人拐走，因為家中沒大人，很好騙。到底是被賣到哪裡去，也都沒人知道。

「妳知否，我那時好痛苦，比自己的妹妹被送走還痛苦，不知道自己幫人撿這麼多囡仔是要做什麼？撿囡仔雖然辛苦，但心情是實在的，是歡喜的，但知道自己撿來的囡仔被送走，被賣掉，那是什麼感覺妳知道嗎？妳以為我是鐵石心腸嗎？我的心也是肉做的啊！我是眼淚都哭乾了，到現在都不會哭了，不然我早就該哭瞎了。」

阿撿嬸喘大氣，喘了兩次。淑芬開始後悔自己對她的態度。

「那陣子父親回來兩次，我都沒把妹妹藏起來，也沒預先把她們支開，我甚至沒推掉工作，照常去撿囡仔，父親看我滿不在乎，反而不敢動作，後來終於忍不住問我怎麼回事，我就把事情告訴他。

「我跟他說，你要錢，就把妹妹賣掉吧，我不會怪你的，你要這麼多錢，我也不可能給你，只能說自己命苦，弟弟妹妹也命苦，他們能活下來就好，被賣掉也是命，只要能好好活著就好，就當是前一世欠你的，這世要來還債。你把他們賣掉，對他們也是解脫，以後兩不相欠，下輩子大家都沒瓜葛，以後也不要再做家人了。

「父親聽我這麼說，整晚都睡不著覺，他知道我這是在恐嚇他，但說的也是實話。他知道我變了，變得無情，變得什麼都敢做。人就是這樣，你求他，他反而吃定你，你不在乎，他反而怕你。後來他再也沒提要賣掉妹妹的事。

「我會苦勸人家把孩子送掉，也就是從這個時候開始，與其日後痛苦，不如早早讓母女絕緣，如果送到好人家的手中，日後有緣，也許還會想起自己的生父生母，有時會回來看看，反而更珍惜那種情分，嫁娶的時後，還會回家拜別，送給娘家大禮，這是最圓滿的情況。如果命不好，養父母不知珍惜，至少生父母不是從小帶大，那個情分薄，比較沒感覺，即使知道孩子過得不好而痛苦，也不會像自己養大的那麼不捨了。

「我跟妳說這麼多，不是要教妳什麼，妳看我帶妳的這段時間，也沒教過妳什麼，或規定妳一定要照我的方式做，妳是個很精的孩子，妳自己知道該怎麼做，妳以後怎樣，我也不會管妳，頂多念一念而已。妳覺得我是怎樣的人，怨恨我，討厭我，我也沒差，**我們都是媽祖的囡仔，不分大小，做的是一樣的事，妳的功德搞不好會比我大，到時妳就拿出妳的辦法救人，我會替妳感到高興。**」

阿撿嬸拿出她的髒手帕擦拭淑芬臉上的眼淚，顯得特別慈祥，淑芬再也忍不住，撲倒在她懷中痛哭。她沒想到阿撿嬸的命這麼苦，原來她勸人送掉女孩，背後竟有這樣的用心，實在難以想像，自己真是錯怪她了。

也就是從這天起，淑芬更認分，知道自己該做什麼，不該做什麼。阿撿嬸對她而言，也不再是個骯髒粗俗的女人，或是個沒血沒淚的產婆。

她是她的師父，半個母親，一個可敬的長者。而她確信，自己以後會更像她多一點。

祕密

男人正在跟小姨子偷歡，兩人下半身脫個精光，糾纏得十分猛烈，都像要置對方於死地，女人嘴上還咬著厚厚的布團……

淑芬第一次月事來潮那日，剛好在幫人接生，無暇自顧，畢竟產婦的狀況比她慘太多。她沒有先回家，反而去找阿撿嬸。

阿撿嬸幫她拭淨身體，換上月經帶，體貼的節奏，完全不似接生時的粗暴。

「以後就不能隨便跟查埔囡仔亂來喔！」

淑芬大驚，以為阿撿嬸知道她的祕密，整個人醒了過來，不再感到疲倦。阿撿嬸幾乎知道全村的祕密，如果說她知道她跟阿燦之間的事，淑芬也不會感到懷疑。產婆這職業就是這樣，所有祕密都會主動找上門，淑芬打從幫阿嬤接生，收集了第一個祕密開始，之後每一次接生的任務，都像是一次揭祕之旅。

村裡人對她沒有心防，畢竟是個孩子。她每次趕去幫人接生，快則快，慢則耗上大半天，甚至必須隔夜，等待的時間總是漫長，每戶人家的大小事，她都看在眼裡。

尤其女人在緊要關頭，總是口無遮攔，有問必答。

一次到丁蘭溪畔姓連的人家接生，她發現兩件開著褲襠的厚棉布褲。小孩穿開襠褲不稀奇，大人穿開襠褲，卻教人百思不解。

「大人穿的啦。」女人見她疑惑，卻也毫不避諱，「天氣較寒時，半夜起來小便比較不會著涼，我幫阮翁①也做一件。」

女人又補一句：「鬥陣②時比較方便。」她說這話時還是難掩嬌羞，但畢竟孩子都要生了，也沒什麼好隱藏的，何況產婆什麼都懂，即使只是個孩子。

有些人平日不說話，痛起來卻脾氣大得很，男人經常成為出氣桶。

「攏是你啦，攏是你害耶啦，唉喲喂呀！痛死了啦！」

「妳不要唉這麼大聲啦，三八！」

「你還敢說，彼日就叫你不要幹，你就硬要幹，你去死好啦！」

「噯擱講啊啦！」男人不好意思，畢竟有外人在場。

「我就是要講啦，攏是你害耶的啦！」然後不斷重複同樣的話。淑芬真想跑到門外去放聲大笑。

柑仔腳姓廖人家的女人最猛，兩胎都由淑芬接生，陣痛時還能罵人，每次都是跟自己的男人吵架，葷腥不忌，而且充滿細節。

「你講，那次為何要捏我的尻川？」

① 阮翁：我的丈夫。guán-ang
② 鬥陣：在一起。意指男女做愛。tàu-tīn

「哪一次啦？」

「就是那一次啊，捏得那麼用力！」

「捏尻川是怎樣？」

「真疼你知否？」

「就是要讓妳痛死！痟查某。」

「你莫假，你從來就沒這樣捏過，是跟哪個三八查某學的？」

「妳黑白講！」

「一定有，你跟我說清楚，不然我袂放你煞③！」

「跟外面女人學是怎樣，誰捏誰還不知道呢？」

「我就知道，你講，那個不要臉的女人是誰，我要去找她算帳？」

「幹佮娘不然你是要怎樣？」

「要殺人啦要怎樣……」沒完沒了，淑芬有股衝動想去拿把菜刀。

一次到小粗坑接生，過程非常不順，女人幾乎要失去意識，淑芬在她口中塞了厚厚的布團，免得咬到舌頭出人命，一面催促家人快端熱水來。

「燒水呢？燒水呢？」她狂吼了幾聲，卻沒人搭理，索性丟下產婦逕自到廚房生火，卻感覺到柴房有不尋常的動靜，趨前一探，才發現這家的男人正在跟小姨子偷歡。兩人下半身脫個精光，糾纏得十分猛烈，都像要置對方於死地，女人嘴上也咬著

③ 袂放你煞：不會輕饒你。be-pàng-li-suah

厚厚的布團，但與那個正在和命運搏鬥的女人不同，她是怕洩漏了慾望的祕密。

淑芬掩上柴房的門，當作沒看到，繼續做她的事。

愛管閒事，只會惹上麻煩，這祕密還是讓當事人自己來發現。

她很有老人緣，老人家總是對她特別親切，又是斟茶，又是遞毛巾，往往是最得力的助手，比男人可靠得多，但相對的，老人話也多，逮到機會，恨不得一口氣將滿腹委屈說盡，然後又哭又笑的，讓人不知所措。淑芬總是耐著性子聽完，因為她知道心裡有話無處訴的痛苦。

只有一次例外。過港村姓鄭的人家，一位吃齋的老婆婆，無視她媳婦受盡折磨，痛得死去活來，卻只顧向淑芬傳教，不停勸她念佛，下輩子才能往生西方極樂世界，還跟她說吃素的種種功德及好處。她的媳婦整整叫了三、四個鐘頭，她也跟著說法說了三、四個鐘頭。淑芬抓狂，心想若再不阻止她，她可以再說十個鐘頭、廿個鐘頭，直到她的寶貝孫兒出世。她暴怒，劈頭就罵：「不要跟我講佛祖，我厝內公媽神明一堆拜不完，沒時間管到西方極樂世界，吃菜嘛免講！」老人家果然馬上閉嘴，女人也不叫了，大氣不敢喘一聲，這一憋氣，倒是五分鐘就把孩子生下。

她其實最想知道玉蘭的祕密。

終於，玉蘭拜託碧霞傳話，請淑芬幫忙接生。她結婚四年多才有身孕，這一刻淑芬等了好久，聽到這消息，再也壓抑不住情緒，她抱著碧霞痛哭。

她知道玉蘭身子虛弱，事前準備特別充分，出師以來，從來未曾這麼緊張，她怕玉蘭生不出來，怕她咬舌，怕她大出血，更怕她萬一生的是女孩，第一胎就被人送走。玉蘭生產之前那一整個月，淑芬總是心神不寧，其實她大可在玉蘭懷孕的這段期間，經常去探望她，了解她的狀況，幫她安胎，開些藥，可是她偏不。

她們之間的心結還在，四年多沒說話。她總覺得自己對玉蘭有虧欠，卻又覺得玉蘭對她不夠坦誠，彼此都欠對方一個道歉，但誰該先開口呢？她卻沒想過，玉蘭請她接生，其實就是一種善意。但淑芬就是拉不下這個臉。玉蘭婚後心力交瘁，蠟燭兩頭燒，哪有時間管淑芬在想什麼？哪有時間計較誰對不起誰？淑芬就是想等玉蘭生孩子的那天才出現，讓玉蘭欠她一個人情。沒料到，玉蘭生產的過程很順利，淑芬人到時，孩子早已生下，而且還是個男孩，就等她轉臍、護理、收拾善後。

淑芬覺得失落。

兩人什麼話都沒說。儘管周遭喜氣洋洋，她們卻被隔離在完全不同的兩個世界。

玉蘭一直望著她，好像有話要說，淑芬卻在賭氣，氣她冷落她這麼多年，氣她隱藏祕密，氣她不能對自己掏心掏肺，連最後這個人情也不肯讓她做足。

淑芬的嘴翹得可以掛好幾斤豬肉，要不是看在玉蘭生孩子的份上，她一定要好好痛罵她一頓，抬頭卻看見玉蘭在流淚。

她最見不得別人哭，馬上心軟。

「不是生男孩嗎？煩惱什麼？不會被抱走啦？」

淑芬安撫她，她卻愈哭愈傷心。

「哪裡痛嗎？很痛嗎？那正常的啦，忍耐一下，我已經叫妳大嫂去煎藥了，吃三帖就可以下床作穡了，生龍活虎，生化湯④也要記得吃。」

王蘭握住她的雙手，兩人多年來未曾靠得這麼近坐在一起，淑芬的眼淚差點就要落下。

「妳去跟他說，孩子是他的。」

玉蘭說得很輕聲，淑芬卻聽得一清二楚。

「妳說什麼？」

「妳去跟他說，他才是孩子的老爸。」

淑芬難以置信。這種狀況簡直比難產還處理，她猜，也許玉蘭這段日子過得並不如意，心中還掛念著舊情人，直到生了孩子，還念念不忘，妄想孩子是對方的，難不成她婚後還與對方藕斷絲連，珠胎暗結？諒她沒這麼大膽。

「會啦，我會去跟妳二哥說，妳幫他生了一個孩子，有膦脬的啦！」

玉蘭是童養媳，長大後嫁給養父母的第二個男孩，嫁人後仍改不了口，總是稱自己的另一半叫二哥。

④ 生化湯：產後婦人專用藥飲，促進宮縮助排惡露。sing-huà-thng

惦惦。」

「不是不是，妳聽我說，孩子不是我二哥的，孩子是別人的。」

「妳累了，妳躺著休息，不要亂說話，再說會出人命，妳二哥會殺了妳，妳給我

「阿芬我拜託妳，我拜託妳好嗎？妳一定要幫我去找到他，幫我問他這個孩子怎麼辦？他會帶我走的，他答應我的。」

「妳怎麼這麼戇，他如果要帶妳走，四年前就帶妳走了，現在多一個孩子，妳想他會自找麻煩嗎？」

「不會的，他不會的，妳去幫我問他，我知道妳會幫我的。」

「他如果說不要呢？」

玉蘭沉默一會，才說：「他如果不理我們母子，我就死心了，從今以後和這個孩子相依為命。」

淑芬一肚子火，覺得她沒救了，收拾包袱打算馬上走人。

「我求妳！」玉蘭再度開口。

淑芬不耐煩：「妳總要告訴我，那個男人是誰吧？」

「阿燦。是阿燦。」

恍惚之人

那蛇輾轉盤纏，勒得她無法呼吸，她叫不出聲，即將窒息而死，
連咳嗽的力氣都無，那蛇卻又溜到她的脣邊，開始吻她……

飯匙倩①

那條蛇在她身上不斷磨蹭，又在她的肚臍周圍打轉，冷不防鑽進她的腹裡翻攪，她感到大地瘋狂震動……

淑芬像遊魂。

她始終討厭阿燦，五年來一直躲避著他，卻又一直想念著他。他們之間並未纏綿，她心中卻始終惦記著當時每一個細節。

每當看見父母歡愛，她總會想像，如果是阿燦，他會怎麼待她？接生時，女人的產道劇烈變化，身體產生巨大痛疼，她總是思索，自己是否願意為阿燦生孩子，承受這份劇痛，一次又一次？那日撞見別家的男人和小姨子偷情，她感到嫌惡，心中卻一直在想，如果那個男的是阿燦，那個女的是自己，會是怎樣？

她渴望他的肉體。

直到玉蘭說出祕密，她才敢真正面對自己心中所想。

她想過，他應該是對她下了藥，所有的幻想都因迷藥而變得浪漫，但愈到後來，

① 飯匙倩：眼鏡蛇。pn̄g-sî-tshìng

她卻寧可相信，那是對彼此的迷戀，那是發自內心的執著，那是前世的因果，那是愛。

他是愛她的。

她輕易找到阿燦，卻不想告訴他來的原因。

他有點驚訝，但馬上就定了神。他對女人太有經驗。他知道，總是會有女人找上門，她們逃不開他的手掌心。但這個女孩不同，他曾經猶豫，卻又一直想征服，她會自己送上門來，讓他感到意外。

他還是讓她聞了那株芒花，迷惑她，然後開始脫她的衣服，打算讓她嘗盡痛苦及屈辱。其實他大可不必用迷藥，因為淑芬早就做好冒險的準備，她想知道這個男人可以愛她到什麼程度。

他逼她注視那個怒張的部位。

淑芬看到一條盤根錯節的藤蔓，猛然抽長，上頭長著無數個面目猙獰的瘤，它們都有眼睛，虎視眈眈盯著她看。

他抓著藤蔓，在她面前晃啊晃的，時而抽打她的臉頰，時而挑弄她的髮絲，時而擠壓她脆弱的眼睛，然後逼著她品嘗那慾望的根源，他想探索她慾望的深度，通過喉嚨，直達心臟。

她反抗，幾度怒視。以她的個性，她這刻就要他死，但她不能，迷藥讓她身軀癱軟，不由自主，況且，她還想知道他還能對她做什麼。

她幾度作嘔，嘔出自己的胃液和他的精液，痛苦難耐，他卻還要她繼續。

他像禽獸一樣占有她。

那藤蔓變成利刃，男人像屠夫對準豬的咽喉一樣瞄準她的陰道，毫不猶豫就殺進她體內，她像豬一樣尖叫，聲音劃破竹林裡陰鬱的霧靄，她全身毛孔都張開，雞皮疙瘩瞬間燃起，幾萬顆沙粒在皮膚表面上跑動，她興奮到無法喘息，心臟狂奔到喉頭，耳膜鼓脹，身體像被切成兩半，她痛，卻完全不知痛在何處。

突然，她眼前亮過一道閃光，什麼都看不見了，只知道他在凌遲她，一刀一刀支解，又砍又刺又剁，她在每次刀刃來襲之前準備深呼吸，打算忍受一波接著一波的疼痛，卻每次都料不準時機。他總是突如其來，迎頭痛擊，她潰不成軍。

時間好漫長，她幾乎忘了呼吸。

她醒了，渾身溼黏，像一尾失去四肢的壁虎跌落水塘，使勁掙扎，卻無力遁逃，原來自己還沒死，他卻還不放過她。

他從身後姦淫她。

她感到羞恥，覺得自己像條母狗，村裡鄰近幾戶人家的狗都是這樣交尾。她叫，那聲音連自己都認不得，聽起來更像貓，又像嬰兒啼哭，鬼魅般的呻吟，嚇得自己不知所措，但體內一直有熱氣蒸騰，她像一壺滾水，就要燒開，她狂叫，愈叫愈狂，豁出去的叫，反正那也不是她自己了，沒什麼好羞恥的。

恍惚間，她的魂出竅了，她感覺自己飄到空中，跟那天阿嬤治療她的時候一樣。從空中俯視一切，她看得更清楚。

她看到那條藤蔓又變成蛇，一條邪惡的飯匙倩，味道及形體都像，她當然知道那是他的陽具，卻似一條能夠自主的活物，跟這個男人完全沒有關係。

這蛇粗得像一條男人的臂膀，優雅盤桓，一直盯著她看，卻沒想像中噁心，或叫人害怕。

她不禁對那蛇發笑。

那蛇的信是滑溜的，一路舔舐她身上每一寸肌膚，從最敏感的部位開始。牠舔她的肛門，舔她的私處。穿越她的陰毛，蹭啊蹭的。在她的肚臍周圍打轉，冷不防鑽進她的腹裡翻攪，大地瘋狂震動，不，那是她的身體在震動，她打冷顫，想拉肚子，從腰到胯間都感到酸楚，極酸。

牠再往上竄，穿過橫隔膜，又從體內滲到體表，牠突然發怒，頸部張揚成一面扇子，作勢攻擊，迅速落在她的身上，包敷住她的一隻乳房，然後徐徐盤據她的雙乳及兩腋，輾轉摩挲，她被逗得全身酥軟。她放鬆，她感到舒服，蛇卻猛然含住她的乳頭，她被突如其來的動作驚嚇，她尖叫，然後轉為呻吟。

不對，她感到兩個乳頭都是溼潤的，牠是兩頭蛇。

蛇再輾轉，再盤纏，牠盤住她的脖子，勒得她無法呼吸，她叫不出聲，即將窒息而死，她感到恐懼，她快死了，連咳嗽的力氣都無，卻發現那蛇早已溜到她的唇邊，開始吻她，淫滑的吻，深情的吻。

她放鬆，她沉醉。那吻夠長，彷彿能留住身上所有的感覺。她耽溺其中，就算再痛一百次也甘願，就算此刻就死了也甘願。

豈知那蛇還不滿足，又去尋找她的耳朵。

她受不了有人碰她的耳朵，太癢了，她投降，但這蛇有魔力，癢過了，也就麻木了，麻到心坎，整個胸骨都塌陷，心肺都露了出來，她再度放聲哀號。

此刻，牠不只一是條蛇，而是一萬條蛇，匍匐占據她的身體與靈魂，而她無處可逃。

感官到了極限，如同死去，她的魂再次飛到枝頭喘息，看著躺在地上赤條條的自己，正在和男人交纏，男人還在欺負她，掐著她的頸項，死命用手去扳她的嘴，似乎占有她的身軀還不滿足，還要掏盡她身上所有的精魄靈魂。

哪有什麼藤蔓、利刃、飯匙倩，這男人根本就是惡魔。

她想呼救，覺得自己太可憐了，再這麼下去會出人命。可是地上那個自己卻不在乎，她耽溺、沉醉在痛苦與歡愉之中。她拚命回應那男人每一個殘忍的動作，嘶吼、哭泣、傻笑，像拉屎一般用著力氣。

她在遠處看得目瞪口呆，不明白到底發生什麼事。

她看到男人身上滿是她的抓痕及吻痕。

他同樣無法自拔，他從未曾對一個女人如此瘋狂。

他欺凌過無數女人，迷惑過無數美麗身軀，但像今天這樣著魔，卻是第一次。

他害怕。愈是害怕，愈想傷害她，他本來就不懂憐香惜玉，迷惑及強姦女子，本是他的嗜好，女人只是他的玩物，他喜歡看著她們痛苦的反應及求饒的眼神。凌遲女人，他得心應手，而且樂在其中。

卻沒料到，自己竟像誤闖迷宮的孩子，始終找不到出口，他被這女人完全包縛，包得他無法喘息，她不只讓他的陽具深陷在慾望的深淵，連他整個人都陷進那洞裡，他想逃，又不想逃，彷彿愈是深陷，愈能回到母親的子宮得到安慰，有好幾個剎那，他感到四周一片昏暗，他恐懼，卻又安心，因為他聽到羊水的波濤湧動，他想就此睡去。

從未如此依戀。

但不行，他是邪惡之徒，最壞的妖精，怎可對凡間女子動情？他得讓她更痛苦才行，最好讓她死。

他去掐她的脖子，使勁去捏她的下顎，把她的整張臉都弄得變形，卻看她蹙著眉，雙眼緊閉，滴下眼淚，嘴角微揚，像在哭，又像在笑。

這神情讓他迷惑，他決定奮力一搏，也許他的藤蔓才治得了她，他渴望那藤蔓快變成刀，千刀萬剮將她刺死，他努力抽動，身上汗液如浪，他像在海中泅泳。

但在慾望的浪濤中，女人是不會死的。她痛到極限，也快樂到極限，任憑男人再怎麼凌遲也無所謂了，她知道男人把她帶到浪裡，或者是她把男人帶到浪裡，他是藤、是刀、是蛇，她都能承受。終於，那浪頭飆到最高處，把男人甩到空中，他從高處墜落，全身力氣放盡，他驚惶哀號，還未墜落就已失去意識，從此昏迷不醒。

此刻男人虛脫在她身上，她竟像母親抱著無助嬰孩一般，感到無限滿足。

她想睡去。

兩人相擁睡去。

夾竹桃①

「我跟他睡過了。」淑芬心想，妳要去跟哪個男人睡是妳的事，正想反脣相稽，卻想到自己的行徑也好不到哪裡去……

原來，阿燦住在一片夾竹桃林裡。

淑芬醒來，發現自己赤身躺在滿地枯葉上，她的視線模糊，看著遠方有個男人和她一樣赤裸著身子，正細心採摘著夾竹桃葉，一片一片放入掛在他腰間的竹籃裡。

她開始看得清楚。她看到男人的身影，她感到甜蜜。

她看到男人把這些葉子放入石缽中，用石磈輾碎，淬出白色汁液，那顏色白得有些嚇人，她未曾看過那樣的白，白得太不真實，白得不像世間的事物。那恐怕是世上最毒的毒藥，她有點擔心那男人會因此中毒，這或者可以解釋，何以他自始至終都如此小心翼翼，動作優雅得像隻貓。

她看到男人又在缽裡調了不知名的粉末，然後拿出一束枯乾的芒花，一支一支沾上那白色的汁液，然後倒吊著綁在屋簷下晾乾，不待汁液滴下，他立即用另一只碗銜

① 夾竹桃：民間常見灌木，汁液有劇毒。ngē-thô-hue

住，一滴都不肯浪費，他能準確預測那濃稠汁液滴落的時間，巧妙而熟練。

她終於明白，那就是用來迷惑她的藥，男人精於此道，顯然不只迷惑過她一個女人，她不敢細算屋簷下芒花稈的數量，因為那一枝芒花，代表著將有一個女人失身，而過去那個地方不知還掛過多少枝芒花，用來迷惑多少女人，包括她、玉蘭，還有這個村裡更多她認識、不認識的姊妹。

她迷戀這個男人的一切，但也看清這一切背後所代表的真相。

她可不像玉蘭那樣腦袋不清楚。這樣的男人可以託付一生嗎？他靠什麼為生？除了玩弄女人，他還能做什麼？難不成跟了他以後，她得成為幫凶，幫他操弄更多的女人？那可不行，真正可靠的男人，得像她的父親一樣，一鋤一鋤的刻著石頭，挖著火炭，用血汗換來一家溫飽，而且一生只愛一個女人，一生只跟一個女人歡愛。

她無法忍受這樣邪惡、荒唐，玩弄女人感情的男人。

她從容穿上自己的衣服，打算離開。

男人只看了她一眼，任她離去。他其實想叫她留下，雖然他知道，女人總是會自己跑回來找他，這次他卻沒把握。但手邊的事還沒做完，他不能半途而廢。他心裡感到酸楚，必須深呼吸才能抑制。

不明白這感覺從何而來。不過是另一個女人而已。他很快淡忘。

淑芬回到家中。

她覺得每個人都睜大眼睛看著她，彷彿都能看穿她的心事，知道她做了見不得人的事。這感覺教人心慌。

她到菜園裡，接了阿嬤手邊的事來做，啞叔已經五歲了，看她一進來便一把抱住她要奶吃，她拗不過，只好敞開胸膛讓他吸吮。

心不在焉。

那個痴傻的叔叔也看著她。

他的年紀跟她一般，要不是身體上的殘疾，應該也是個翩翩少年，最近他一看到淑芬出現，就會開始脫衣服，儘管動作緩慢，卻還是脫得一件不剩，他會盯著淑芬的身體看，然後開始自瀆。

淑芬不當這一回事，但歷經與阿燦的激烈纏綿，今天看到這樣的動作，卻讓她感到萬分羞恥，她開始懂得，男人不只對著心愛的女人會做這樣的事，有些男人根本就跟畜生一樣，看到女人就想撲上去，或者有些女人也是不知羞恥的，就像她一樣。

她感到慚愧，抱著啞叔跑出菜園，往溪的方向走。

卻遇見她的死對頭郁芬。

她認得是她。她打扮得極體面，穿的是都市人的行頭，洋裝，寬緣帽，高跟鞋，臉上還搽著白粉，整個人充滿自信。

她自慚形穢。

「妳好。」郁芬開口，淑芬也只好向她點頭。

郁芬看到她一身狼狽，胸前抱著一個大孩子，還扯著她的奶吃。

「孩子這麼大了？」

「不是啦，這不是我的孩子。」淑芬不想多做解釋，說這是她阿嬤的孩子。

「很久沒回來了，想看看大家過得怎麼樣。」

淑芬聽說她書讀得不錯，到城裡念了護理學校，已經畢業，在一家診所做事。

「聽說妳在幫人家撿囡仔，不錯嘛！」

淑芬知道她在挖苦她，只尷尬一笑。

郁芬繼續說：「現在基隆和台北都有產婆學校，念兩年就好了，妳可以去念，沒牌總是不好。啊，我竟然忘了妳沒讀過冊。」

「我沒這麼勢啦，冊讓你們這些人讀就好，沒牌就沒牌，抓到也是沒辦法的事，妳去報官吧，我不會怪妳。」淑芬賭一口氣，卻說得從容。

「妳怎麼這樣說，我是這麼無情的人嗎？我只是關心妳。」

「多謝。」

「對了，妳知道阿慶嗎？就是咱們這個村落最會讀冊的那個廖家慶？」

「知道，怎麼了？」

「他好厲害，去日本念醫學院，七年的學業四年就念完，比日本人還厲害，他的老師要他繼續留下來念研究所，他偏不要，說要回故鄉辦診所救人，日本人好欽佩他呢。」

「是喔。」淑芬回得冷淡，但其實心中暗自感到高興。

她知道阿慶是個有為的青年，果然照著自己的理想及目標邁進，可惜如今她已是殘花敗柳，是個不要臉的女人，他要是知道她背叛玉蘭、向阿燦獻身的事，一定會唾棄她。她已無臉面見他。

她感到失落。

「他現在在基隆開了一家診所，生意真好，毋成猴②，沒想到他這麼有出息，哈哈哈哈！」郁芬笑得有些失態，倒像自己已經跟他成婚。

「真的要恭喜他。」淑芬回應著。

「是啊。」郁芬在等待淑芬進一步回應，淑芬卻始終冷淡以對。

「其實啊，我現在就是在他的診所工作。」郁芬語氣中帶著驕傲。淑芬在想，也許他們訂婚了呢，或者早已經成為醫生娘，如果她接著這樣說，她也不會感到意外。

「恭喜妳。」

「妳知道他開的是什麼診所嗎？」

「不知。」

「婦人科，專門幫女人看病，也幫人接生。」

② 毋成猴：人不像人，猴子不像猴子。通常用來稱讚一個人很有本事。m̄-tsiânn-kâu

人。

淑芬一愣，想起他最早寫給她的那封信，覺得他真是一個意志堅定、說到做到的人。

「我也讓他看過了。」

淑芬心想，這干我什麼事？妳不過是故意來我面前逞威風，都多大歲數的人了，還像過去當孩子的時候一樣爭強好勝，真是幼稚。

郁芬見她沒反應，心中有氣。

「我跟他睡過了。」

真是不要臉的女人，妳要去跟哪個男人睡覺是妳家的事，拿出來大剌剌的說，沒有一點羞恥心，淑芬正想反脣相稽，卻想到自己的行徑也好不到哪裡去，話便往肚裡吞，卻又忍不住多說一句。

「恭喜妳，我看我得叫妳一聲醫生娘。」

「妳不要假了，我是不知道妳對阮③阿慶下了什麼藥，把他迷得團團轉。」郁芬突然爆怒，提高聲調叫罵。淑芬向她道喜，她卻反而惱羞成怒。

淑芬注意到她用了阮字，顯然心中已將他完全占有。

「妳說什麼我聽不懂。」

「妳不要以為我不知道，他一直寫信給妳。」

淑芬印象中只有收過五年前的一封信，雖然阿慶答應她，之後會寫信給她，但她

③ 阮：我的。guán

卻未再收到任何音訊，不禁反問：「妳怎麼會知道？」

「因為那些信都是他拜託我寄的。」郁芬才說完，便覺得不妥，沒再繼續說下去，但淑芬已經知道是怎麼回事，如果她猜的沒錯，阿慶寫給她的每封信，都扣在郁芬手裡。

事實也是如此。

郁芬和阿慶本是表兄妹，阿慶得叫郁芬的母親「阿姑」，雖然只是表姑。郁芬到台北念書，就是寄住在阿慶叔叔家中，阿慶從日本寄回台灣的信，為避免寄丟，都先寄到叔叔家中，再請郁芬代轉，郁芬只有第一封信未曾拆開看，但從第二封起，她就開始偷看信裡的內容，愈看愈是妒火中燒，索性扣留了每一封信，有幾封甚至撕得粉碎。阿慶若問起，她便說，信都已交到淑芬手中，只是淑芬不識字，也不會寫字，很難回信給他，沒想到阿慶非但沒死心，還一寫再寫，在日本的時候幾乎一周一信，回到台灣後反而因為工作忙碌，一個月才寫上一封，雖然依舊託郁芬寄信，但難保他哪一天親自寄信，騙局將被戳破。

淑芬雖然對阿慶有好感，但她始終將他與玉蘭配對，期待兩人終成眷屬，可惜事與願違。再說，阿慶再怎麼有出息，也跟自己無關了，她不會對他有任何非分之想。只是郁芬對自己太沒自信，才會有這些心眼。淑芬覺得好笑，兩個人雖然從小鬥到大，但從郁芬讀冊的那天開始，她就已遠遠贏過自己，她早就認輸，卻沒想到這個節骨眼，她還要來跟她鬥。

「妳放心啦，我不會跟你搶阿慶啦，妳回來不就是要我跟妳保證嗎？我在這邊對天發誓，我鄭淑芬絕對不會做這種搶人家翁婿的事情！」

「不行，這種保證有什麼用，妳真奸巧，我才不會被妳騙了。」

「不然呢，這樣好了，妳就幫我寫封信，說我要跟他絕交，反正他寫的信妳都藏起來了，要騙就騙到底，妳就說，是我叫妳代寫的，叫他不要再來煩我了。」

淑芬天生就愛捉弄人，雖然表面示弱，卻愈說興致愈高，郁芬聽了也覺得不失為妙計，但心念一轉，淑芬怎可能這麼好心？這其中一定有鬼，故意叫她寫一封假信，但阿慶若被這絕交信一激，反而趕來跟她會面，到時她裝得楚楚可憐，阿慶的心就完全被她栓住了。

其實淑芬根本沒想這麼多。

「妳這個女人好惡毒，差一點被妳騙了，我才不會中妳的計。」

「真好笑，這樣也不行，那樣也不行，到底要怎樣，妳自己說啊！」

郁芬想了想，望著淑芬懷中熟睡的孩子，心生一計。

「不然這樣好了，阿慶下個月會回來掃墓，如果他來看妳，妳就跟他說妳結婚了，最好抱著這個孩子讓他看看，妳如果答應這樣做，我回去就先告訴他，讓他死了這條心，他也不會再來煩妳。」

淑芬忍著胸中一口氣。她明明未嫁，卻要讓人這樣糟蹋，實在忍無可忍，不過想想，這對她也沒損失，就算有損名節，也無所謂了，反正她就是個不三不四的女人，就算阿慶要來娶她，她也不會肯的，她不配。她不能毀了一個有為青年的前途，她不能讓一個有出息的男人丟臉。

她深呼吸：「好啊，就照妳的意思，我這人不喜歡人家膏膏纏④，就叫他死心也好，但妳也不要得寸進尺，我的忍耐是有限度的，我這次讓妳一步，妳要是敢再逼進一步，妳看我怎麼治妳。」

「我也是為了妳好，妳別在我面前說大聲話。」

「別忘了，我只要去跟阿慶說妳今天跟我說的話，他會怎麼做？我只要跟他說，我從來沒收過他寄來的信，他會怎麼想？」

「妳不敢。」

「我為什麼不敢？妳都敢來逼我了，我有什麼不敢？」

「妳不是不愛阿慶？這樣對妳沒好處。」

「我是不愛阿慶，但妳敢逼我，我就讓妳得不到妳想要的東西。」

「妳給我記住，我會去檢舉妳的。」

「好啊，那我就去跟阿慶說，是妳檢舉我的。他是婦產科醫生，一定需要助手，知道我失業，一定會拉我一把。」淑芬故意說得曖昧，氣得郁芬全身發抖。她知道淑

④ 膏膏纏：糾纏不清。ko-ko-tînn

芬向來說到做到。

郁芬本以為自己贏定了，沒想到卻落得慘敗。她早已和阿慶有肌膚之親，隨時可以用這件事逼他成親，比起淑芬目前的處境，她的贏面更大。淑芬別說門不當、戶不對，論長相、談吐、氣質、穿著，都無法跟自己相比，阿慶不可能愛上她的，娶她更不可能。

只怪郁芬沒自信。這次回來打探淑芬的虛實，打從第一眼見到她，就該打道回府的，相信阿慶回來看到淑芬這副德性，幻想很快就會破滅。只怪自己太逞強，硬是要跟她一較高下，卻洩漏了許多祕密。

此刻的郁芬像隻喪家犬，六神無主，倉皇逃往往車站方向，打算趕搭下一班火車回基隆，回去好好思考該怎麼收拾善後。淑芬則抱著熟睡的屘叔，敞胸露乳，目送她的死對頭夾著尾巴逃走。

她有些得意。

她像株踩不扁的野花，兀自挺立在荒野中，迎風搖曳。

山路

他在山裡狂吼，他哭。他向來擅長用肉體征服女人，這回他卻徹底被一個女人的肉體打敗，敗得一塌糊塗。

淑芬照例去幫產後的玉蘭護理，順便探視嬰兒的狀況。

孩子長得極像阿燦，鼻尖一團圓肉，人中特別深長，很少有新生兒的眉毛如此濃密，她特別留意到他的頭髮有兩個旋子，跟阿燦一樣。

淑芬不敢再多看一眼，愈看愈覺得自己對不起玉蘭。總覺得玉蘭的眼神怪怪的，她知道這是自己作賊心虛，玉蘭不可能發現她跟阿燦之間的事，除非她自己說。

玉蘭其實是在等待她的答案。

「妳難道沒有話要對我說？」玉蘭終於按捺不住。

「有啊！」淑芬面紅耳赤，正在盤算該怎麼撒謊。

玉蘭在等。

「我沒找到他。」淑芬說得支支吾吾，說完反而鬆一口氣，而且佩服自己，這真是個好理由，找不到人，當然也就問不到結果，不必再說下去。

玉蘭將信將疑。看得出來她將全副心力都放在孩子身上，眉頭不再深鎖，不似那日激動。淑芬還真怕她想不開。

「妳現在就好好照顧孩子，把他養大，不要想東想西，妳在這個家不是很好嗎？妳二哥不是對妳很好嗎？」

「不是我不知感恩，妳如果碰到那個人，妳就會知道我在說什麼。」

淑芬當然知道她在說什麼。她自己都難以克制再去找這個男人的衝動，何況是她。

「但是妳跟著他走，要靠什麼過日子？妳了解這個人嗎？」

「這個我不管，他到哪裡我就跟到哪裡，我本來以為我不能忍受他跟別的女人，但現在我覺得我可以忍。我就是要跟他。我是他的人了。」

淑芬很驚訝，沒想玉蘭如此敢愛敢恨，以前完全看不出來，只覺得她是個逆來順受、沒主見的人。

「那現在妳還要找他嗎？」

「當然，我拜託妳了，無論如何幫我找到他好不好？我現在只相信妳一人。」

相信？淑芬倒抽一口氣。如果玉蘭知道她最相信的人早已背叛她，不知作何感想。

心亂如麻。

淑芬時而告訴自己，這種男人不值得愛，一定要斷，內心卻又一直在想，是不是再見他一面就好，片刻溫存也好。

愈想愈氣，明明是個爛人、壞人，自己卻對他神魂顛倒，太沒志氣，要是以前，她鐵定要把這樣神志不清的女人痛罵一頓，怎料自己就是這樣神志不清的女人。

想想自己跟玉蘭沒兩樣。

怎麼辦？

她的個性就是不喜歡把事情拖著。勇敢一點，去找他，她想狠狠揍他一頓，叫他別再來惹我，也別去招惹玉蘭。

她得親自跟他提分手，以毒攻毒，一次斷得乾淨。

他要是再用迷藥迷她怎麼辦？憋氣？保持距離？被迷了就被迷了？見機行事吧。

今日她得趕去破子寮為人接生，她打算順道去找阿燦談判。

他果然在。

她深呼吸。

他躺在茅草屋旁的竹叢中小憩。看到淑芬來，他喜出望外，連忙起身。

「你不要過來。」

阿燦一愣，但馬上露出詭異的笑容，不要過去？好啊，看妳玩什麼把戲，待會還不是逃不出我的手掌心，看我怎麼整妳。

「我有話要對你講。」

「妳講，妳講，我在聽。」逐步走近。

「你好膽①就不要用迷藥。」

「我手頭空空的啊。」再走近一步。

淑芬再次深呼吸，今天一次就要了斷。

「你說啊，你要跟我說什麼？」阿燦問道。

「我要跟你切②！」

阿燦疑惑，卻覺得很有意思。

「我們本來就沒鬥陣啊？是妳自己要來找我的。」他輕蔑的笑。

「真好，我討厭你，我不要跟你好，你不是查埔人，若不是你用迷藥，打死我也不會跟你鬥陣，你是畜生，你豬狗不如。」

淑芬罵得過癮，阿燦卻愈聽愈高興，覺得她真是個不一樣的女孩，鬥志高昂，她愈是這樣，他就愈想整她。他知道她的性子，就是很容易被激怒。

「很好啊，妳都不要來找我啊，一堆女人在肖念③我，妳還排不到。」

「是啊，我也袂癮④排。你自己去照鏡子，你要是不用迷藥，哪個女人會愛上

① 好膽：有種。hó-tánn
② 切：分手。tshè
③ 肖念：奢求，渴求。siàu-liām
④ 袂癮：不屑。buē-giàn

你，你是無路用跤數⑤，欺負查某人，你還笑得出來！袂見笑。」

阿燦接不上話，這幾個村頭還沒幾個人能跟淑芬鬥嘴，這回她可是火力全開。

「怎樣？說不出話來了吧？你以為這些女人愛你嗎？你憑什麼？憑你較緣投⑥？憑你較有力？憑你的膦鳥大支？你連打架都打輸我，你有什麼本事愛一個女人？」

阿燦被罵得一肚子火，猛然衝上前掐住淑芬的脖子，淑芬雖有防備，卻沒料到他來得如此之快，她雙手緊抓他的手腕，整個人騰空用兩腳狠踹他的胸腹，拚命掙扎，阿燦忍著疼痛，死不放手，這輩子還從未被人羞辱得這麼慘，這口氣實在嚥不下去，他恨不得讓她死。

淑芬的力氣也實在太大，沒兩下就讓她掙脫，要是其他的女孩，掙脫之後恐怕拔腿就逃，她卻反而欺上前去，用大拇指去按他的眼窩，阿燦沒料到她會來這招，也只能用雙手去擋，差點讓她得手，兩邊太陽穴卻各被她的手指抓出四道血痕，總是男人的力氣大，占優勢，阿燦欺身向前將她撲倒在地，整個人都壓在她身上，淑芬不斷掙扎，卻始終難以掙脫，冷不防將前額往前猛撞，將阿燦的鼻梁撞出鮮血，阿燦眼冒金星，眼看就要讓她脫逃，為避免她再拿頭部當武器，他用左臉頰去壓制淑芬的臉，讓她的頭也不能動，卻也壓制得牽強。

阿燦本來就是隻鬥雞，很少敗過，兩次碰到這女人卻都吃虧，搞得狼狽不堪，力氣放盡，想起那日纏綿，也是慘烈無比，情不自禁用雙唇去吻她，淑芬不從，用牙齒

⑤ 無路用跤數：沒有用的傢伙。bô-lōo-īng-kha-siàu

⑥ 緣投：長得帥。iân-tâu

去咬他，兩人的雙唇都碰出血來，變成一場脣齒戰爭，後來連舌頭都加入。

淑芬感到迷醉，她開始吻他臉上的血，像要將它舔噬乾淨，手腳也漸不聽使喚，掙扎變成擁抱，阿燦吻她的脖子，吻她的耳朵，彼此喚起那日激情。

已弄不清楚是誰先脫去誰的衣服，最後都一絲不掛，他們在互相折磨，在彼此的身上留下瘀痕與傷口；他們很快便交合，久久不忍分開，男人很快便衰竭，他從未如此提早收工，應是沒用藥的關係，兩人筋疲力盡，雙雙仰躺投降。

淑芬感到滿足，這回沒有太多幻覺，都是真實的溫度與力量，連撕扯的痛苦都讓她感到飽滿與歡愉，卻意猶未盡。

她去逗弄他的陽具，好奇那隻飯匙倩怎麼還未出現？刀呢？藤蔓呢？

她起身去吮吻那隻癱軟半歇的動物，想再度喚醒牠，男人興奮呻吟，她得意，她變得頑皮，露出利牙，粗暴嗑咬，弄出幾道傷口，男人阻止她，她再吻，有時似要啃斷那歡愉的根源，惹得人怒從中來，卻又不捨結束這美妙的儀式，但益加期待溫柔時刻的到來，得到的只是這調皮情人更加殘忍的玩弄。

他扯住她的頭髮讓她離開，兩人又纏打在一塊，他雄風再起，努力征服，她耽溺迎合，尖銳的叫聲再度出現，像嬰兒般哭泣，悲慘卻又快樂。

阿燦就怕愛上女人。他用迷藥的理由也在此，唯有用迷藥，他才能輕易征服女人，毫不費力氣，然後再輕易將她們拋棄；愈是真實的糾纏，往往教他身陷其中難以自拔。

這回他豁出去了，愛就愛吧，這女人值得他這樣愛。

淑芬已失去理智，肉體不聽使喚。沒了幻覺，她更能暢快感受來自體內的力量與靈魂的呼喚。那個地方畢竟是靈魂的出入口，兩人的靈魂正在交融。

恍惚間，她卻看到男人的背後出現不同的人影，那不是幻覺，那是曾與他交媾的女人的身影，在如此劇烈的力量激盪之下，從男人的體內逼出來。

她看到許多似曾相識的臉孔，有老有少，有些人真想像不到是會做出這種事的人，但她相信她們一開始都不是自願的。

每一張臉孔都異常清晰。玉蘭的臉孔也出現了。

她想起來此的目的。

淑芬知道該停手了。她不能把自己的靈魂也丟進這個男人的身體裡面，現在收手也許還來得及。

男人也累了。

她穿上衣服起身，得趕路了，不能誤事，她還帶了便當。這段路很長，至少得走上四個鐘頭。

男人不想讓她走。她沒理他。他也跟著穿上衣服，想跟著她走。走出夾竹桃林，淑芬要他別跟來，他露出疑惑的眼神。她再前行，他再跟。

「不要再跟了。」

「為什麼？」

「你忘啦，我要跟你切。」

那剛才的纏綿算什麼？

阿燦沒料到她會這樣說。

他去抱她，吻她的脖子，她推開他，笑著對他說：「我不要跟你好，你不是好人。」

說完拔腿就跑，像個任性的情人。阿燦追了上去。

淑芬跑得很快，一路都是上坡路，她還能一路跑，看他追不上，她笑開懷，然後回身對著他大喊：「我要跟你切啦！我不要跟你好啦！」

整個山谷都是她的回聲，她一路跑，一路笑，一路呼喊，她要用吶喊的聲音喚醒她自己，別再鬼迷心竅。她不是那樣的人，她只是被他騙了。

心裡舒坦許多。臉上卻有淚。

阿燦不甘心，他好不容易愛上一個女孩，卻馬上被她拋棄。他從未被拋棄，除了四歲時父母把他留給阿嬤之後，從來就是他拋棄人、玩弄人，沒人敢拋棄他、玩弄他。

沒想到被人拋棄的感覺是這樣，心整個是空的。他嘗到失戀的滋味。

他在山裡狂吼，他哭。他被打敗了，他向來擅長用肉體征服女人，這回他徹底被一個女人用肉體打敗，敗得一塌糊塗。

他決定抄近路去堵她。

淑芬沒料到阿燦會再度出現在他面前，他們在大埤山頂碰面，兩人氣喘吁吁，全身都是汗。他去抱她，再吻她，她又很快逃開。他知道她這回真的鐵了心。

他本是個偏執之人，受不得這樣的刺激，他往斷崖處走，然後對她喊了一聲：「喂！」淑芬在看。

他用手指了指山下，表示他要跳。淑芬挑眉，表示不在意。他生氣，覺得她無情。

淑芬最愛激人，作弄人。

她大喊：「你跳啊！」

阿燦沒了表情。

他縱身往下跳。

淑芬也沒了表情。

她並未趨前去看，只繼續趕路。人死了最好，這樣才能完全斷念。

她覺得好累，臉上卻露出笑容。這樣最好，人死了最好。

暗暝

海浪一直往上堆高，一時卻未逼近，這麼大的浪頭要是落下，別說大坪，整個丁蘭谷、雙溪、柑腳到牡丹的人都要被淹死……

前往大坪的山路，要帶上兩個便當才撐得過去。只有當壽山宮迎媽祖的時候，住在牡丹坑這一帶的人才會過去湊湊熱鬧，壽山宮迎的是台北關渡宮的媽祖，每年農曆二月先從北部走陸路來到雙溪河口，再從丁蘭谷切上山路，往大坪的方向走。

這段路，一路都是上坡，越過大埤山、蓁千坑之後才進入平地，越過大坪溪之後，才看得到媽祖廟。腳力若不夠，別說小孩，連大人都受不了。

牡丹、雙溪這一帶的人家卻不一樣，神明多半供奉在家中，三忠宮供奉的是北港迎來的媽祖，熱鬧的時節和風俗，都和大坪地區不同。

淑芬的雙胞胎叔叔娶的都是大坪人，兩次跟著兩位嬸嬸回娘家，山路難行，連精力過人的淑芬都受不了，直呼下次再也不來了，但其實她一路都是由大人背著，大人就是因為走山路辛苦、無聊，才會想帶個有趣的孩子同行，可見這段路有多困難。

這趟任務正是三嬸介紹的，產婦是她姑姑過繼給人的女兒。衝著這點，淑芬一口便答應下來。

但這條路實在太漫長，彷彿永遠都走不完。

早知道就不該去找阿燦，耗了太多時間，要是那時就出發，現在早該抵達。

她還在想著阿燦的身體。

真該死。

他不會真死了吧？

天色漸暗，她一路恍惚。

她提醒自己，事情做完，該繞去壽山宮拜拜，求媽祖饒恕她的罪。

終於到了。

一方土角厝，卻像是沒有人，天暗了也不點燈。

聽不到產婦的聲音，也許是時候未到，也許是生了呢？

她進門。

「有人在嗎？」

無人回應。

她一間房一間房巡，終於看到產婦。

她傻了。

一個孩子已落地，沒氣了，另一個還卡在女人的產道，卻是兩腳先出來。

女人還有氣，奄奄一息。

「妳還可以嗎？稍微忍耐一下，馬上就好！」

淑芬不知所措，這種情況沒見過，安慰的話竟然說得咽哽。

她讓產婦喝口水，然後催她用力。

產婦驚叫，她拉扯孩子的雙腳，孩子慢慢娩出，產婦昏了，孩子也沒氣了。

淑芬心有不甘，不停向孩子的口鼻吹氣，邊吹邊哭。

完全沒救。

產婦的下體不斷冒血。

她拿了布去塞，什麼布都好，想為她止血。

無濟於事。乾脆停下所有動作。

要轉臍嗎？兩個孩子的臍帶都還沒轉。

還是要啦。

她為兩個孩子轉臍，燒了熱水，為他們洗淨身軀，為他們穿上合適衣物，再包上包布。

可愛的兩個孩子。

她再為女人清洗，同樣換上乾淨的衣服，覺得她好安詳，好美。然後將兩個孩子放在她身邊。母子團圓是最圓滿的事，母子一定不能分開。

淑芬默默離開，上路。拖著疲憊身軀，她一路想，這家人都到哪去了？也許是去求救，但她路上都沒見到人影啊？也許是走不同的路。

是她害了她。

都是她害的。

她聽到海潮的聲音，大坪往東便是頭城，離海近，海的聲音雖然渺遠，卻教人心安，她喜歡海，四叔曾有一次帶她去澳底看海。

海潮聲卻愈來愈近，她覺得不對勁，往回頭看，海浪竟然打上岸來了。這是海嘯，得叫所有人快逃啊！

「快走啊！快走啊！海嘯來了啊！」淑芬狂喊。

海浪一直往上堆高，一時卻未逼近，這麼大的浪頭要是落下，別說大坪，整個丁蘭谷、雙溪、柑腳到牡丹坑的人都要被淹死。

她不停往前跑，海浪的聲音依舊轟然，她終於跑不動，停下腳步回頭看，發現那潮水是鮮紅色的，那是血，那是血堆成的浪潮。

她害怕，她瘋狂，一路狂奔。

「**阿母，我殺死人了，阿爸，我殺死人了，快來救人啊！**」

她認得回家的路，卻不知自己是怎麼回到家，這一跑，也跑了快兩個鐘頭，腳上的鞋早就不見蹤影，腳底都是鮮血，等看到自己熟悉的那棟茅屋她才心安，只想一口氣飛到家中。

這一飛，她停在門口的那株龍眼樹上喘息，身體輕飄，一如那日阿嬤幫她療傷時的景況；又像和阿燦歡愛時，魂魄飛到空中的樣子。

她感到悲傷，也許自己死了呢？

她看到自己已經回到家中，昏倒在門埕前的曬穀場，二叔、三叔最先跑出來抱她，父親、母親也圍了過來，小不點屘叔也來了。

她感到安慰。

終究還是回家好。

減一魄

所有人都跪下來求情，淑芬看了哈哈大笑，但笑到後來便哭，因為看到父親、母親、阿嬤也跟著跪，覺得自己太不孝……

淑芬覺得躺在那邊的是另外一個人，不是她。

自從那日闖了大禍，淑芬的魂魄飛了出去，她的肉身就不受控制了，昏迷了將近一個月。這段期間發生的事，她都看在眼裡，就像在看戲一樣。

先是刑事①找上門。

大坪村母子三人都沒了生命跡象，卻有人一一為他們淨身、整裝，死者家屬嚇壞了，整件事情透著古怪，感覺像是一場神祕儀式，不但驚動整個東北角，幾乎整個北台灣都傳遍。

警方要查辦。初步已排除他殺嫌疑，卻朝過失致死的方向偵辦，此外，淑芬無牌幫人助產，也要追究責任。

不過，她從那晚回家之後即昏迷不醒，警察把她的家人都問了一遍，也理不出頭

① 刑事：刑事警察。hîng-sū

緒，得到的都是無助釐清案情的答案。

「這個孩子很乖，什麼事都幫忙做，大坪這麼遠的地方，要帶兩個便當才走得到，她還願意去幫人家撿囡仔，實在足感心①。」

「她幫家裡種菜，帶小孩，還要去幫別人的忙，非常忙碌，家裡出一個這樣的孩子，不簡單啦。」

「她絕對不是故意的啦，無冤無仇，也不會跟人家膏膏纏，警察大人，你一定要原諒她啦！」

每個人講的都差不多，說到後來都在求情，說到後來都會有人下跪，有一次甚至全家人都跪下來，幾個嬸嬸還把沒穿褲子的、還不太會走路的，都抓來跪，全家哭成一團，弄得警察不知所措，根本沒辦法查案。

淑芬每次看到這裡就在樹頭哈哈大笑，笑到肚子痛，但笑到後來便哭，因為其他人跪也就算了，看到父親、母親、阿嬤也跟著跪，實在不忍心，覺得自己太不孝，恨不得那個躺在房裡不省人事的另一個自己趕快醒來。

全村都關心這件事。這段期間，淑芬接生了近一百個孩子，村人感念她的一切。她跟其他的產婆不一樣。年紀輕之外，還特別凶悍，一點點小事看不順眼，就破口大罵，有時還亂摔東西，實在不成樣，但礙於她是來幫忙的，這些人多半選擇容忍，也不跟她計較。

① 足感心：真令人感動。tsiok-kám-sim

她手腳的確俐落，一點都不像生手，女人生完孩子之後，她反而跑得更勤快，對新生兒護理更是有耐心，幫孩子撿肚臍、做廿四天②、剃髮、剃眉毛，從不缺席，老人家有時記性不好，還得靠她提醒。

她堅持不收紅包。這幫了很多人的忙。生孩子雖是大喜，但誰家沒有十幾口要養？賺錢談何容易？紅包包出去，是面子，沾喜氣，但這些錢能留下一錢是一錢，有時還能救急。

村人只要想到這件事，都要為她豎起大拇指。

幾個人聚集到保正家裡，問他能否想想辦法，看大夥能幫什麼忙，最後決定發起連署作保，而且愈多人愈好。保正請他讀過幾年書的兒子擬了一份文案，內容簡單扼要。

致警察大人、法官大人、最高行政長官：

鄭淑芬是好人，絕對不會做不法的事，也絕對不會殺人。請原諒她的過失。要罰多少錢，關多少天，我們願意代替。在此保證。

保證人：

年　月　日

② 做廿四天：台灣民間習俗，嬰兒出生廿四天要剃光頭上毛髮，去穢氣。tsò-jī-sì-kang

大家對內容都非常滿意，但大部分的人連自己的名字都不會寫，只好按指紋畫押，按得滿滿一整張紙紅通通還不夠按，後面又補了一張，用漿糊黏在一起，願意做保的少說也有兩百人。

沒幾天傳來消息，說死者的家人，放棄究責。

他們知道這不是誰的錯，產婦本身就患有癲癇，後期又胎位不正，而且又是雙胞胎，誰來接生，後果恐怕都一樣。再說，淑芬被嚇成這樣，只剩半條命，他們也不好再說什麼。活著的比死的還難受。全村人圍在保正家聽消息，重複的話傳了又傳，總算老天有眼，大家都跟著鬆了一口氣，但這種事總不好放鞭炮，再說官府的態度依然未明，要關要罰都還是未知數，忽然有一婦人放聲大哭，說這件事實在太可憐，太沒天理，一時間所有人都安靜了下來，不知該如何回應。

阿嬤從第一天起，就為她作法。她並未起乩伏鸞，而是躲在菜園裡辦事，不想讓人看到她猙獰的模樣，一如那次為她療傷。

阿嬤的魂數度飛上來找她，卻始終看不到她，她自己也不明白為什麼，方向是對的，近在咫尺，但每次一靠近，就有一些黑影跑來干擾，每次都弄得阿嬤筋疲力盡，只好收手。

淑芬也很想跟著阿嬤走，但任她怎麼伸手，阿嬤就是抓不到她，每次都擦身而過。淑芬知道其實自己的意志也不夠堅定。只是覺得好累，躲在這裡多好，回到身體裡，太苦了，這世界有太多嚇人的東西。

阿撿嬸也天天都來看她。她還是一直在吃東西，用那雙充滿味道的手剝東西給她吃，她知道淑芬吞嚥不易，東西都剝得瑣瑣碎碎的塞到她嘴裡。

「來，這是我去壽山宮那裡求的，吃保平安。」

阿撿嬸拿出一袋桂圓，慢慢用牙齒剝咬，剝成小塊再餵給淑芬，自己也吃得津津有味。她再拿出一塊米香，自己剝著吃，又剝一些塞到淑芬嘴裡，淑芬在樹上看著這一切，味道聞得一清二楚。

「來，這也不錯，慢慢吃，妳要睡多久就睡多久，休息夠了，再爬起來，妳免煩惱，功夫忘了就來找我，我會再教妳。妳別管那些警察，沒牌又怎樣，我也沒牌，他們也拿我沒辦法，罰錢，我沒錢；要人，我老查某一身給他，看他要不要，哈哈哈哈！」

阿撿嬸笑到流淚。

瘂叔每天哭，他得含著淑芬的乳頭才願睡去，別人的都不要，他幾度偷爬到淑芬的身上，都被趕走，哭得更慘，怎麼哄騙都停不下來，每晚都是哭到累癱才睡去。

父親上香上得很勤，有時只是合掌，每天都在神明桌前念念有辭，然後擲筊，不論聖杯③或笑杯④，他總是眉頭深鎖，沒人知道他在問什麼。

③ 聖杯：象桮。擲筊時，擲出一反一正的筊杯，表示神明同意。siūnn-pue
④ 笑杯：笑桮。兩個筊杯都是平面向上，表示說明不清，或神明主意未定，必須繼續擲筊請示。tshiò-pue

百感交集。

雖然於心不忍，她就是不願、也無法回到自己的身軀。她以為沒人可以看到她。直到惠卿和巧雲出現。

一貫的笑嘻嘻。

她們很快爬到樹上，坐在淑芬身邊，兩腳晃啊晃的，像在玩遊戲，淑芬才想起，過去不論情況再怎麼緊急，這兩個頑皮鬼一定都會跟來，每次接生，都因為有她們的幫忙而安然度過，為何那一天卻完全看不到她們的人影？

怒。

「妳們還敢來找我啊，那天跑哪去？為何不來幫忙？」

淑芬發火的勁道很強，就算化為輕飄飄的魂，威力還是不減，樹頭颳起一陣怪風，兩個孩子不敢再玩耍，紛紛收起笑容。

「我們不敢去啊？」

「為什麼不敢？」

「我們不敢靠近妳啊？」

「為什麼？」

「妳跟那個男的在一起，我們不能過去，不然會變成妳的小孩，妳那麼凶，變成妳的孩子會很可憐。」

「妳黑白講什麼？」淑芬作勢想打她們，兩人一閃便飄走，又開始笑嘻嘻，淑芬才驚覺，這兩人跟著她這麼久，原來都只是魂魄。她早該想到，惠卿和巧雲躲在溪畔石洞的那晚，早就已經被淹死了。

說什麼會變成她的小孩，真是胡說八道。

是了，男女在一起，本來就會生孩子，靠的也是這些魂魄來投胎轉世，惠卿說的正是這個道理。

淑芬心想，這幾次跟著阿燦胡來，什麼都沒多想，可別生孩子了才好，這兩個鬼靈精不敢靠近也就算了，別人可難說。

她不想生孩子，她不想生這個壞男人的孩子。

有些沮喪。

「妳不用煩惱啦，妳不會那麼快生，那幾天有些別的孩子過來，都被我們趕走了，或帶去別的地方玩。」

淑芬一直很感謝這對姊妹。說實話，這些年說什麼接生，多半靠她們幫忙，好幾次緊要關頭，她只要牽著她們的手，就能找到那個未出世的孩子，然後連哄帶騙把他們騙出來，一切大功告成，從來都沒遇過什麼凶險。這次她們未能出手，果然就出事。

她哪有資格當產婆？她哪有資格幫人撿孩子？真是太膽大妄為了。

「妳免傷心啦，跟著我們就好了，我們會教你怎麼躲避天兵天將、牛鬼蛇神，妳躲在這棵樹上就很不錯啊，又可以每天看到妳阿爸、阿母。」

淑芬感到安慰，也許接下來的日子還要靠這兩姊妹。她總是在懷疑，為何她的妹妹總是長不大？為何她的樣子總是不變？原來是這麼回事。

原來死了以後，會變成這樣。

不知何時，阿嬤也坐在她身邊。她盯著阿嬤看，接著撲倒在她懷裡。

「真乖，真乖，來跟著阿嬤走，手要牽緊啊。」

淑芬覺得安慰。她早就想跟著阿嬤走，只是阿嬤一直找不到她。就像惠卿說的，這棵樹真是個躲人的好地方，連阿嬤都找不到。要不是她和惠卿在樹上吵吵鬧鬧的，阿嬤也不會發現。阿嬤小心翼翼牽著她，慢慢靠近地面，一步一步來到淑芬的身軀旁邊，淑芬感到身體的溫度，渾身燥熱，有些卻步，她溘然想起那母子三人的慘況，拔腿就想跑，但阿嬤很堅定，不讓她走。她再想起那日的血海奔騰，嚇得全身發抖，她再也不想看到血，但依然無法掙脫阿嬤。

她看到阿燦的臉，同樣鮮血淋淋，不知是那日纏綿被她用額頭撞出來的傷，還是跳崖之後的結果，他還有命嗎？她又想起和阿燦之間的快活，渾身無力，但阿嬤已抓著她的雙手去撫觸那具軀殼，她的手，正按著自己的額頭。

她的魂，此刻一點一滴進入自己的身體。沒想像中困難。

豈料，屘叔竟出其不意跳到她身上，大喊一聲：「姊！」然後含住她的乳頭，淑芬和阿嬤被嚇得魂飛魄散。

阿嬤在菜園裡醒來，淑芬也在床上醒來。

家人紛紛進到房裡，母親抱著睜開眼的她，喜極而泣。

屘叔被帶開，然後大哭大鬧。他可是喚醒她的大功臣，卻遭此待遇。

他不該對這個輩分比他小的人叫阿姊，每次開口，淑芬便制止他，但覺得親切，於是規定他只能叫單個字。反正，打死她也不會叫他叔叔，不如先占他便宜，卻成為他對她的暱稱。

房裡一片鬧哄哄，她終於醒了。

「妳是誰啊？」她對著母親說，現場突然變得安靜，淑芬也被自己開口說的話愣住。

她是醒了沒錯，卻不知自己身在何處，甚至不知自己是誰。

不對，她知道自己是誰，但那個人卻不知。她並未順利回到自己身上，頂多只喚醒那具無明的軀殼，嚴格說來，是阿嬤喚醒了她的身體。

而她，依舊是具游魂，此刻正棲身在那棵龍眼樹上，回望著自己。

騙痟①

她聽了一直笑，直問：「那個女孩真的很漂亮嗎？她的尻川很大嗎？奶仔有很大顆嗎？」淑芬的魂在一旁聽了差點氣死……

淑芬人醒了，卻完全變了個人，她記不得過去的事。

她復元得很快，也能下床走路，家人努力加餐飯，把她養胖，到後來，她甚至能幫忙家事，依舊協助阿嬤照顧菜園，屘叔也仍由她照料，有時她還幫父親送便當。

一切如舊，應該說，變得更好。

但她像個外人。

她總是耐心聽著家人說著她的往事，如何叛逆，如何張狂，她偶爾插嘴表示不可思議：「這款查某囡仔應該打乎死！」像在評論另外一個人。

她變得明理、溫柔、逆來順受，也甘於在這個家裡忙進忙出，但就是不記得自己是誰。

家中瀰漫著一股淡淡的憂傷。他們知道這不是以前那個淑芬，但這已是不幸中的

① 騙痟：騙人。phiàn- siáu

萬幸。

經過大半年，阿珠終於受不了，叫她去神明桌前罰跪。雖然她並未犯錯。

「妳是誰？說！」

「我是淑芬。」

「姓什麼？」

「姓鄭。」

「為什麼會忘記？」

「我沒有忘記啊，妳跟我說一次我就記住了啊！」

阿珠賞她一巴掌。

「妳再假痟，妳是要氣死我嗎？妳阿爸每天都躲在棉被裡哭，妳再不回來，連你阿爸都要起痟了！」

「阿母，我會乖啦，我會記住我是誰，妳不要再打我了，好否？」

阿珠哭得更慘。

要是淑芬頂嘴、忤逆她還好，她愈是求饒，愈是裝出一副可憐樣，愈是讓她傷心。眼前這個人，絕不是以前那個女兒啊！我的女兒不是這樣的啊！

阿珠發狠，她到門外折了一根竹條進門，開始對著淑芬抽打。

「妳給我背祖，妳給我失神，妳給我假痟，妳要氣死我……」

念一句打一句。

沒人敢過來阻攔。

阿枝躲在棉被裡哭。

淑芬的魂在樹上，看著這一切，她也痛，她也哭，她也想回到她身上。但她不能。

夜裡，阿枝趁著阿珠去洗澡，去為女兒治傷，淑芬被揉得唉唉叫，阿枝想起她兒時挨母親的打，也是這樣叫，就像昨天才發生的事一樣，不禁悲從中來。

「會痛嗎？」

「會，不會啦，一點點。」

回答的口氣都變了樣。阿枝落淚。

「妳阿母的個性就是這樣，沒歹意，妳就多順著她的意，免得討皮痛。」

「我知。」

「不要太條直，目睭捎乎金，才不會被你老母修理，阿爸沒辦法一直跟在妳身邊，妳自己要注意，嘴甜一點，以後嫁人才不會吃虧。」又說著跟當年一樣的話。

「我知。」

「妳如果不嫁也沒關係，妳會想留在阿爸身邊嗎？妳以前都說要嫁給妳老爸，真正袂見笑。」

淑芬見父親笑，也跟著笑，回道：「真的喔？真正三八，不過阿爸對我這麼好，我留在阿爸身邊也很好啊，我可以照顧阿爸一輩子。」

這話聽來又不像傻子，又不像胡說，說得真誠，阿枝整個人被打中，再也無法抑制自己的感情，一把抱住淑芬，大哭了起來，哭得驚天動地。

這段期間，很多人都來探望她。玉蘭經常帶著孩子來看她，探詢關於阿燦的事，但問也是白問。淑芬總是回她：「我不知道耶？那個人是誰啊？是恁翁②嗎？」探了幾次，終於死心，但至少她可以確定，淑芬不會把這件事傳出去。

阿撿嬸也常來找她聊天，閒話家常。淑芬失神之後，不能再擔任接生的工作，她就回復往日的忙碌，一天到晚在山裡轉圈圈，一把老骨頭都快散了。

「來幫我掠龍③啦，妳就不快醒來，妳如果能幫我，我就可以去睏棺柴④了，累死我！」

她並不奢望這女孩醒來，只是懷念過去的師徒之緣，也許目前這樣對她最好，至少一條命撿回來了。

阿松、阿榮兩兄弟也來看她。阿松已婚，他的兩個孩子都是淑芬所接生，他的嘴巴壞，但已為人父，收斂許多，倒是他的弟弟阿榮會虧他：「你那年看到人家的尻川，就應該把人家娶回去了，拖到現在，沒信用，害人戇神。」弟弟的嘴也不遑多讓，阿松巴了他的頭：「你是在黑白講什麼？你阿嫂在旁邊你還亂講！」阿松的妻子

② 恁翁：你的丈夫。lín-ang
③ 掠龍：按摩。liah̍-lîng
④ 睏棺柴：睡棺材，意指可以安心。khùn-kuann-tshâ

並不在意，只微笑，淑芬也跟著傻笑。但離去時，才出了門口，淑芬看到阿松的妻子去掐他的屁股，阿松大叫一聲。

阿慶來得最勤，卻也最教淑芬家人不知所措。淑芬出事的第二天，他就專程從基隆趕來，幫忙張羅了許多事，還託他的叔叔請基隆的議員打點，請警方務必高抬貴手，他自己也多次為淑芬診療，儘管主持的診所業務繁忙，卻經常一下班就趕搭火車來探視淑芬，不辭辛苦。

淑芬清醒後，阿慶比誰都高興。

他知道淑芬的情況不能急，這在醫學上稱作失憶症，若過度刺激，反而會讓病情惡化，甚至轉為更嚴重的精神疾病。他盡可能每個禮拜抽空來看她，陪她說話、散步，淑芬也知道他對她的好，只是都以禮相待，沒有太多男女之間的感覺。幾次送他到車站搭車，阿慶情不自禁要吻她，淑芬卻都避開，這點她可不傻，但她心裡卻感到開心。

這一切，淑芬的魂都看在眼裡。她飄在一旁看得害羞，卻也不禁拍手叫好，至少那個她，還懂得矜持，沒讓她失了面子。

阿慶發現郁芬藏信的事，很理智的跟她要回所有的信。他有許多話想對淑芬說，但以她現在的情況，恐怕難以理解他對她的感情。

他心想，讀信也許是個辦法。

他開始為她讀信，一封一封讀，淑芬也耐心傾聽，她的魂也在一旁聽。

一開始盡是些流水帳，搭車搭船的事也寫，學校實習的事也寫，在哪個場合認識了誰他也寫，鉅細靡遺，一封信讀下來，經常是一長串名字。到後來卻十分露骨，聽得人臉紅心跳。

一封信寫到，他在學長的威逼下，去了風化場所，他也如實念了。

淑芬小姐：

也許妳覺得我是個下流的人，但我必須很坦誠的告訴妳，當時我心中想的是妳，滿腦子都是妳的影子，我多麼希望當時在我身旁的是妳，而不是那個我不認識的女人。我並不傷心，說我後悔、傷心，那就太矯情。我必須告訴妳，那個女人的確很美，而且溫柔，我在她面前有了男人正常的反應，我像一隻野獸一樣撲向她，她也非常熱情的迎合我，她讓我的肉體非常愉快，我們甚至做了兩次。也許這就是所謂男人的弱點吧！我必須向妳懺悔，從那次以後，我一直夢見妳，我夢見我們在一起做那件事，那真是罪惡，但我非常愉快，醒來之後，我有一股衝動想搭船回台灣見妳，但現實並不允許，我實在忍受不了，幾次衝動想去找那個女人，但我知道如果我不能戒斷，我將會一去再去，最後愛上的不是妳，而是那個女人的肉體，那才是最毒的毒藥。從今以後，我不會容許自己再來這種地方，我會開始禁慾，直到妳原諒我、接受我為止。

淑芬聽了一直傻笑，直問：「那個日本姑娘真的很漂亮嗎？她的尻川很大嗎？奶仔有很大顆嗎？」淑芬的魂在一旁聽了快氣死，心裡想的卻是阿燦。

他又念了一封關於他順利進入醫學院的事。

淑芬小姐：

我必須把這個好消息告訴妳，我多麼希望妳是全世界第一個知道這件事的人，和我一起分享這個喜悅——我已經成為醫學院的學生了。我想我不只一次告訴妳，我之所以會學醫，是因為妳的關係，我希望能和妳一樣救人，只有救人，才是這個世界上最重要的事。我參加了華人學生聯誼會，在這裡認識了許多人，有很多中國人，也有很多台灣人，大家都充滿熱情跟理想。有一位中國來的曾先生公開對大家說，他推崇一位孫文先生，說他行醫救人，最後覺得這樣太慢，中國有太多人要救，所以他改行從事政治，並推翻專制腐敗的清朝政府，非常了不起。那位曾先生勸我們應該多關心政治，把所學貢獻給革命，讓中國更強大。我覺得他的想法太過簡化，而且不切實際，但說到不切實際，我覺得當醫生的應該先從救一個人，救十個人做起，孫中山當年先學醫，有了救一個人、救十個人的經驗，再來談救百人、千人、萬人，那才是腳踏實地的做法，這點他是了不起的。半個人都救不了的學生，要跟人家談革命、談救國，那種人不是自我膨脹，就是騙子，以後從政，也只會變成三流的政客，出賣朋友，出賣國家，完全不可相信，至少這點我還看得很清楚。

有一封信，寫他聽聞淑芬開始成為專職產婆的事。

淑芬小姐：

妳不知道我有多開心，我竟然到現在才知道，妳已經是一位獨當一面的助產士了，真是了不起，這也更鼓舞我未來朝婦人科為專科主修的願望，但比起妳現在就以行動救人，我就相形見小，我要向妳看齊。妳竟然不收紅包，分文不取！我快哭了，我真的流下眼淚，我不知道天底下竟然有這麼了不起的女人，我跟我的同學及教授提到妳的事，他們都覺得我在開玩笑，但看我說得這麼認真，也不禁對妳豎起大拇指，還說要看妳的照片，真可惜，我身邊竟然連一張妳的相片都沒有，我可以厚臉皮向妳要一張嗎？對不起，我忘了拍照在我們的家鄉是很奢侈的事，這樣好了，下次回台灣，如果妳能同意，請移駕到照相館留影，一切費用由我來贊助，只要妳願意留一張相片給我，我就感激不盡了！這是我的不情之請。另外，我知道在故鄉，很多產婆是沒有執照的，如果妳有需要，我會盡量協助妳，台中的蔡阿信先生是高我幾居的女學長，我們雖然不同學校，但在日本的台灣學生提到她，都會稱呼她學長，她所開設的清信產婆學校是台灣第一所產婆專科學校，台北現在也有分校了，我希望有這個榮幸推薦妳進入那所學校就讀，妳不必擔心識字的問題，更不必擔心學費，以妳的聰明才智，別說漢文，連日文、德文一定都能學得又快又好，而且成為專家，當然，我也會是妳最好的老師，如果妳不嫌棄的話。

淑芬的魂，感到難以置信。她不相信有人可以對她迷戀到這種程度，熱情如火，而她竟然一點都不知道，她知道是郁芬從中做梗，這些信一封一封讀下來，還是讓人覺得不可思議，而且不真實，感覺那不是寫給她的信。

「我有這麼好嗎？」

淑芬的魂感到懷疑，因為她並不愛他，對他認識也不夠深，相對的，這個男人也不認識她，卻輕易就對她表達火一般的感情，實在太過無禮，太不真實，她的理智無法接受。

但在真實世界裡的那個淑芬，卻不是鐵石心腸，她總是耐心傾聽阿慶讀信，經常聽得淚流滿面，覺得這兩個人的愛情好偉大。她不認為他的信是寫給自己，卻被這個男人的真誠所打動。

「妳哭什麼？」

「你的信寫得真好，你一定很愛她，那個女人真幸福。」

「三八，我就是寫給妳的啊！」

「我有這麼好嗎？」

「妳有，妳是最好的。」

淑芬頻頻啜泣，阿慶拿出手帕幫她拭淚，淑芬執著他的雙手，不忍放開，阿慶情不自禁摟著她的雙肩，讓她依偎在他懷中。

「你要教我認字嗎？」

「好啊。」

「你要先教我漢文，還是日文？」

「當然是漢文。」

「你還要教我德文？我們又不去德國？」

「很多醫學文獻都是德文，懂德文，可以精進醫術。」

「但是我很笨，記不住這麼多。」

「慢慢來，我會教妳。」

「可是我連我是誰都記不住。」

「妳是誰？」

「鄭淑芬。」

「我是誰？」

「廖家慶。」

「這樣還說記不住。」

淑芬笑，覺得有人讚美她，她感到開心，她用食指輕觸阿慶的嘴脣，阿慶忍不住去吻她。

淑芬推開他。

「老師可以這樣非禮學生嗎？」

「怎麼不行？」阿慶幾個月來克制自己的感情，克制得很辛苦，他對淑芬待之以禮，從來都沒有不規矩的舉動，就是希望淑芬能在最自然的情況下接受他，卻沒料到這一天來得這麼快，雖然她並未完全醒來。這一吻，讓他膽子變大，他抱著淑芬不肯放手。他再吻她。

「你的老師都是這樣亂來的嗎？」

「我從小到大都是男老師在教。」

「那如果碰到女老師呢？」

「那要看是誰。」

「你騙人，你應該對每個女人都這樣吧？」

淑芬開始調皮，惹得阿慶心癢，他再吻她，吻得更長，淑芬陶醉，希望時間永遠都停留在此刻。

但在龍眼樹上的淑芬可不這麼想，這太丟臉了，她根本不愛他，雖然他是個很好的人。她一直對阿慶有好感，卻不明白自己為何要抗拒他，也許是玉蘭的關係，也許是郁芬的關係，也許，她還忘不掉阿燦。

總之，那個身體是不由自主的，她要接受誰，得自己的靈魂說了算。

此刻卻不由自主的做著莫名其妙的事。有時不禁懷疑，那個軀殼，早已被另一則靈魂占據，說什麼忘了自己是誰都是騙人的。能吃，能睡，還能跟人談情說愛，完全不受她的控制。那個女人是個騙子，搶走她的身體。她不甘心，卻無能為力，這也許是上天對她最大的懲罰，誰教她過去這麼飛揚跋扈，喜歡欺負人。

這是報應，認了吧。

她看著那個男人開始脫她的衣服。

提親

他對未來的女婿說：「阿芬有病在身，你就多忍耐，若是過幾年有想要另娶，你不用跟我們說，照你的意思就好。」

阿慶前來提親。

雖然他的父母反對這門婚事，他們中意的是基隆望族的女兒，但他執意要娶淑芬，一點都不肯讓步，父母親拿斷絕關係威脅他，他也不為所動。

他雖然年紀輕，但思想前衛，在醫界頗有些名望，加上經濟獨立，他是有本錢這麼做。

為了表示誠意，他邀請在台北大稻埕行醫的叔父及嬸嬸一同前來，嬸嬸是日本人，她另帶著親族兩位日籍小孩隨行；還有兩位表親長輩也陪同，一位是鎮上藥行創始人的堂兄，一位是基隆礦行表親，也是牡丹坑一帶幾處礦場的管理者，一行人浩浩蕩蕩，就是要給足女方面子。

淑芬家裡從來不曾出現這麼特別的客人，整個廳堂靜悄悄，大人小孩都不敢作聲。

淑芬出事以來，阿慶三天兩頭往家裡跑，阿慶的用心，家人看在眼裡，卻從沒敢奢望男方會來提親。畢竟淑芬的狀況不明，到底還是不是自家的女兒也都沒把握，就這樣讓她出嫁，外人不明就裡，還以為他們急著擺脫麻煩，把責任往外推。但如果此刻回絕了這門親事，恐怕不會再有下次。

畢竟，淑芬有案在身，又患痴呆，這事早已傳遍好幾個村落。

阿慶的親友團顯得體面，禮數也周延，他帶來許多舶來品、高檔貨。阿慶為未來的老丈人準備兩套西裝，以及日本進口的菸草；丈母娘有整套的禮服及時髦的褲裝，其他男鞋、女鞋、便裝、胭脂水粉、珠寶首飾，一應俱全，鄭家老小，人人都有分，一群孩子更是圍著兩大箱的和菓子、西洋巧克力、餅乾、甜食不肯離去。

場面雖熱鬧，氣氛卻尷尬，阿慶的叔叔雖已說明來意，但淑芬的父母卻不願直接回應，雙方盡說些不著邊際的客套話，現場數度陷入可怕的沉默，一點都沒有辦喜事的期待。

直到阿慶開口：「阿伯，我一定會好好照顧淑芬一輩子，請你答應我，讓我將淑芬娶回去做某。」

在場的人都不敢呼吸。

阿枝抬起頭，注視著阿慶說：「阿慶，你跟阿伯這麼熟了，這段時間我也非常感謝你對淑芬的照顧，但我不怕人恥笑，我這個查某囝本來就是要留下來，不嫁的，她是我的珠寶，缺一角還是我的寶。」他講得很慢，語氣很篤定，任憑眼淚在臉上流，也不去擦拭，也不怕別人笑話。

在場的女性都跟著啜泣，阿慶的日籍嬸嬸透過叔父的翻譯，眼淚掉個不停，淑芬的兩位嬸嬸一面為客人斟茶一面拭淚，顯得手忙腳亂，淑芬的母親阿珠難得施了脂粉，卻整張臉都哭花了，有股衝動想將兩位弟妹手中的茶壺搶來往阿枝身上砸，淑芬的兩位姑姑靜文、靜娟直接跑到門埕外去大哭。

場面變得非常淒苦。

阿慶連忙到阿枝面前跪下來，緊握他長滿繭的雙手，「阿伯，你要相信我，我一定會把淑芬當作珠寶一樣疼惜，不會讓她吃苦，我會找最好的醫生幫她治病，一定會把她醫好，不管醫不醫得好，我這一輩子都不會離開她！」

阿枝卻像痴呆了一樣，不停重複著同樣的話。

「我這個查某囝本來就是要留下來，不嫁的，這是我的珠寶，缺一角還是我的寶……」

場面失控。

淑芬的魂在龍眼樹上飄啊飄，隨時都可能飄走。

阿慶的叔父跑去跟淑芬的二叔交頭接耳。

主持。

「可以請你們家的阿公還是阿嬤出來一下嗎？」他知道阿枝是大家長，但如此僵持，恐怕沒完沒了，應該要請輩分更高的長輩來

淑芬的阿嬤早在門後哭了很久，她稍微擦把臉，由兩位孫女牽出房門上座。

阿慶的叔父說：「阿嬤，我們阿慶非常有誠意，也非常勇敢，要把妳們家的孫女娶回家，這門好事，希望阿嬤和阿枝兄全家都可以成全，阿慶一定會好好疼惜她，絕對不會虧欠鄭家。」

只見阿嬤淚眼婆娑走近阿慶身旁，掏出口袋裡的金項鍊，為他佩戴在脖子上，並將他扶起身，「你很乖，你要好好疼惜阿芬……」

阿慶眼眶含淚，他知道這代表老人家對他的認同及祝福。

阿嬤接著回頭跟媳婦說：「你去把淑芬牽出來。」

她把兩個年輕人的手牽在一起，「淑芬就交給你照顧，你們兩個很好，很乖，快生孩子，我要抱孫！」

眾人感動，門內啜泣聲此起彼落，提親總算功德圓滿。

迎娶的那天，家裡好不熱鬧，長久以來的陰霾一掃而空，房子裡也較常出現笑聲，小孩子最開心了，看到什麼都覺得新鮮，對他們而言，這是值得驕傲的事，連外村的孩子都爭相跑來湊熱鬧。

比淑芬還要年長的兩位姑姑至今未嫁，二叔、三叔是直接把女人、小孩從大坪帶回來住，儀式都是在女方家裡舉行，嚴格說來，這是鄭家近廿年來第一次辦喜事。

阿珠開心，她把上回阿慶送來的禮服拿來穿，項鍊首飾也都派上用場，臉上的妝抹得濃豔，幾乎快要搶過新娘的丰采，兩位小姑笑她可以去演歌仔戲了，她卻不在乎。

淑芬穿著阿慶特地從日本為她訂製的白紗。本來家裡人都反對，畢竟這個村子裡的新娘從來未曾穿著一身白色出嫁，感覺像在辦喪事。淑芬一開始也很排斥，但阿慶卻堅持，說在日本都是這麼做，台北、台南這些大城市也很流行，眾人也就不便表示太多意見，直到這天看到她一身白出現，頭上同樣披著白紗，大家都看傻了眼，那件白衣雖然不像漢式的霞帔貴氣、喜氣，卻給人一種脫俗的感覺，淑芬就像從天上走下來的仙子一般。阿慶自己則穿全黑的西裝，打著蝴蝶領結，充滿紳士感，體面極了。

最後還是少不得拜別父母這關，阿枝、阿珠在神桌前坐定，阿慶和淑芬在二老面前跪下，媒婆在旁邊說著四句聯、吉祥話，都是老套。

阿枝仍板著一張臉，卻又多說了幾句：「我的查某囝就交給你了，我知道你會好好照顧她，阿芬有病在身，你就多忍耐，若是過幾年有想要另娶，你不用跟我們說，照你的意思就好。」

阿慶待要插話，阿枝卻接著對淑芬說：「妳嫁過去了，阿爸沒辦法疼妳，妳自己

① 頂真：仔細。tíng-tsin
② 序大人：父母親，長輩。sī-tuâ-lâng

就要頂真① 一些，要聽序大人②的話，不要讓人家說我們家的孩子歹教示、沒規矩，不要讓人家說妳不孝。」

媒婆看淑芬仍是面無表情，便去掐她的大腿，輕聲說道：「妳有聽到你阿爸講的嗎？有，妳就哭出聲，不要裝惦惦！」

淑芬腿上吃痛，不禁大喊：「妳在幹嘛啦？很痛吶！」接著哭了起來。

媒婆見新娘哭了，任務達成，自己也就笑了，連忙將新人扶起身，「好了好了，哭好命，哭好命！」接著就急忙把人推出門外，準備上轎。

淑芬的魂還在龍眼樹上猶豫，她該跟去嗎？會不會去了就回不來了？就此魂就散了？

「當然去啦，去才會知道他們做什麼好事。」惠卿和巧雲比她還有興致，總是喜事一樁。

「我才沒那麼無聊。」

「妳不去，我們可是要走囉！走啦走啦！」

淑芬的魂，在兩個女孩的陪伴下，遠遠跟著花轎的腳步，步上出嫁的旅程。

洞房

男人開始吻她的私處，像一隻貓迷戀一條魚，細細品嘗，不忍撕咬，卻又帶些狠勁，隨時都要將她吞噬。

阿慶夢魅以求娶得美嬌娘，內心激動不已。忙了一整天，卻一點都不覺得累，還一直找淑芬說話。淑芬雖然累，卻對這個房子裡的一切感到新鮮，她像個小女人一樣崇拜自己的丈夫。

阿慶說，他永遠記得她賞他的那一巴掌。他回去一直在想，自己到底做錯了什麼，那一巴掌到底是什麼意思？她到底是討厭他，還是喜歡他。他又說，他永遠記得她主動來找他的那天，害他的心一直跳個不停，幾乎聽不到外在世界的聲音，後來知道她其實是來談關於玉蘭的事，覺得失望，卻更對她的一言一行著迷，覺得她美得像仙女一樣。

「歹勢啦，我以後不會再打你，我阿母叫我不能像以前那麼凶，不能亂發脾氣，我以前真的很凶嗎？」

才說完，阿慶望著淑芬發呆。

「你在看什麼？」

「看妳真媠。」

「有多媠？」

「世界媠。」

淑芬的魂在窗外聽得一清二楚，覺得自己很丟臉。

阿慶情不自禁捧著淑芬的臉龐吻她，她不知所措，連忙推開，阿慶竟向她道歉。

淑芬連忙說：「沒關係啦，你是我的翁婿，你要做什麼都沒關係，昨天晚上我阿母就跟我說了，叫我要聽翁婿的話。」

阿慶笑了出來，愈發覺得她的可愛。他感到煩熱，便將拘束一天的禮服脫去，淑芬見狀，也開始脫衣服，脫到一件不剩，連內褲都脫了，阿慶回頭嚇了一跳。

淑芬看阿慶還穿著內衣及長褲，有點不好意思，連忙把幾件長衣再穿回去。她解釋：「我阿母昨天有說，夫妻在一起，晚上就是要脫光衣服，翁婿要做什麼，我就跟他做什麼。」

阿慶狂笑，跑過去抱她，吻她。

阿慶是個君子，他對她很溫柔，有時吻她頸項，有時吻她的乳房，逗得她發笑。

淑芬覺得很舒服，又有些尷尬，有時問他，你到底在做什麼啦，有時又說，這樣好像不是很好，完全不能放鬆。

阿慶一時不知該怎麼回她。

「妳很不舒服嗎？」

「沒啦，就是感到怪怪，不會說。」

「那你就當我是醫生，如果感到怪怪的，就叫我先生好了，就當作我在幫你看病。」

「我從來都沒有看過醫生，怎麼會知道看醫生是怎樣。」

阿慶走去書房拿了一組聽診用的聽筒。

「妳看，醫生會用這個東西，聽病人的心跳、呼吸，像這樣。」

他把聽筒放在淑芬裸露的乳房上。

「好冰喔。」淑芬笑了出來。

「是喔，不然換妳來聽。」

淑芬的魂，差點要昏倒，覺得那兩個人真是笨蛋，不乾不脆的，像什麼夫妻？不過，也許這樣的小夫妻，才是正常的吧，不可能每對夫妻都像她和阿燦這樣瘋狂，每次都要搞得你死我活。

淑芬聽到阿慶心跳的聲音，感到很驚奇。

「你的心臟怎麼跳得那麼快啊！要送醫院嗎？」

「我自己就是醫生啊！」
她聽到阿慶粗大的呼吸聲，震驚得連忙把聽筒拿開。
「這是什麼聲音啊？要嚇死人啊？」
「這是人呼吸的聲音，人若沒有氣，就活不了。」
「我知啊，但是平常呼吸也沒這麼大聲啊？」
「這就是醫學在進步，再小的東西都可以被放大來診察。」
淑芬覺得很新奇，覺得這個男人真是有趣極了。
阿慶讓她聽自己身上的聲音。
「妳聽，這是妳血管的聲音。妳知道這是哪裡嗎？」
淑芬被他挑逗得很癢，又不好意思說，有時隨便回答，有時叫他別問，聽筒一路從上半身遊走到下半身。
男人開始吻她的私處，像一隻貓迷戀一條魚，細細品嘗，不忍撕咬，卻又帶些狠勁，隨時都要將她吞噬。淑芬從未曾感受如此飽滿的悸動，感覺自己像一朵蓓蕾，一瓣一瓣伸展開來，即將綻放成一朵嬌豔的山茶花。
淑芬的魂在窗外看得入迷，她從未想過男人可以這麼溫柔的對待一個女人，阿燦從來就是一陣狂風暴雨，總是讓她從痛中嘗到歡快。不知被一個男人如此溫柔對待是什麼感覺？她的身體在那一頭享受，她的魂卻只能在另一頭胡思亂想。

「走了啦，妳還要再看下去喔？會回不來喔，除非妳想當自己的孩子，會出事吧。」

惠卿適時提醒淑芬，她只好跟著她們走。

隔天早晨，阿慶帶淑芬去診所，將她介紹給護理人員及員工認識，他打算讓她在所裡見習，再一步一步教她所有的知識。

所裡有護士三人，藥師兩人，清潔工四人。他們對這位醫生娘的過去雖有耳聞，卻不知她有什麼本事，可以讓這麼優秀的醫生，甘願放棄在日本的大好前途，回來台灣窩在一間小小的診所度過下半生。

她美，鵝蛋臉，皮膚白皙，天庭飽滿，但這樣的美人也常見，診所內的幾位護士也都頗具姿色，她的容貌並未蓋過她們，主要是缺乏些自信，眼神閃爍，彷彿覺得自己不如人。

人就是這樣，不能比較，一比較，就生是非心。

「這位是我新婚的夫人，她叫鄭淑芬，請各位多多指教，以後她就是我的助理，在她還未上手之前，請各位多擔待。」

「先生你不用客氣，夫人長得真漂亮，將來一定是位好助手，賢內助。」最資深的陳護士打破沉默，雖然是禮貌性的話語，卻聽不出她話中的情緒。

她接著一一介紹所有人的名字，大家卻都在打量著淑芬，像要看穿她似的，讓她很不自在。

突然有位護士撲上前，掐住淑芬的脖子，場面一片混亂。同時上來兩位男士架住她們，一時卻也調解不開，淑芬只有挨打的份。

「妳這個痟查某，妳這個騙子潑婳①，臭膣屄②，說好要把阿慶讓給我，妳說話不算話！潑婳，臭膣屄！」

這個人不是別人，正是郁芬。她千算萬算，沒算到淑芬會失去記憶，變成另一個人，而阿慶卻依然對她痴迷，甚至娶了她。

其實就算淑芬沒瘋，阿慶也不見得會娶郁芬，他本來就不愛她，雖跟她有肌膚之親，卻總認為那是玩玩，不當一回事。

阿慶很早就到日本念書，世面見多，他為人雖然正直，卻也並非單純之人，念醫學院時，就有許多學長告誡過他，等著獻身的女人何其多，圖的還不是醫生的身價，得隨時防範脂粉陷阱，但也不必因此當個禁慾的僧侶，一夜情多多益善，盡興的玩，但不應在一個人身上花太多時間；兩夜以上其實就可能惹上麻煩；糾纏不清，則是自掘墳墓。

阿慶跟郁芬，也就那麼一次。郁芬雖就此緊咬不放，明示、暗示、威脅，阿慶都不為所動，甚至也不曾向她道歉，說什麼一時糊塗之類的話。

他就是吃定她。

① 潑婳：不守婦道的婦人。phuah-bâ
② 膣屄：女性生殖器。tsi-bai

他們曾經談判。

「大家都是成熟的人，我並不愛妳，妳也不愛我，這種話說出去，只會擔誤妳自己的青春。」

「我愛你啊！」

「妳不要騙自己了，妳不愛我，妳愛的只是錢。再說你我身分不同，我的父母不會要這樣的媳婦的。」

「枉費我為你付出這麼多。你是一個感情騙子。」

「連小姐，妳如果這樣繼續下去，痛苦的只會是妳自己，我是無所謂的，妳如果要繼續留下來工作，妳就不要再提這種事了，或者我給妳錢，妳明天就走。妳自己想清楚。」

「我我怎麼去跟你姑姑說！」郁芬抬出自己的母親壓他。

「妳去說吧！」阿慶不為所動。

郁芬選擇留下。其實還抱著一絲希望。

沒想到年復一年，他不但不曾回頭，甚至還娶了她的死對頭。她自認淑芬沒有贏她的機會，論身材、學歷、長相，她都占優勢，她的身世甚至比她好，就算阿慶打算娶淑芬，她也絕對過不了阿慶父母那關。豈料阿慶竟連自己的父母都背叛，執意娶淑芬。

她憑什麼？她憑什麼？

郁芬這一刻就想置她於死地，三個人阻擋不了她一人，四個人、五個人上來，她仍不放。

阿慶竟沒在第一時間上前阻擋，他冷眼看著一切，卻也沒讓時間拖長，他抓住時機從郁芬身後一把抓住她的頭髮，直接往地上重摔，郁芬後腦著地，跌得頭昏眼花。

她起身看著阿慶，阿慶再賞她一巴掌，郁芬哀怨的看著她。

「連郁芬小姐，請妳馬上離開這裡，明天起不用來上班了，妳如果敢靠近這間診所一步，或靠近我的夫人一步，我會叫警察來抓妳。」

語氣堅定而冷靜。

郁芬認輸，她憤而走出門外，頭也不回。

阿慶將淑芬擁入懷中。

長尾陣

她說：「妳前世在媽祖面前發願說要救一千人，現在才救一百人，妳現在歌手，等於殺了另外九百人！」

新婚燕爾。

阿慶把診所的事情安排妥當，一個月後，帶著淑芬去度蜜月。他們去關仔嶺，去阿里山，去日月潭，去烏來。他們住最好的賓館，像孩子一樣玩耍，到處冒險，嘗試新鮮事。他們不像夫妻，更像兄弟，打打鬧鬧，無話不說，只是到夜裡，他們相約不穿衣服睡覺，一開始淑芬總是說，這樣會感冒，阿慶卻說：「妳阿母不是說要聽翁婿的話？而且我是醫生，怕什麼感冒？」淑芬聽話。

淑芬的魂本來以為不靠近自己的身軀，就不會知道他們發生什麼事，一直守在家門前的龍眼樹，豈知常常睡到一半就天旋地轉，醒來時就能看到自己的身體、有時是在火車上，有時在不知名的地方，有時在高山上，有時在溫泉鄉。

畢竟她還未死，只是失了魂魄。只要不魂飛魄散，她就不會離自己的身體太遠。

阿慶帶她去見公婆。

他原本盤算的是，蜜月之後，淑芬也該懷上了，他的父母不看他的面子，也該看未來孫子的面子。只可惜淑芬的肚子還未有消息。

其實兩老早就原諒這個小兒子，他們對老么一向心軟。之前鬧得不可開交，主要是婚事早就答應別人，卻必須取消，面子掛不住，但事後聽許多人提起這件事，都對兒子的有情有義讚譽有加，而這個媳婦雖然出身低微，卻是個了不起的女人。她在山中奔走，為人接生，分文不取，是個大善人。

小夫妻回到家，就先跪在門口，老人家氣早就消了，趕緊出來迎接，阿慶的母親親自將媳婦扶起，眼眶含淚，之後便一直盯著淑芬看，覺得自己跟她很投緣。

他們在家中住了幾日，淑芬竟主動提起希望能搬回來服侍兩老。老人家推辭，表示家中傭人不少，不差這一份人力，況且她有病在身，應專心養病，卻對媳婦這份孝心留下極好的印象，覺得能娶這樣的女孩進門，儘管一波三折，總是祖上積德。

淑芬謹記出嫁前父親對她說過的話，不能讓人家說她不孝，於是跟阿慶商量，每天早點出門回家陪老人家吃早餐，之後他去診所看診，她則留下來跟著傭人學習，熟悉家中事務，或陪婆婆散心、聊天，反正診所的事她暫時也幫不上忙，下午看狀況再回家陪他吃晚餐。

阿慶感到意外，卻有些擔心。父母親的脾氣都不好，尤其母親個性敏感，陰晴不定，三位兄長及嫂嫂原來都住在家裡，後來都受不了，各自搬出去住。

但也許淑芬會有自己的辦法。

阿慶的母親開心得不得了，她其實怕寂寞，年輕人卻不懂她的心思，總是和她唱反調，弄得她身心俱疲。不過經過許多事，她也漸漸學會放下，收斂自己的脾氣，如今有人願意回來陪她，她當然展開雙臂歡迎。

她喜歡看媳婦做家事的模樣，小心翼翼，手腳靈巧俐落，卻沒想過這是窮苦人家孩子的基本功，再加上阿慶數月來的調教，竟有大家閨秀的儀態與矜持，氣質更勝名門子弟。

淑芬總是在兩老未起床之前就來到家中。她會先打掃佛堂，為西方三聖供茶，再為祖宗獻香，然後就從佛堂打掃起，之後協助傭人煮早餐。

公公起床後，總是先在大廳看報紙，此時淑芬便為他奉茶。婆婆醒來後，會先到佛堂禮佛，看到已有人供茶上香，就知媳婦已經前來，才教一次，就能記住所有細節，且完全照她的意思做，她感到安慰，一天的好心情就此展開。

早餐之後，她們在花園裡聊天，修整花木，兩個人很有得聊，雞毛蒜皮的事，公公的健康，幾個孫兒的學業，無所不聊，只可惜淑芬對自己的過去所知不多，婆婆想再多了解一些事，卻不可能。

幾個月下來，婆媳之間竟相安無事。

星期假日，小夫妻也盡可能回來陪老人家，至少吃過午餐，才回去過兩人世界的生活，阿慶嘴上埋怨，覺得父母親搶走了自己的新婚妻子，夫妻相處的時間比他們還少，心中卻倍感驚喜，沒想到淑芬竟能把自己的父母治得服服貼貼。想當初兩老強烈反對淑芬進門，現在態度竟然一百八十度轉變，真是不可思議，淑芬還真是一個神奇的女孩。阿慶覺得自己像在做夢一樣。

淑芬的魂，一直在看戲。覺得自己變得愈來愈輕，也許她的三魂七魄少一魄，這裡的魂比肉體上的魂的分量還要少，眼看那些魂魄在她的軀殼裡，已經長成另一個自己，再這麼下去，她恐怕永遠都回不去，也再也認不得原來的自己。她卻束手無策。

小夫妻陪母親前往台北的指南宮拜拜。淑芬攙扶著婆婆，拾階而上，亦步亦趨，阿慶人跟在後頭，不停哈欠。前一晚夫妻太過恩愛，體力耗盡，卻沒想到妻子的精神這麼好。他們向神明上香，心中各有所求。出大殿，望向明媚山景，遠處茶園已有茶婦忙碌，山徑夾道杜鵑綻放，像頑童在女人臉上塗抹胭脂，雖然凌亂，卻充滿拙趣。

阿慶回望淑芬，看她挽著母親的手，有說有笑，親如母女，有賢妻如此，此生已足，夫復何求？他靠近她，見她臉上沾著燒金紙的餘燼，伸手去抹，卻愈抹愈髒，母親見夫妻倆在調情，故意避開，淑芬拿出皮包裡的隨身小鏡自照，看到自己整張臉的妝都被阿慶弄糊了，伸手輕捶阿慶，阿慶吻她臉頰，再擁她入懷。

淑芬的魂覺得無趣，要是她，早就飛踢過去，不留他全屍。

阿慶掏出手帕，去茶水間弄水打算為淑芬擦臉，獨留淑芬一人在殿外。

此時天色忽然變得昏暗，殿前颳起一陣風沙。淑芬連忙用手遮住臉，眼睛瞇得生疼，待睜開眼，卻見一位身著藍衫的老婆婆站在她面前，直瞪著她看。

「妳好，有什麼事情嗎？」淑芬親切問話，老婆婆卻狠甩她一巴掌，害她差點跌倒，淑芬的魂竟也覺得臉上發疼，強打起精神，想知道發生什麼事。

「妳真好，說大話，妳前世在媽祖的面前發願說要救一千人，現在才救一百人，妳就跑來這裡休息，妳知道嗎，妳等於殺了另外九百人。」

淑芬不懂。

「妳以為那九百人不理就算了嗎？他們在等妳出手，妳不出手，他們就會墮入地獄，永世不得超生，這下他們真的死了，他們是被妳害死的。」

聽到這些話，淑芬的魂，猛然醒來。

我不是才害死三條命嗎？怎說我害死九百人，我根本不是當產婆的料，不罷手，就會害死更多人。但老婆婆剛剛說，什麼都不做，才會害死更多人。這是怎麼回事？

淑芬的魂一直在旋轉，許多事浮現在她眼前，過去的，前世的，未來的；認識的人，不認識的人，都聚集到她的身邊。她看到自己像個孩子，跟在一位慈藹的女士身旁，不停穿梭在海域間，哪裡有人受苦，她們就飛奔過去。

她聽到自己說：「這裡好無聊，沒有別的地方可去嗎？」女士微笑回答：「不然妳到山裡去，那裡也有很多人需要幫忙。」「好啊！」「善哉，妳跟著那隻鳥兒飛去，她會帶妳去該去的地方，不要只顧玩喔！」「妳放心，我一定會救一千個人給妳看！」女士的笑，讓她感到好溫暖。

這個夢，她做過無數次，此刻她終於明白這個夢的意思。原來她有債未還，而答應人家的事做不到，是很丟臉的。

她心意已決。

突然，那老婆婆再賞淑芬一巴掌，狂喊：「妳聽見了嗎?妳聽見我說的話了嗎?」淑芬跌倒在地，阿慶趕忙前來營救，老婆婆卻瞬間不見人影，淑芬的魂見她化作一隻長尾山娘，向天飛去。

淑芬覺得天旋地轉，但意志卻堅定，前一世發的宏願，這一世拚死也要達成才行，她最討厭說話不算話的人。

她不停的轉，幾乎失去知覺。醒來時，卻發現自己已躺在床上，身著絲質睡衣，阿慶正守候在她身旁。

她回魂了。

無緣

她輕吻他的脣，他的鼻，他的眼，他的頭髮。她不捨，這樣痴情的男子，拋棄了多可惜啊！但不是她的，就不是她的……

淑芬清醒之後，休養了幾天，就向阿慶提離婚。阿慶無法接受。

她說，她很感激他所對她做的一切，但她並不愛他，這樣勉強在一起，對他不公平，她覺得對他有所虧欠。

「我一點都不覺得妳虧欠我，這是我心甘情願的，妳看，妳不是好起來了嗎？這不是很好嗎？」

「不行，我跟你結婚的時候，根本就不知道自己在做什麼，你就這樣把我娶回家，這是趁人之危。」

阿慶世面見多，卻不知一個女孩的嘴巴可以厲害到這種程度，是的，那個潑辣的女人完全回來了。

憂喜參半。

她還是個孩子的時候，他已招架不住，這些年，她翻山越嶺，看盡生死，只怕是個更厲害的角色。她的決心與毅力，他是見識過的，她決定的事，沒人能動搖。

他想起她賞給他的那一巴掌。

淑芬語氣平淡，沒有動怒，就是堅持一件事：離婚。

淑芬說：「你對我的恩情，我是沒辦法報答的，我非常感謝你，但這不是我要的，我不能隨隨便便接受一個人的好意，之前身不由己也就算了，現在我頭腦清醒了，就不能再占你的便宜。你就當我是個忘恩負義的人，放我走吧。」

連忘恩負義都說出口。阿慶氣得發抖。他激動，抓住淑芬的肩膀。

「淑芬，我求妳，我求求妳好不好，不要離開我，我們在一起不是很好嗎？」

「請你放手。」淑芬的語氣好冷。

阿慶的雙手瞬間彈開，夫妻之間的恩情，彷彿被這句話完全絕斷，過去幾個月來的濃情蜜意，此刻煙消雲散。

她要他放手，她要他放開手。

「我有做什麼對不起妳的事嗎？」

「不是這個問題。」

「是郁芬嗎？我不是趕她走了嗎？她來找妳嗎？」

「跟她沒有關係。」

「那是什麼關係。」

「因為你愛的不是我。」

阿慶大驚。他怎麼可能不愛她？

「你自己想想看，那個嫁給你的人，是我嗎？以前的我是這個樣子的嗎？你如果愛的是那個乖巧的女人，對不起，你得再去找一個，因為她所做的事，我完全做不到；如果你愛的是我這個人，那請你成全我，放我走。」

阿慶的辯才無礙，學養豐富，在淑芬面前卻完全派不上用場，真的，以前那個對他百依百順的淑芬已經不在了。

淑芬說的還真是有道理。他陪伴她、治療她、娶她回家，都是他自己一廂情願，卻沒想過那時她在病中，她是失憶的，既是失憶，也就不明白自己在做什麼，她無法為過去的自己負責，也無法為自己的未來負責。

如果她永遠都不醒來，也許還好辦，他們將長相廝守，兒女成群，她就永遠都不是以前那個淑芬。

如果她醒來，她是自主的，她當然可以主張，失憶時的種種行為，都不算數，那都不是她的決定。

一刀兩斷。

是啊，他到底愛的是誰？是那個粗野蠻橫的俠義女子？還是嬌滴柔順的賢內助？

他的理則學，派不上用場；他念的康德、黑格爾，離他好遠。

他哭，肝腸寸斷。

淑芬其實也不捨。想起這段期間他對她的好，她完全看在眼裡，那真是不容易。天底下恐怕再也找不到這樣痴心的男人。

她也在想，事情並非完全沒有轉圜的餘地，何苦如此堅決？忍耐一下，日久生情，也是過得去的，很多夫妻不都是這樣嗎？媒妁之言，結了婚才在一起，才知道對方是圓是扁，然後學習相處，彼此包容，相濡以沫，口角爭吵，大打出手，鬧得再怎麼凶，晚上也要歡愛。

不都是這樣嗎？何必堅持。

但話已說出口。

她現在一心想回去，沒空發揮同情心。安慰男人的事，她向來不拿手。只是說來好笑，她拋棄阿燦，重重傷了他，卻馬上就心軟，因為她懷念他的身體；現在，她又甩開另一個男人，又重傷了人家，但這人對她是有恩的，而且恩重如山。

這真的是她想要的結果嗎？

她不知。她向來行事莽撞衝動，做了就做了，永不後悔，也沒時間後悔。

她起身，輕拍他的肩膀，帶幾件簡單行李就走，行前跟他借了數百元。

她並未馬上回家，她想先一個人靜一靜，她去旅店投宿，打算隔天再搭火車回自己的家。

那晚下著大雨。

她透過窗戶，看著阿慶站在雨中，好慘。

她下樓，拿傘給他，他不願接，他一把抱住她哭泣，她也哭，兩人都溼透了，在雨中站了快一個鐘頭。行人來來往往，他們視而不見。

淑芬心想，再這樣下去也不是辦法，除非她想回到他身邊，否則只會讓他心存希望，藕斷絲連。她掙脫開他，他再抱她，不讓她離去；他吻她，她也吻他，吻到的都是雨水。

她再推開他，他的眼神好悲傷，她用雙手捧住他的臉頰，注視著他，她輕吻他的唇，他的鼻，他的眼，他的頭髮。她不捨，這樣痴情的男子，拋棄了多可惜啊！但不是她的，就不是她的。

再會了，謝謝你對我的好。

淑芬轉身離開，回到旅店。是夜，徹夜未眠。

她淚眼婆娑，不時注意街中的動靜，幾度不忍，想衝下樓去會他，她都克制了下來。

到半夜，阿慶終於體力不支倒地，街頭一陣騷動，她在房裡狂哭，但依舊忍住腳步。直到人力車將他送走。她淚已哭乾，無法思考。

就絕情吧。

這一生，恐怕只有這一人能這麼愛她，而她，何德何能？

她請旅店的寫字員幫她留下字條：

你不該愛上絕情之人，你是有出息的人，

願你早日找到良配，共度一生，

對於你的恩情，我只能來生再報。

祝福你。

阿慶發高燒，併發肺炎，加上心志頹喪，病情惡化，調養將近半年才完全痊癒。這段日子他想了很多，逐漸振作起來，但外形益顯蒼老，看起來像老了廿歲，許多親友幾乎都認不得他的樣子。

他開始回診所上班。

他寫了一封長信給淑芬。

親愛的淑芬：

離開妳，感覺很不真實。妳對我如此殘忍，我卻不恨妳，但我還是必須告訴妳，我很痛苦，我無法忍受失去妳。

我很珍惜那段短暫相處的時光，雖然妳說，那個妳不是妳，那是生病時的妳，那是失去記憶時的妳，妳感謝我對妳的好，但妳不要被同情的愛，妳不要被施捨的感覺。

妳以為，我愛上的是那個溫柔聽話、體貼可人的妳，而不是原本任性潑辣、不識字、嘴巴壞的妳，這樣說對我不公平。

我對妳的愛，既不是同情，更不是施捨。

我堅信，愛一個人，就應該全心付出，當所愛的人受苦、受難、受折磨的時候，更應該不離不棄，陪她一起受苦。而當時我所能做的，就是和妳結婚。難道妳覺得我應該逃開？應該冷漠？還是相應不理？甚至落井下石？

而妳，竟然說我趁人之危。

別忘了，我們本來就認識。

我本來就是愛妳的，瘋狂的愛妳，只是妳不知道。我給妳的千封信都被擋下來，那些信就是我對妳的瘋狂思念的明證。也許妳覺得沒什麼，也許這真的不代表什麼，那畢竟只是我單方面的告白，但我只是想要很清楚的告訴妳，我愛上的妳，不是生病以後的妳，而是那個活生生、潑辣凶悍、卻充滿正義感的妳。

難道妳忘了妳賞我的那一巴掌了嗎？妳忘了我們相約去找玉蘭所愛的人談判嗎？妳忘了我騎著鐵馬趕去找妳那天的驚心動魄嗎？

我不是半路才闖入妳的人生，我們的靈魂很早就交會，我很早就愛上妳，只是當時我們年紀都輕，我沒有勇氣表達我對妳的愛，而妳當然感受不到我的愛。

因為我是配不上妳的。

我不是恭維妳。事實上，我想要做到妳的萬分之一都難，妳總是說到做到，妳總是意志力堅強，總是先想到家人，想到朋友。在我還在思考怎麼行醫救人的時候，妳就已經遊走鄉間，為故鄉的窮苦人家接生孩子，而且分文不取。而我何其有幸，今生可以認識這樣無私的人。在妳面前，我顯得渺小。我卻又何其有幸，可以愛上妳，照顧妳短暫片刻，和妳溫存，和妳雲遊四海。

你說我是趁人之危，趁妳生病、失憶的時候娶了妳！妳果然是想到什麼說什麼啊！我絕不是趁人之危，但妳卻說對了一件事，妳若意識清醒的話，我要追妳，要把妳娶到手，是何其困難，十年？廿年？一輩子？就拿現在的情況，我要求妳回來，都比登天還難。

但妳相信嗎，我可以等妳，等妳一輩子。

我不是賭氣，也不是威脅妳，既然妳選擇拋棄我，不願再和我廝守。我也就決定，一輩子就這樣了吧。我也不求妳再施捨愛給我，求妳再回到我的懷抱。我知道這是不可能的。妳不知我的心有多痛。但也許唯有這樣，也許唯有維持這樣的距離，妳才能感受到我對妳的愛。

說了這麼多，實在感傷，妳也許還在笑我軟弱沒出息，一個男人如果不能帶給女人快樂，就不配說愛。且讓我說點愉快的事。我把我們之間的故事，告訴我的那位女學長蔡阿信，她很感動，也很佩服妳的所做所為，包括離開我。她支持妳離開我。呵，我真不知妳們這些現代女性是怎麼回事，我想妳們若相見，一定很投緣，很有話聊。她還說願意見妳，但必須徵求妳的同意，她甚至願意安排妳進入她的產婆學校。這真是一個天大的好消息。

她寄給我一張唱片，裡面有一首歌，我在台北就聽過了，這次再聽，感觸很深，聽到這首歌，腦中便出現妳的影子，我就想起我們在一起的日子，我便跟著妳笑，跟著妳起舞。這首歌，根本就是在寫妳，也許下次我該唱給妳聽，可惜我的歌藝不夠好，相信妳唱一定很好聽。容我將歌詞抄付予妳，希望妳也喜歡，希望有朝一日，我倆可以一起聽這首歌，唱這首歌。

白牡丹，笑文文，
妖嬌含蕊等親君，
無憂愁，無怨恨，
單守花園一枝春，
啊……
單守花園一枝春。

（《白牡丹》，詞：陳達儒，曲：陳秋霖）

但最終，這封信並未寄出。阿慶逐漸了解淑芬的心思，覺得她是非分明，恩怨分明，絕不打迷糊仗，比男人還果斷。如果這封信讓她覺得是在向她求情、求饒，求她再度回到身邊，豈不教她看輕？

他將聽診器掛在身上，準備工作，想起新婚之夜和淑芬的種種，不禁微笑。他將聽筒靠在鼻尖，嘗試嗅聞淑芬身上的味道。

他聞到了，他也聽到淑芬的笑聲。

有身①

她賞他一巴掌，接著卻主動脫掉身上的衣服，兩人打得火熱，像從來沒做過這件事，他們怕人看見，還爬到樹上做……

淑芬回家。家人無法原諒她，平白無故把一個這麼好的男人推開，真是頭殼壞去。

之前收的禮怎麼辦？當初決定大聘小聘都退掉，阿慶卻堅持一定要女方收下，害阿枝連夜在家中掘了一個好深的洞穴藏錢，至今一毛都沒用，正好拿來還人。

阿珠又開始摔鍋碗瓢盆，她很久沒這麼做了，自從婆婆回來以後，她便收斂許多，但這件事實在讓她忍無可忍。

「我若講到妳，我的命就去了半條，妳回去躺在床上裝病啦，做戇仔②都比清醒的時候強，了然，氣死我，無代無誌離婚，妳是吃太飽嗎？若像這種翁婿，沒得找了啦，妳聽懂嗎？妳一世人撿角③了啦！」

淑芬什麼話都沒說，她知道是她的錯，但這是自己的決定，她不後悔。

① 有身：懷孕。ū-sin
② 戇仔：傻子。gông-á
③ 一世人撿角：一輩子沒出息、完蛋了。tsit-sì-lâng -khioh-kak

她知道母親罵夠了就會停，第一天火力會最強，再來大約一天罵個兩三次，之後想到才念個一兩句，那就大概沒事了。

倒是父親，整天躺在被窩裡不肯出來。

淑芬一大早起床就先去父母親的房門口跪著，求他原諒，吃飯時也跪，屘叔是大孩子了，他會拿個小板凳來陪她，自己吃著飯，再偷偷餵她。

睡覺時間到，她去跟兩位姑姑擠，她們現在已有自己獨立的房間，不再跟淑芬的父母擠一間。她們倒是覺得淑芬很了不起，敢愛敢恨，愛得轟轟烈烈，對基隆的一切更是感興趣，富豪人家都吃什麼、住什麼、穿什麼？她們想知道。可惜淑芬雖然清醒了，卻反倒對嫁過去的種種細節沒有感覺，無法清楚交代。

父親持續和她冷戰。但最痛苦的是得憋尿。前幾天忍了一整天非常難受，往往淑芬跑去小便時，他也想溜出去，但又怕被撞見沒面子，只得強忍，到晚上才跑出去尿，有幾次想乾脆尿在褲子裡，但一想到阿珠的臉色，他就把尿又憋回去。

到了第三天，實在忍不住。

「桶罐拿來……」阿枝開口叫淑芬去拿尿桶，其實房裡固定都會放一個尿桶，夜裡尿急可直接方便，但一大早阿珠都會拿出去清洗、晾乾，待晚上再拿進房間。

「拿什麼？」淑芬問。

「桶罐啦！」阿枝提高聲量，淑芬終於聽懂，差點笑出來，她知道，只要阿爸肯開口，就表示沒事了。

她扶父親到門口曬太陽，才發現父親一跛一跛的，左腿之前骨折重傷，才好沒多久，他現在根本無法下坑工作。

原來她失魂的這段時間，家裡還發生了不少事情。

聽三叔說，五叔到平溪一帶的礦廠煽動罷工，事情鬧很大，被當成共產黨，祕密警察派軍隊到現場鎮壓，殺了一堆人，現場屍橫遍野，卻沒找到他的屍體。

調查單位查到家裡來，凶神惡煞一般，把家裡人嚇壞了，之後三天兩頭找父親去問話，百般羞辱他，還說要槍殺他全家，阿枝什麼都不肯說，其實是不知道。

阿珠本想把這件事告訴阿慶，畢竟他人面廣，一定可以擺平這件事，但阿枝怕事，覺得能牽連的人愈少愈好，女兒好不容易嫁個好人家，就別再替她找麻煩了。

所幸資方急於平息這件事，不想橫生枝節，拿錢疏通有關單位，希望礦場早日復工，官方才暫時停止調查的腳步。

阿嬤擔心有人再來找麻煩，決定在菜園旁再搭一間草寮，她和文祥叔及兩個孩子搬過去住，三叔一家人也過去擠。這樣既可就近照應，萬一出事，也能分散風險。

阿枝對此事耿耿於懷，這樣一來等於變相分家，不能讓母親安心，是自己的不孝。

瘂叔卻還是一直跑回原來的家，他自從淑芬嫁人後，三天兩頭就問：「阿芬什麼時候回來？」眾人笑他想吃奶，他也不在乎，好不容易讓他盼到了淑芬回家，他最開心，成天黏著淑芬，跟前跟後。

淑芬的弟弟也長大了，約四足歲，活蹦亂跳；母親肚裡又懷上一個，近來脾氣特別大。

還有一個人，對於淑芬回家的事特別開心。

阿撿嬸來找她，笑瞇著一張臉，又拿點心來餵她，淑芬不再嫌惡這些味道，反而甘之如飴。

「來，跟我來去撿囡仔，敢嗎？」

淑芬想了一下，馬上答應：「好啊！」

又回復本色。

她不再什麼都自己來，當初不該早早出師，才十出頭歲就幫人接生，本來就是冒險的事，她心想，現在十七歲，日子也還長，只要阿撿嬸還活著，她就跟在她身邊幫忙，跟到七老八十也無所謂。

她已篤定要當老姑婆，一輩子耗在家裡，不再嫁人。

村人見到她出來工作，對她非常熱絡，都爭相來和她說話，問長問短，像自己家的女兒一樣，連日來，幾個村子洋溢著一股喜氣。

她的身手還在，只是重要的任務都交給阿撿嬸來做，她只在一旁協助，讓阿撿嬸輕鬆許多。加上她人緣好，產婦的家人總是會多準備一些吃食款待兩人，阿撿嬸有時會酸兩句：「以前都沒對我這麼好，大小眼！」

淑芬心裡覺得踏實。

只不過，午夜夢迴，偶爾她還是會想念阿燦的身體，想到發狂，索性全身脫光光，跳到溪裡清醒一下。有時腦中會浮現阿慶哀怨的眼神，以及他種種的好，也許他再來找她，她會沒志氣的跟他走。

阿松的老婆生第三胎，後續的護理工作，阿撿嬸都交給淑芬做，不親自出馬。兩家住得近，淑芬幫忙坐月子，跑得勤快，有時阿松早下工，便跟她聊天拌嘴，淑芬心情非常愉快。一日夜裡，她又獨自到溪邊閒晃，竟與阿松相遇，淑芬感覺氣氛很怪，轉身就要走，阿松從身後抱住她，她拚命掙脫，後來乾脆主動扯去阿松身上的衣服，直接在竹林裡歡快。之後幾日，兩人經常在相同的地方不期而遇，慰藉彼此，直到阿松的老婆出月了，被盯得緊，才沒再偷歡。

卻輪到阿松的弟弟阿榮來找她。第一次她賞他一巴掌，便主動脫掉身上的衣服，兩人打得火熱，像從來沒做過這件事一樣激烈，他們怕人看見，還爬到樹上做。

淑芬覺得自己墮落，但只要不妨礙別人的家庭，不讓太多人知道，這樣做，也沒什麼不好。

何必假正經？要是以前，她會大聲斥責這樣的行為，罵人袂見笑的查某，但她自從背叛了自己的好姊妹玉蘭，和阿燦幹了見不得人的事之後，她就再沒資格批評這種事。

她還是很嫌惡這樣的事，覺得自己很髒，幾次告訴自己，不要再這樣了，傳出去，會讓父母丟臉，但事到臨頭，身體卻不聽使喚，有時還是她自己去找別人。

之後幾次，她也跟村裡幾個不同的男人苟且，都是趁著對方的妻子坐月子，藉口前去幫忙，逮到空檔機會，分享彼此的身體。

閒言閒語終究還是傳開。

村中開始在傳，以前那個到處幫人接生的㾀跤查某囡仔，現在到處討客兄。但他們的語氣是惋惜的，認為她一定是遭受打擊太大，才會變成這模樣。

他們說，這個女孩脾氣不好，又愛面子，容不得別人說長論短，過去律己甚嚴，從沒做出破壞名聲的事，她最在乎閒言閒語，怎可能做出這樣的事？一定是有特別的原因。

聽說她病好了，但誰知道會有什麼後遺症？也許這就是後遺症。

許多女人看她的眼神也變得不同，都在提醒自己，得把丈夫看緊一點，別讓她有機可趁啊，尤其是坐月子期間。

淑芬的家人覺得沒面子，但也不知該如何勸她，總不能眼睜睜看著有一天人家鬧到家裡來，那才真是丟臉之極。但沒人開得了口。

淑芬倒是不在乎，有一種豁出去的感覺，她的行徑愈來愈大膽，那滋味讓她身心暢快，什麼都不在乎的感覺多好。

她也沒什麼好失去的，要說就讓他們去說吧。

直到有一天，她到苕谷坑去幫忙，一戶人家的女人對她笑嘻嘻，她手上抱著一個，腳邊還有一個穿著開襠褲的男孩在吃飯。

女人哄那個大孩子叫人：「來，叫淑芬嬸仔！」

淑芬才十七歲而已，不習慣被人輩分叫得這麼高，再說「嬸」字是當地人對資深產婆的敬稱，她可承受不起。

「不要這樣叫啦！」

「有什麼不可以的，妳忘了，這個大漢的④是妳撿的呢！」

淑芬感到震驚，才發覺日子過得好快，她到底接生了多少孩子？連自己都數不清，以後若是村裡一群孩子見到她，左一聲淑芬嬸仔，右一聲淑芬嬸仔，會不會把她叫老？

她將那孩子緊緊抱在胸口，無視那未成熟的肉團可能因此而受傷，心中卻幻想著他勃然昂揚的私處如一把利劍，直接刺進她的心坎，頂穿她哽咽的喉嚨，搗碎她思念的腦漿，才能止息她永無止盡的慾念。

④ 大漢的：年長的。tuâ-hàn-ê

這孩子抱起來比屘叔明輝還實在，養得真好，眼神靈活清亮，將來一定是個將才。她好得意，好有成就感。想到自從出事以後，對這些她曾幫助過的人家，就未曾聞問，這些孩子都多大了？長得如何？會叫人了嗎？明天得去走一遭，看看他們才行。

但轉念又想，日後會有多少對認得她的小眼睛盯著她看？她得莊重才行，可不能讓他們撞見她的醜事啊！她可是帶他們來到這世上的領路人，對他們是有責任的，絕對不能做壞榜樣。

這樣的轉念，比母親凶悍的詈罵有效得多，比外人的閒言閒語更具震撼效果。淑芬決心收斂。

卻豈料眼前一陣暈眩，胸口感到煩悶，她跑去竹林裡吐。

她知道自己懷孕了。

孩子的爹是誰，她也不知道。

她竟然微笑。要當母親了，她開心。孩子沒有爸爸也無所謂，她有自信可以一個人養活他。

家人看著她的肚子一天比一天大，憂心如焚，卻也沒人來提親，氣也沒用，反正家裡事情已經夠多了，名聲也夠壞了，就壞到底吧。

阿松有時抱著最小的孩子，故意晃過來看她，站得遠遠的，眼神充滿哀傷，淑芬不禁皺眉，這些男人真是夠了，恁祖嬤⑤不會賴到你們頭上啦，恁祖嬤可是會一肩扛起，別在那邊自作多情。

阿榮也來找她。他們在溪邊相會，一開始沒說什麼話。淑芬比以前有耐性得多，就等他要說什麼，否則早就一巴掌摔過來。

「以後孩子怎麼辦？」

「自己帶啊。」

「孩子沒老爸呢？」

「有什麼關係，老爸有什麼用，要像我老爸那樣才叫老爸。」

「不然我當孩子的老爸好嗎？」

淑芬接不下話，有點感動，但馬上回復理智。

「不行，你沒欠我，我也沒欠你。」

「這樣孩子很可憐。」

淑芬聽了火大。

「有什麼可憐？我不需要你可憐。」

「我可以幫妳忙啊？」

「你把我當什麼？當我是豬母嗎？你想要幹就幹，你想要娶就娶，恁祖嬤袂癮。

⑤ 恁祖嬤：老娘，自稱。lín-tsóo-má

你閃，我要來去放屎，不要來煩我！」

這樣的決定也不讓人意外。

淑芬不知不覺來到阿嬤的菜園。

一進門，屘叔就跑來纏住她，扯她的衣角，抱她的大腿，她卻沒心情逗弄他。

這次的事教她有些心慌，想找個人幫她出主意，但她向來自作主張，面子掛不住，很難向家人開口，唯一能問的也只有阿嬤了。

阿嬤似乎都知道她要說什麼。

「妳會怕嗎？」

淑芬點點頭。

「自己生也不錯啊，盛發就是我自己生、自己帶的，他一生下來就沒有老爸。」

「妳沒煩惱他沒有老爸嗎？」

「不會。他現在不但有老爸，也有很多阿兄阿嫂在照顧他，這樣很好。」

「這樣說也對啦，但是怕人家會說話。」

阿嬤覺得好笑，但她不似媳婦說話刻薄，也從來不挖苦別人。

「過日子就忙不完了，哪有時間管別人的閒話？阿嬤問妳，妳有害人嗎？」

「沒啊！」

「妳有做對不起別人的事嗎？」

淑芬點點頭，她覺得對不起那些男人的妻子。

「妳以後還會做對不起他們的事嗎？」

淑芬用力搖頭。

「那就好啦，煩惱什麼，來，我煮了一鼎番薯湯，趕快來趁熱喝！」

淑芬就知道，這種事找阿嬤就對了，她總是能四兩撥千斤，把她的煩惱全部打散。是啊，日子還要過，要忙的事情還很多，我不害人，以後也不做對不起人的事，那就夠了。誰敢多說閒話，看我割了他的舌頭。

她喝口熱湯，胃感到溫暖舒服，不禁撫摸著自己的肚子，整個人又有了勇氣，卻看見屘叔抱著她的大腿，雙眼半睜半閉，不停打盹，卻又不忍睡去，角落待在竹籠裡的盛發，也還在盯著她看。

她想，這輩子從來天不怕地不怕，怎可為這一點小事而退縮、徬徨？再說，身邊有這麼多人愛她、支持她，她並非孤獨一人，嚴格說來，這個家還得靠她來捍衛，她可不能讓父親再被外人欺負，也不能再教母親這樣成天心煩、罵人，家裡的大人她管不著，但小孩子不少，她打定主意這些人都歸她管，而且管定了，當然還包括她肚子裡的這個，管他孩子的父親是誰，至少她很清楚，自己是孩子的母親。

望著阿嬤的身影，淑芬心頭篤定，大口嚼著碗中的番薯，整個人變得更有元氣。

翁婿

——落難之人正在和死神搏命，唯有來自愛人急切的呼喚，才能彼此感應，奮力求生，妳不去，就少了那份力量……

她感受到胎動。一種刺痛感，有點像腹瀉前的腸絞痛，一閃即過，然後接著又來。

淑芬翻開上衣觀察自己渾圓的腹部，就像在檢查別人的肚子一樣。那孩子還在踢，卻不是拳打腳踢，而是在伸懶腰，他一撐再撐，似乎要將自己的身軀無限延伸，抗議母親的肚子還不夠大，他還需要更大的空間。

隔著肚皮，她竟看到孩子的腳形，而且數得出腳趾頭的數目，她感到既驚訝又好笑，死孩子，竟然敢在老媽的肚子裡撒野。淑芬忍不住拍了一下肚皮，教訓他一頓，小腳果然縮了回去。她得意，應該是打到了他的屁股了。

儘管接生過無數名嬰兒，小手小腳推著肚皮的模樣，總也看過無數回，見怪不怪了。也不是沒看過更調皮的孩子在婦人的肚子裡快速翻滾，像隻變形怪物馬上要破繭而出；她還能聽出那些不尋常的胎動，是嬰兒打嗝、放屁，或只是孕婦消化不良的反應。

但這回不一樣，這不是另一個女人的事，而是自己的事。

「敢假痟，出來你就死定了！」她對著肚皮痛罵，說完又忍不住輕撫，心中感到無限溫暖。畢竟是自己的孩子。

她看來老神在在，其實愈近分娩的日子，心中愈是忐忑。阿嬤、阿母生孩子的陰影猶存，上回失手，一屍三命，更教她惡夢連連。但她就是好強，不想讓外人洞見她的不安。她打定主意，要自己一個人生，不讓阿撿嬸插手，也不想讓母親、阿嬤煩心。

實在是欠家裡的人太多了，我要堅強，不可製造麻煩。

她開始明白，為何那日阿嬤想逃到山裡生產，那是一種近乎贖罪的心理，卻沒想到這樣的任性，可能帶來更大的危險。既是家人，誰會計較這麼多？

那日，她知道時候到了，白天肚子就抽痛得厲害，一陣一陣的，她強忍，忍到冒汗，卻盡量避開耳目，直到夜半實在受不了，她帶著預先準備好的包袱，沿著牡丹溪往上游走，目的地都想好了，就是那日幫惠卿藏孩子的地方，絕對不會有人發現。沒想到身體不聽使喚，腳步走走停停，卻始終走不到終點。走了一個時辰，竟來到那片夾竹桃林，途中她早已體力透支，意識模糊，好不容易搞清楚自己身在何處，一口氣換不過來，就暈了過去。恍惚之間，她感覺到惠卿、巧雲兩姊妹在幫忙，一如往常，很機靈的把孩子騙了出來。

她聽到阿撿嬸的聲音，罵聲連連，「早就知道妳會玩這種把戲，前天就躲在附近，躲到骨頭都要散了，我就看妳什麼時候會露出馬腳。跟我玩花樣，妳還早呢。」阿嬤也在身邊，有阿撿嬸在，不必她插手，她一手抱著熟睡的屘叔，揹籃裡的那個大男孩，依舊瞪大眼睛看著她。

最後是阿榮背她回家，阿松也跟在她身後。

真是沒面子，千方百計想要獨力生下孩子，卻沒想到身後跟著大隊人馬，自己竟然完全沒察覺到。

是個男孩。她並不特別開心。要是個女孩，該有多好。

但阿榮卻很開心，這幾日都早早下工，搶著抱孩子，逗孩子，哄孩子睡覺，儼然這是他親生兒子，這倒是讓淑芬感到意外，原來他說要當孩子的父親，並不是說著玩的。

阿榮幫孩子洗澡。他知道女人坐月子期間不能碰水，迫不及待要幫孩子洗第一次澡，躡手躡腳讓新生嬰兒下了水，卻一潑水，就把水濺到嬰兒臉上，翻身時卻又不慎手滑，小孩吃了水，哇哇大哭。還好阿嬤在一旁監督，馬上接手，輕輕安撫，從頭到尾教一次，她像有魔法一般，竟能教嬰兒在水中睡著，果然薑是老的辣。阿榮耐心學習，淑芬卻覺得心煩。

其實她早就可以下床了，卻不知為何總是感到懶洋洋的，既然是坐月子，索性就賴在床上多休息幾天當少奶奶吧，活都叫別人去幹就好了，反正全家沒人奈何得了她。直到體力稍微恢復的那幾天，她才有心情好好欣賞自己的孩子。此刻細看他的模樣，還真是討人喜歡，他的眼睛特別細長，鼻翼多肉，嘴脣很薄，熟睡時，嘴角微揚，會出現酒窩，耳垂特別厚，福相。總是有子萬事足，她任憑孩子賴在她身上，愛黏多久就黏多久。

她知道那是誰的孩子。卻不是阿榮的。

阿榮對她愈好，對孩子愈好，讓她愈感到愧疚。這孩子她本來就篤定要自己撫養，誰要你來多事呢？這下倒是讓我成了笑話了。她對阿榮總是嚴詞厲色，沒有好話，阿榮卻都不在乎，有時罵過頭了，母親阿珠看不過去，會來念兩句。

「妳把人家當成什麼？他又不欠我們家，妳不要太過分。」淑芬卻想，兩個人又沒結婚，是他自己要過來的，他要走，隨時都可以走，我可沒要他留下來。阿榮還是跟著母子倆生活了快一年，在這個家裡，始終聽不到他的聲音，卻永遠看得到他的笑容。

直到那天，礦坑出事。

所幸家中已經沒有男人在礦場做事。家人都鬆了一口氣。十多年前那場災難，不只是讓鄭家失去一位父親而已，連母親都不見了，若不是阿枝、阿珠扛起責任，這個家恐怕早就散掉。

但阿松、阿榮兩兄弟卻在裡面幹活，生死未卜。

家人擔心淑芬的狀況，即便和賴家沒有正式姻緣，但阿榮和淑芬住在一起快兩年，早就有夫妻之實，只怕淑芬受不了打擊，做了傻事。當年阿嬤就是獨自一人一聲不響進了礦坑，就此失蹤，這件事帶給家人的陰影，遠遠超過阿公的意外身故。淑芬個性剛烈，難保不會有更激烈的行動。

聽說有十三個人陷在坑裡，到了傍晚陸續被救出，所幸都只是輕傷，到了隔天，只剩三個人沒被救出，阿松也被救出來了。

但阿榮還在裡面。

家人不想讓淑芬知道這件事，不過淑芬還是知道了。前一晚阿榮沒回家，她就猜到是怎麼回事了。她表現得極為冷靜，若無其事，但愈是這樣，大家愈是擔心。不時有人到菜園子裡跟淑芬說話，說到無話可說，淑芬從他們眼中看到惶恐、緊張、憐憫、同情。就是沒人要說實話。

母親阿珠終於忍不住，一把鼻涕一把眼淚，「我老實跟你說，阿榮出事了，妳要忍耐，不要傷心，他不會有事的，他會回來的，祖先會幫助我們的。妳可千萬別做傻事。」說得語無倫次，卻哭得肝腸寸斷，淑芬不知該如何安慰她。

父親跑過來發飆：「妳說完了沒？黑白亂講是在亂講什麼？」接著對家中老小咆哮幾句，號令全家不准外出，不准亂跑，誰跑出家門就打斷狗腿。

其實他是怕淑芬跑出去幹傻事。

幾個男孩被派來輪流看著她，怕她出事，這反而激起淑芬的反叛情緒，要不是孩子隨時得餵奶，恁祖嬤想去哪裡就去哪裡，你們幾個小子擋得住我嗎？

她告訴自己要沉住氣。

但她也對自己的冷靜感到莫名其妙。似乎太過無情。

她對阿榮並非沒有感覺，這陣子朝夕相處，就像多了個幫手一樣，他總是忍受她的壞脾氣，逆來順受。他總是在夜裡依偎著她溫存。他們像一對兄弟。但他不似阿燦的粗野及充滿男子氣概，也沒有阿慶的沉穩及才華洋溢，淑芬打從心底認為，他還是當年那個在山裡跟著一群男孩胡鬧的小跟班。

沒有很愛，他不過是一個可有可無的伴侶，何時想走，都請便。

一開始，她知道他出事，生死未卜。心頭一愣，馬上就想，反正他也不是孩子的爹，一切隨緣吧，生死有命。但此刻她漸漸想起阿榮對她的好，他疼愛孩子的畫面一再浮現她眼前，明明知道不是自己的孩子，還是如此疼入心坎，一點都不像是裝出來的，她深切感受到，這個男人藉由愛孩子的行動，來表達對她溢於言表的愛，這樣直接的愛，和阿燦、阿慶完全不同，卻反而更真實。

這是骨肉之愛。他愛我的骨肉，自然也是愛我的。而她何德何能，讓幾個男人這樣愛她？甩開阿燦，他畢竟是個壞人；推開阿慶，還可推說她當時生病，三魂七魄滅一魄；阿榮呢？他可沒錯啊！仁至義盡。她非得這麼無情嗎？

想到這裡，心頭瞬間變得酸楚，她心想，為何和她在一起的人，總是如此緣淺，好不容易感受到踏實的愛，一晃眼又要不見。她是何等罪孽深重，以致老天要這樣懲罰她？

她突然想去礦坑一探究竟，但面子掛不住，要去早就該去了，昨天一出事就該去了，拖到現在是什麼意思？

鄭淑芬，妳還真是愛逞強，愛跟所有人唱反調，搞一些莫名其妙的情緒啊！這回騎虎難下了，妳高興了吧。

阿嬤來看她，兩人互看一眼，淑芬從阿嬤的眼中看到自己的渴望，她在想什麼，阿嬤果然都知道，她在阿嬤的眼神中得到安慰，忍不住眼淚奪眶而出，撲向阿嬤懷中。

「乖，乖，阿嬤都知道，阿嬤都知道……」

淑芬問她：「我可以去嗎？」

「去啊，快去，不要讓自己後悔。」後悔？淑芬大驚，彷彿聽見阿嬤在告訴她，再不去就來不及了，阿榮在等著妳呢，落難之人正在和死神搏命，唯有來自愛人急切的呼喚，才能彼此感應，奮力求生；妳不去，就少了那份力量。

後悔？後悔！

淑芬連忙擦乾眼淚。

阿嬤交給她一個香包，一份麻草，帶在身上保平安，臨別前，口中念念有辭。為了避免其他家人的阻止，還親自送她到村口，阿枝和阿珠心頭不安，但老人家以行動力挺，他們也不好說什麼，其實那正是最大不安的來源，當初若不是她奮不顧身，也許不會有那段長達十多年的分別，日子也不用過得那麼苦。

放開阿嬤的手，淑芬的腳步飄了起來。這條路再熟悉不過了，過去有好長一段時間為父親送飯，阿嬤生產那次，一開始走的也是這段路，有一陣子，眼睛閉著都能從家裡走到坑口，這次走來卻如此漫長。

她開始奔跑，不敢讓自己再想更多事。她不想要有遺憾。

坑口依然擠滿了人。聽說所有人都出來了，至於生死，還有待確認。

眾人看到她人，忽然都安靜下來，氣氛異常詭異。

大家都知道她是誰。

她是這裡有名的恰查某、瘋婆子、少女媽祖婆、傳奇人物，曾經傻掉了，然後被一個有頭有臉的人娶走，醒來後卻又離婚，回到村中繼續幫人接生，卻到處跟男人廝混。她生了個孩子，也不知道是誰的種，好不容易有個笨男人要跟著她，願意當孩子的爸爸，這下出事了，她卻不聞不問，現在可終於來了。

眾人看她的眼神很複雜，有讚歎、有好奇、有輕蔑、有看好戲，像一把一把的利刃不斷刺著她。但她不在乎，她現在只想看到阿榮，不管他是生是死。若是死，她要幫他收屍；若是生，她要帶他回去，好歹也要孩子叫他一聲阿爸。

她想破口大罵，叫眾人閃邊去，但她沒這麼做，她在忍一口氣，既然大家都在看她笑話，她就更不能示弱。

我可是全牡丹坑最強悍的女人，沒什麼事擊得倒我。

人群讓出一條路讓她走，她很自然的走到一位傷者的身前。那人躺在地上一動不動，遍體鱗傷，是阿榮沒錯，他身邊站著一位看護他的夥伴，正在打盹，感覺到有人靠近，猛然驚醒。

「妳是賴永榮家裡的人嗎？」

淑芬點頭。

「太好了，人交給妳了！」

淑芬有些疑惑。她趨前探視，依舊冷靜。他滿身是傷，臉上布滿煤灰，面目模糊，難以辨認。也許認錯人了呢？這輩子還未曾這麼猶豫過。

他死了嗎？沒死就給我起來吧。

「阿榮。」她叫他。

他睜開眼，看到淑芬，他微笑，笑得有氣無力。看到人活著，淑芬也不禁微笑，她去牽他的手，感到他的體溫，整個人才放鬆了下來，人還活著，活著就好。阿榮想起身，卻有些勉強，淑芬示意要他躺著別動，要他多休息。看著阿榮閉上眼，她才發現自己也好累，索性便將臉靠在他的胸膛溫存。她聽到阿榮的心跳，聞到刺鼻的煤味與血腥味混雜著她熟悉的體味，心中倍感安慰，她也感受到自己的淚水正在他身上漫流、滲透。

她知道，眼前這個活生生的人，是她此刻的依靠。

他是她的翁婿，他是她孩子的阿爸……

（後記）

獻給最溫柔的潑婦

我與父親相差卅歲，卻是同一位產婆所接生，此君若還健在，也有一百歲了，與淑芬年紀相當。我總是在想，如此看盡生死悲歡的女子，背後究竟有多少動人故事？自己又是用怎樣的態度面對人生，幫助自己也幫助別人走過近一個世紀的驚濤駭浪？

我出生那年，家族的礦務事業崩盤，我與父母搬離位在東北角的雙溪小鎮，當時年幼，對礦鄉的輝煌與滄桑所知無多，但每逢清明回鄉掃墓，對當地草木人情風物印象深刻，至今記憶猶新。我在書寫淑芬故事的時候，總是能聞到當地泥土的味道，想像她在山林裡奔走的身影，以及追打男孩的疾言厲色，這一切應是拜童年記憶所賜。

外公和舅父都是礦工，我母親可說是名副其實的礦工的女兒，她從貢寮嫁至雙溪，再搬到台北，總為生活操煩，愁眉不展，但每次陪她回鄉下娘家，就覺得她變成另外一個人，嗓門變大，而且活力十足，不似在都市裡病奄奄的模樣，更神奇的是，她可以一瞬間爬到樹上摘果子；在溪澗裡奔馳走跳，身手矯健，一點都不輸武俠片中的俠女。記得有一回，外婆要回她的娘家、位在澳底海邊的漁村，便邀回來作客的母親同行，我們祖孫三人夜半頂著月色，一路溯溪從雞母嶺走到福隆海邊，那時我還小，母親背著我，一步一步踩著溼滑的石頭前行，我還在擔心她會失足跌跤，我將難逃落水的命運，她卻與外婆談笑風生，完全不當一回事，不久我便在她的背上睡著……

往事歷歷，卻都不是促使我書寫淑芬故事的真正原因。

十年前，我妻生第一胎遇難產，我差點以為再也看不到她的人，所幸吉人天相，經剖腹產後，母子均安。不久因為工作的關係，我採訪了幾位助產士，和她們聊了許多關於女人生產的事，以及接生時的種種趣聞，我開始對產婆這項職業，產生了一份莫名的親切感。我總是在想：如果我生在沒有現代醫術的年代，妻能否少受點苦？我的孩子能否更順利來到這個世界？但世事總是難料，或者情況會更惡劣也不一定。

不過妻連生三胎，都是剖腹，勇氣過人，卻也令人心疼。人的一生可以碰到幾個為你挨三刀的人？而我何德何能，能遇到這樣的人？單是從生產這件事就可知，女人面對愛情，總是奮不顧身，而且有情有義，男人卻總是消極懦弱，事到臨頭手足無措。

於是，我試著動筆寫下這則關於產婆的故事。主角淑芬沒有牌照、不收紅包，靠著自己的力量，全力阻止鄉下人把生下的孩子送走。她在民國三〇到六〇年代的牡丹、雙溪礦鄉奔走，一直到八十七歲往生之前，總共接生了三千多個孩子。在這則故事裡，生命是如此堅韌，又是如此脆弱，唯有女人能在最後關頭力挽狂瀾，擋住最凶險的劫難。我甚至幻想，不但我父親、我，都由她所接生，連我的三個孩子，也都是由她帶來這個世上。

也許你會覺得這個女人太凶、太恰了，從頭到尾都在打人罵人，但這正是她的生存之道，她就像你我身邊所有堅強的女性，用生命呵護她的孩子、愛人、家人，日子再苦也要撐下去，潑辣凶悍只是表象，其實她的內心無比溫柔。

我希望這則故事能喚起更多人對於父母、阿公阿嬤那一輩人的懷念，他們謙卑面對天地、頑強生存下去的能力，正是我們這代人所欠缺的。未來局勢未明，日子可能更難過，現代人是福報用盡不知福？還是且戰且走混日子？這則故事，或許能帶來一些省思。

故事只寫到淑芬十八歲，她最終情歸何處？阿燦到底死了沒？阿慶會不會再來找她？阿嬤失蹤的十三年，到底都做了什麼？我自己也很好奇。

謹以這部小說，獻給我的父親，母親，愛妻，以及三個寶貝。

謹以這部小說，獻給你我身邊最溫柔的潑婦，以及這世間最有情有義的女子。

INK PUBLISHING
印刻文學 383

少女媽祖婆

作　　者　邱祖胤
總 編 輯　初安民
內頁插圖　陳弘耀
責任編輯　張尊禎
美術編輯　邱祖胤
校　　對　吳美滿　陳健瑜　邱祖胤

發 行 人　張書銘
出　　版　INK印刻文學生活雜誌出版有限公司
　　　　　新北市中和區建一路249號8樓
電　　話　02-22281626
傳　　眞　02-22281598
e-mail　ink.book@msa.hinet.net
網　　址　舒讀網http://www.sudu.cc

法律顧問　漢廷法律事務所
　　　　　劉大正律師
總 經 銷　成陽出版股份有限公司
電　　話　03-3589000（代表號）
傳　　眞　03-3556521
郵政劃撥　19000691 成陽出版股份有限公司
印　　刷　海王印刷事業股份有限公司

港澳總經銷　泛華發行代理有限公司
地　　址　香港筲箕灣東旺道3號星島新聞集團大廈3樓
電　　話　852-27982220
傳　　眞　852-27965471
網　　址　www.gccd.com.hk

出版日期　2014年 1 月　初版
　　　　　2014年 1 月 24 日　初版二刷
ISBN　978-986-5823-57-3

定　價　320元

國家圖書館出版品預行編目資料

少女媽祖婆 / 邱祖胤著
--初版, --新北市中和區： INK印刻文學,
2014.1　面；　公分.（印刻文學；383）
ISBN　978-986-5823-57-3　（平裝）

857.7　　102023432